Horst Bosetzky

Der Teufel von Köpenick

Horst Bosetzky

Der Teufel von Köpenick

Dokumentarischer Kriminalroman

Jaron Verlag

Originalausgabe
1. Auflage 2009

www.jaron-verlag.de
Umschlaggestaltung: Bauer + Möhring, Berlin
Satz: Pinkuin Satz und Datentechnik, Berlin
Druck und Bindung: GGP Media GmbH, Pößneck

ISBN 978-3-89773-599-6

Nach heutiger Definition sind Serienmörder Menschen, die mit zeitlichem Abstand drei oder mehr Menschen getötet haben. Damit wäre Bruno Lüdke, wenn er die ihm zu Last gelegten Taten wirklich begangen hätte, ein Serienmörder gewesen. Zur damaligen Zeit – und auch noch lange nach Kriegsende – war es aber üblich, im Falle eines solchen Serientäters von einem Massenmörder zu sprechen, nicht nur bei Mitgliedern und Anhängern der NSDAP. Wir halten uns daran, obwohl es Quellen gibt, nach denen Ernst Gennat schon um 1930 den Begriff *Serienmörder* geprägt haben soll, und viele von uns bei dem Begriff *Massenmörder* eher an Männer wie Adolf Eichmann denken.

Eins

1921

Bruno Lüdke war dreizehn Jahre alt und saß links außen in der ersten Reihe, so dass er nach dem rotbäckigen Apfel greifen konnte, den der Klassenlehrer in die Höhe hielt.

»Den … den … den will ich essen, bitte!«

Pennigstorff riss den Arm zurück. »Tut mir leid, Bruno, den brauche ich noch zu Unterrichtszwecken. Sage mir doch einmal, wie kann man den Apfel teilen, damit drei Leute Stücke bekommen, die dieselbe Größe haben?«

Bruno Lüdke schloss die Augen, und man sah, wie es in ihm arbeitete. »Na, in die … die … die Mitte durch und noch mal, det gibt vier … vier … vier Stücke. Da gibt man jedem von die … die … die Menschen eins, und eins bleibt übrig.«

»Gut, Bruno! Aber ohne dass ein Stück übrigbleibt.«

»Dann gehe ich lieber in … in … un… un… unseren Garten und hole eine ganze Kiepe mit Äpfel«, entschied Bruno Lüdke. »Dann kriegt jeder ganz … ganz … ganz viele, und die kann er dann so lange essen, bis … bis … bis er kotzen muss.«

»Brechen!«, rief der Amtsarzt, der gekommen war, um sich ein Bild vom Leistungsstand der Jungen zu machen. Die »Hilfsschule in Cöpenick« war ein wenig in Verruf geraten.

Pennigstorff wechselte das Thema, denn er wollte Bruno Lüdke nicht quälen.

Je mehr Druck der Junge verspürte, desto ärger wurde es mit seinem Stottern, und umso mehr Mühe hatte er, auf Anhieb das richtige Wort zu finden.

»Sag einmal, Bruno, wer war Bismarck?«

»Der hat die … die … die große Straße in … in … in Charlottenburg.«

»Du kennst dich aber gut aus in Berlin«, lobte ihn der Lehrer.

Bruno Lüdke strahlte. »Ick sitz ja auch bei … bei … bei Vatan imma vorne uff'm Bock mit druff. Wäsche ausfahrn.«

Der Amtsarzt beschloss, die Sache selber in die Hand zu nehmen. »Was ist denn Religion, Bruno?«

»Wenn die … die … die Leute in die Kirche gehen.«

»Richtig! Und was machen sie da?«

Bruno Lüdke nickte. »Ja!«

Pennigstorff lächelte ihn an. »Warst du schon einmal in der Kirche, Bruno?«

»Wenn der … der … der Blitz in den Kirchturm einschlägt, dann … dann … dann ist das ganz laut. So laut!« Bruno Lüdke hämmerte mit beiden Fäusten auf sein Pult.

Der Amtsarzt fühlte sich an den Krieg erinnert und fragte Bruno Lüdke, was denn Krieg sei.

»Da … da … da kriegen alle was auf die … die … die Mütze.«

Nach Beendigung der Stunde stand der Amtsarzt noch ein paar Minuten mit dem Klassenlehrer zusammen, um mit ihm über Bruno Lüdke und die anderen dreißig Jungen der »Hilfsschule zu Cöpenick« zu reden. Er hatte sich vor seinem Besuch bei Pennigstorff in Eugen Bleulers *Lehrbuch der Psychiatrie* über die Psychopathologie der Oligophrenien schlaugemacht und konnte nun den Fachmann spielen. »Wir unterscheiden drei Grade von Schwachsinn«, referierte er. »Die Idiotie, die Imbezillität und die Debiliät. Die Idiotie ist der höchste Grad. Idioten lernen gar nicht oder nur mangelhaft zu sprechen, sie sind pflegebedürftig, können keinerlei Schulwissen aufnehmen und auch keinerlei Erwerb nachgehen. Debile am anderen Ende der Skala können, wenn auch nur mit Mühe, den Abschluss der Volksschule schaffen und ihr Brot mit einfachen Arbeiten verdienen. Imbezille wie Bruno Lüdke liegen in der Mitte und können im Regelfall viel mehr, als sie selbst wissen.«

»Also meinen Sie, Herr Doktor, dass er seinen Weg gehen wird?«

»Sicher! Seine Eltern haben doch diese Wäscherei, da kann er sich immer nützlich machen, zumal er ja ordentlich erzogen ist und sich leicht in die Familienordnung einfügt, wie mir seine Mutter versichert hat.«

Pennigstorff nickte. »Ja, er ist wirklich ein lieber und umgänglicher Mensch.«

Der Kietz, unterhalb des Schlosses am östlichen Ufer der Dahme gelegen und bereits 1375 in den Chroniken erwähnt, war ursprünglich eine slawische Fischersiedlung und selbständige Landgemeinde. Als eine der drei Vorstädte war sie 1898 Teil Köpenicks geworden und hatte seither ihren Charakter erheblich verändert. Die Zahl der Fischer war zurückgegangen, und Handwerker und kleinere Geschäfte hatten sich hier angesiedelt, so auch die Wäscherei Otto Lüdke in der Grünen Trift. Diese verlief quer durch das Kietzer Feld, reichte von der Müggelheimer Straße beziehungsweise dem Müggelheimer Damm bis hinunter zum Lienhardweg und ließ bestenfalls an märkische Ackerbauerstädtchen denken, da sie nur wenig Charme besaß.

Am südöstlichen Rand der Köpenicker Altstadt lag der Punkt, an dem die Wendenschloß- und die Müggelheimer Straße – später Müggelheimer Damm – sich trafen, um dann radial nach Süden beziehungsweise Südosten zu laufen und sich für die Siedlung Wendenschloß und die Kietzer Vorstadt zu öffnen. Ein Dreieck aber ergab sich nicht, da am unteren Ende eine durchgehende Straße, welche die Hypotenuse abgegeben hätte, fehlte und sich alles wie ein Trichter zum Wald hin öffnete, zur Nachtheide und den Müggelbergen.

Bruno Lüdke liebte es, mit einem dicken Knüppel in der Hand, seiner Keule, durch die Gegend zu stromern, und hörte er, dass ihn gehässige Nachbarn einen Urmenschen oder Neandertaler nannten, so verstand er es nicht, denn er fühlte sich wie ein Wolf oder ein Bär. Er hatte keinen Plan, er wollte nichts, er folgte nur den Stimuli, die er registrierte. Sah er einen Apfel am Baum, dann wollte er ihn pflücken und essen. Hörte er einen Kuckuck rufen, dann wollte er ihn sehen. Ratterte irgendwo eine Straßenbahn, hatte er Lust, ein Stück mit ihr zu fahren, tutete es oben an der Spree oder dem Müggelsee, dann wollte er wissen, ob das ein weißer Ausflugsdampfer oder ein schwarzer Schlepper war. Entdeckte er Pilze und Beeren, so sammelte er sie in seiner Mütze, waren es Kamille oder Schafgarbe, riss er sie heraus und brachte die Büschel der Mutter. Bruno Lüdke war eins mit sich und der Welt und so glücklich, wie es normale Menschen niemals sein konnten.

Der Pfarrer musste, sah er Bruno, unwillkürlich an die Bergpredigt denken: *Selig sind, die da geistlich arm sind; denn das Himmelreich ist ihrer.* Da hatte einer das Himmelreich auf Erden gefunden, und sein Sohn, der Philosophie studierte, meinte, dass der Mensch ein Unfall des Kosmos sei und Gott besser beraten gewesen wäre, wenn er die Schöpfung auf der Stufe der Schimpansen und Orang-Utans für immer angehalten hätte.

Sein Cousin befand daraufhin: »Intelligenz ist Mist!«

Erwin und Frieda Nickholz hatten lange gespart und sich nach Kriegsende am Sandschurrepfad ein knapp eintausend Quadratmeter großes Grundstück gekauft. Im Sommer 1921 war ihr Einfamilienhaus fertig geworden, und sie waren von Oberschöneweide, wo Nickholz bei der AEG als Buchhalter beschäftigt war, hinaus aufs Kietzer Feld gezogen. Auch des Kindes wegen, das unterwegs war. Zu Fuß und noch schneller mit dem Fahrrad war Nickholz in ein paar Minuten an der Straßenbahnhaltestelle und konnte mit der Linie 83 fast bis ins Büro fahren. Und nach knapp anderthalb Kilometern war man am Müggelsee, was beide als Naturmenschen besonders freute. Kennengelernt hatten sie sich im Betrieb, aber mit Beginn ihrer Schwangerschaft war Frieda Nickholz zu Hause geblieben, weil ihr oft übel war. Eine kleine Erbschaft sorgte dafür, dass sie auch so einigermaßen über die Runden kamen. Einiges ließ sich ja auch sparen, beispielsweise wenn sie im Garten Gemüse anbauten und ihren Obstbäumen eine ausreichende Pflege angedeihen ließen.

Beide hätten also allen Grund gehabt, wunschlos glücklich zu sein, doch Frieda Nickholz litt unter der Einsamkeit hier jwd und kam vor Angst fast um, wenn ihr Mann einmal später von der Arbeit heimkehrte.

»Du, Erwin, heute ist wieder dieser Neandertaler durch die Gegend gelaufen. Hast du mal nachgefragt, wer das ist?«

»Ja, die Frau im Milchladen sagt, dass das nur der ›doofe Bruno‹ sein kann, der aus der Wäscherei in der Grünen Trift.«

»Immer, wenn ich den sehe, läuft es mir eiskalt den Rücken runter.« Frieda Nickholz schüttelte sich. »Für unser Kind ist das bestimmt nicht gut.«

Auch Erwin Nickholz fürchtete, der Fötus könne geschädigt werden, wenn seine Frau beim Anblick des Jungen zusammenzuckte. »Ich verstehe nicht, warum man diesen Kretin nicht wegsperrt. So was gehört in die Irrenanstalt!«

»Kannst du das nicht mal beantragen?«

Erwin Nickholz war nicht der Mann, der sich gern mit den Behörden anlegte, und so antwortete er nur ausweichend:

»Die Milchfrau sagt, das geht nicht, solange er keinem Menschen was zuleide getan hat.«

»Muss also erst etwas passieren?«

»Es wird schon nicht.«

Frieda Nickholz konnte es nicht fassen. »Dann darf er also weiterhin bei uns am Zaun stehenbleiben und mich anglotzen? Wie ich die Blumen gieße, wie ich die Wäsche aufhänge? Apropos Wäsche, mir fehlen ein Bettlaken und zwei Schlüpfer. Die wird er geklaut haben.«

Erwin Nickholz lachte. »Fremde Wäsche wird er doch zu Hause genug haben.«

»Wie heißen die Männer, die ...?« Sie musste im Lexikon nachsehen, um darauf zu kommen, dass sie Fetischisten meinte, aber auch Voyeure und Exhibitionisten. »So einer ist das, und eines Tages fällt er über mich her.«

»Was soll ich denn machen, Frieda? Ich kann ihn doch nicht einfach erschießen. Und unser Staat, all diese Waschlappen! Aber«, er stand auf und nahm sie in die Arme, »morgen kaufe ich dir einen Hund.«

Otto Lüdke hustete anhaltend. Mit seiner Lunge stand es nicht zum Besten. Kein Wunder, denn jahrelang hatte er heiße und ätzende Dämpfe einatmen müssen. Auch seine Hände waren voll von Rissen und Schrunden. Aber das gehörte halt zu seinem Beruf, und es gab Schlimmeres. Immerhin konnte er sich an den Tagen erholen, an denen er auf dem Kutschbock saß und frische Wäsche ausfuhr beziehungsweise schmutzige abholte. Zwar musste er von den Brosamen leben, die von den Tischen der großen, industriellen Wäschereien fielen, der von Spindler etwa am anderen Ende Köpenicks, aber es reichte für ihn und seine Familie zum Leben. Was wollte man mehr? Eine bessere Frau als seine Emma konnte er sich gar nicht vorstellen, und auch die älteren Kinder gediehen prächtig. Nur Bruno machte ihnen Sorgen.

Gerade wieder schrie seine Frau über den Hof, ob nicht einer wüsste, wo Bruno stecke.

Nein, niemand hatte ihn in den letzten anderthalb Stunden gesehen.

»Wir warten noch eine halbe Stunde, dann suchen wir ihn!«

Emma Lüdke dachte das, was sie in diesem Falle immer dachte: Womit habe ich das nur verdient?

Als Zweijähriger war ihr Bruno von einem Leiterwagen gefallen und hart mit dem Hinterkopf auf das Kopfsteinpflaster aufgeschlagen. Der Arzt hatte von einer Gehirnerschütterung gesprochen, und nach ein paar Tagen war Bruno auch wieder so munter gewesen wie früher, doch irgendetwas musste in seinem Kopf kaputtgegangen sein, denn von nun an blieb er in allem, was mit dem Denken und Sprechen zu tun hatte, deutlich hinter den Kindern seines Alters zurück. Vor allem war er zu langsam. Brauchten andere fünf Sekunden, um herauszufinden, was zwei mal zwei ergab, waren es bei ihm fünf Minuten, und es konnte vorkommen, dass dann auch noch eine Fünf auf seiner Schiefertafel stand. So kam es, dass er das Klassenziel der sechsten Klasse mehrfach nicht erreichte und auf die Hilfsschule musste.

Ob Otto und Emma Lüdke dieses Kind liebten? Nein, sicher nicht, aber nie wären sie auf den Gedanken gekommen, ihren Bruno in ein Heim zu geben. Es war so, wie es war. Er gehörte zu ihnen, und es war ihre Pflicht, ihn durchs Leben zu bringen. Nie würde er in der Lage sein, die Wäscherei zu übernehmen, wenn sie einmal aufs Altenteil gingen, aber nützlich machen konnte er sich allemal. Es musste halt gehen. Irgendwie. Sie wussten, dass es Leute gab, die nicht bei ihnen waschen ließen, weil sie fürchteten, Bruno würde bei ihnen auftauchen. Dafür aber gab es andere, die aus Mitleid mit ihnen ihre schmutzige Wäsche in die Grüne Trift brachten. Es glich sich also wieder aus.

Natürlich konnten sie mit der Firma W. Spindler nicht mithalten, der »Anstalt zur chemischen Reinigung, Wäscherei und Färberei« drüben in Spindlersfeld, Deutschlands größtem Wäschereibetrieb. Aber dafür waren die gerade von der Schering AG geschluckt worden, während sie, Lüdkes, weiterhin Herren im eigenen Hause sein durften. Und so klein war ihr Betrieb nun auch wieder nicht. Die große Halle war streng in zwei Abteilungen gegliedert: Eine war die »unreine Seite«, die andere die »reine Seite«. Auf der Seite mit der schmutzigen Wäsche, wo es an den Bottichen und Trommeln giftig dampfte und wallte, waren vorwiegend Männer am Werke, auf der anderen, wo die Bett- und Tischwäsche durch die Mangel gedreht und geplättet wurde, beherrschten Frauen das Bild. Zusätzlich gab es die Halle, in der die Wäsche zum Trocknen aufgehängt wurde, und die große Wiese, auf der im Sommer die Stücke zum Bleichen ausgelegt wurden. Hinzu kamen der Fuhrbetrieb und das Büro, denn alle Geschäftsvorgänge mussten registriert sowie Einnahmen und Ausgaben penibel festgehalten werden. Dies war das Reich von Emma Lüdke, während sich ihr Mann vornehmlich um den Betrieb und die An- und Auslieferung der Wäsche zu kümmern hatte. Ihre wichtigsten Kunden waren Gaststätten, kleine Hotels und Pensionen, Belegkrankenhäuser, Arztpraxen, das eine oder andere Altersheim sowie mittlere Industrie- und Handwerksbetriebe, in denen das Tragen von Kitteln zur Pflicht gehörte. Der gewöhnliche Bürger hatte es in der Regel nicht so dicke, dass er seine Wäsche hätte weggeben können, und die Hausfrau zog einmal im Monat zur großen Wäsche nach oben in die Waschküche oder nach unten in den Keller, um mit Hilfe naher Verwandter für saubere Bettlaken, Tisch- und Taschentücher, Unterhosen und Unterhemden sowie Strümpfe und Socken zu sorgen. Höchstens Riesenteile wie Gardinen und Stores wurden in die Wäscherei gebracht.

»Hat einer Bruno gesehen?«, fragte Emma Lüdke, nachdem eine Dreiviertelstunde vergangen war. Niemand hatte ihn gesehen, also gab sie Weisung, dass alle, die nicht unbedingt im Betrieb verbleiben mussten, ausschwärmen sollten, um ihn zu suchen, wobei die Planquadrate vorab festgelegt wurden.

Otto Lüdke war der Bereich um den Kuhgraben und die Neuen Wiesen bis hin zum Müggelsee zugefallen, und er schwang sich aufs Fahrrad, um alles abzuklappern. Ob nun Instinkt oder Zufall, meistens war er es, der Bruno fand.

Auch heute befürchtete er, dass sein Sohn wieder etwas anstellen würde.

Alles harmlose Sachen, aber die Berliner regten sich gern darüber auf. Dabei war es doch eher so, dass die Leute Bruno gefährdeten und nicht Bruno die Leute. Ein Rentner hinten an der Nachtheide hatte schon gedroht, Bruno in Notwehr zu erschießen, wenn der es wagen sollte, sein Grundstück zu betreten.

Bruno Lüdke liebte alle Tiere. Nicht die in den Ställen und Käfigen, sondern die im Wald und die auf den Feldern und Wiesen. Die brauchten nicht zur Schule zu gehen und mussten nicht jeden Tag dieselbe Arbeit machen. Die waren frei und konnten fliegen und laufen, wohin sie wollten. Sie durften alles, was ihnen in den Sinn kam, ohne dass jemand gemeckert hätte. Sie mussten nur aufpassen, dass sie nicht gefressen wurden. Deshalb wäre er auch gern ein Adler, ein Löwe, ein Elefant, ein Wolf oder ein Bär gewesen. An die wagte sich niemand heran. Auch an ihn, Bruno, wagte sich niemand heran. Weil er der Stärkste war.

Heute war er aber kein Tier, heute war er ein Neandertaler. Das hatte ihm am Müggelsee ein Radfahrer hinterhergerufen, als der beim Ausweichen fast gestürzt wäre. »Ab in den Wald, du Neandertaler!«

Pennigstorff hatte ihm erklärt, was ein Neandertaler war:

einer unserer Vorfahren, der, mit Fellen bekleidet, in einer Felshöhle lebte und mit einer Keule durch die Wälder zog.

Ein Fell hatte Bruno schnell gefunden – die alte Fuchsstola seiner Mutter. Als Keule diente ihm der abgebrochene Stiel einer Grabgabel. Felsen gab es am Kuhgraben nicht, so musste er sich seine Höhle aus Zweigen und Blättern bauen. Aber da drinnen zu hocken war langweilig, also zog er lieber los, um etwas zu erleben.

Erst ging er durch die Straßen. Deren Namen wusste er nicht, da er die Straßenschilder nicht lesen konnte, von der Grünen Trift einmal abgesehen. Dennoch konnte er sie auseinanderhalten, denn die Bäume, Zäune, Straßenbeläge und Häuser waren immer ganz unterschiedlich. Noch nie hatte er sich verlaufen. Manchmal schnitzte er sich als Markierung in die Baumrinden ein Kreuz, ein Herz oder ein *L.*

L. wie Lüdke, das hatte er sich eingeprägt. Auf diese Idee war er gekommen, als er seinen Vater einmal gefragt hatte, warum denn Wotan, ihr Schäferhund, gegen alle Bäume und Laternenpfähle pinkeln würde.

»Der hinterlässt da seine Duftmarken, damit er wieder nach Hause findet.«

Das hatte Bruno anfangs auch getan, doch spätestens nach einer Stunde war von seinem Urin nichts mehr zu sehen gewesen. Während der Suche nach seinen Spuren hatte er beobachtet, dass jemand ein Herz und ein paar Buchstaben in den Stamm geschnitzt hatte. Gar nicht so dumm, dachte er, das konnte er auch. Überhaupt, sein Taschenmesser war sein ganzer Stolz. Das hatte nicht nur zwei Klingen, eine kleine und eine große, sondern auch noch eine Nagelfeile und einen Schraubenzieher. Der ließ sich vielfach einsetzen.

»Hörst du Idiot wohl auf damit, unser Namensschild abzuschrauben!« Ein Mann kam aus seinem Haus gestürzt und hetzte zum Zaun, um Bruno Lüdke zu vertreiben.

Der sammelte in letzter Zeit Schilder jeglicher Art, und

dieses Namensschild hier war besonders schön, oval und sicherlich aus Gold, so sehr glänzte es. Der Name war schön lang und hatte Buchstaben, die nach oben und unten weggingen.

Herr Gollenberg riss den Gartenschlauch vom Boden, drehte den Hahn auf und richtete den Strahl auf Bruno Lüdke.

Der freute sich anfangs über die Erfrischung, aber dann tat es in den Augen weh, und er machte, dass er weiterkam.

Bruno Lüdke liebte kleine Kinder, und er spielte gern mit ihnen. Am liebsten Galopprennen, seit ihn sein Vater einmal mitgenommen hatte nach Hoppegarten. Das hatte er sich gemerkt, weil sich das so nach *Hoppe, hoppe Reiter* anhörte.

Vor einem Grundstück spielten ein paar Kinder mit Murmeln.

Bruno Lüdke blieb stehen, um ihnen dabei zuzusehen. »Ich auch mal!«

Sie ließen ihn mitmachen.

Als alle Murmeln ihm Loch waren, bot er ihnen an, Galopprennen mit ihm zu spielen. Dazu kniete er sich auf den Gehweg, hüpfte auf allen vieren herum und wieherte so laut, dass es mehrere hundert Meter weit schallte.

Die Kinder amüsierten sich.

»Einer ist jetzt der … der … der …«

Auf das Wort Jockey kam er nicht.

»… der … der … der Reiter.«

Karl-Heinz, blond und fünf Jahre alt, wagte es.

Doch kaum war er auf Brunos Rücken gekrabbelt, kam die Mutter aus dem Haus gelaufen. »Runter da! Und du …«, das war an Bruno gerichtet, »du lässt die Kinder in Ruhe, sonst …«

Bruno Lüdke ließ den kleinen Karl-Heinz wieder absteigen, richtete sich auf, griff sich seine Keule und lief weiter in Richtung Kuhgraben.

Ein Stückchen weiter kniete eine Frau, die viel jünger war als seine Mutter, in ihrem Gemüsebeet und zupfte Unkraut. Als Bruno genauer hinsah, kribbelte es in seinem Puscher, der ganz lang und steif wurde. Das passierte jetzt öfter, und er hatte Angst, dass er deswegen zum Arzt musste. Aber weh tat es ja nicht, wenn er da anfasste. Im Gegenteil, das war schön. Er fing an, vorn an ihm zu reiben.

Da entdeckte ihn die junge Frau, erschrak, sprang auf und schrie: »Hermann, da ist der Exhibitionist wieder! Komm mal schnell her!«

Bruno Lüdke wusste nicht, was das war, ein Ex... Ex..., aber dass es nichts Gutes sein konnte, hatte er am Klang des Wortes erkannt. Das waren seine Feinde, die Frau und ihr Mann. Also lief er los und verschwand kurz darauf im Wald.

Hier war er sicher, hier konnte ihm keiner was. Am besten, er setzte sich in ein Schiff und fuhr nach Amerika. Das konnte, seiner Meinung nach, nicht so weit weg von Köpenick sein, denn ein Onkel von ihm hatte neulich gesagt, er würde auch bald über den großen Teich gehen. Was ein Teich war, wusste Bruno, und der große Teich, das konnte nur der Müggelsee sein. Am anderen Ufer lag also Amerika.

Als er am Ufer stand, kam es ihm ganz nahe vor. Große weiße Dampfer fuhren hinüber. Da musste man nur aufpassen, dass nicht plötzlich ein Riese aus dem Ozean kam und den Dampfer versenkte. Der Onkel hatte was von Ozeanriesen erzählt.

Schwimmen konnte Bruno Lüdke nicht, sonst wäre er nach Amerika hinübergeschwommen. Aber rudern konnte er, und als er an einen Steg kam, an dem ein Ruderkahn lag, sprang er hinein. Eine Kette gab es nicht, der Strick war schnell losgebunden. Erst als er sich abgestoßen hatte und schon gut zehn Meter vom Ufer entfernt war, merkte er, dass im Kahn keine Ruder lagen. Mit den Händen als Paddel wollte er zum

Steg zurück, doch der Wind wehte vom Ufer her und trieb ihn nach Amerika hinüber.

Es war ein Riesenspaß. Pech nur, dass ihn mitten auf dem See ein Boot der Wasserschutzpolizei stoppte. Sein Vater war an Bord, und alle schimpften ihn tüchtig aus. Weil er das Boot geklaut hatte und damit losgefahren war, obwohl er gar nicht schwimmen konnte.

»Aber das … das … das Boot kann doch schwimmen«, sagte Bruno.

Zwei

1921

Heinz Franzkes Hand war bereits oben, noch bevor der Lehrer seine Frage richtig formuliert hatte, und zudem schnipste er auch noch mit Daumen und Mittelfinger. Das wurde zwar auf dem Gymnasium nicht gern gesehen, brachte ihm aber dennoch den gewünschten Erfolg, und er wurde aufgerufen.

»Franzke, was verstehen wir unter der Benrather Linie?«

»Die Benrather Linie markiert in der Entwicklung der deutschen Sprache, das heißt bei der sogenannten zweiten Lautverschiebung, die Grenze zwischen dem ober- und dem niederdeutschen Gebiet.« Franzke hatte, nachdem er aufgesprungen war, kerzengerade dagestanden und so artikuliert gesprochen wie kaum ein anderer Schüler in Steglitz.

»Und weiter?«, fragte Dr. Jerxheimer.

»Südlich der Benrather Linie wandelten sich verschiedene Laute, und es entwickelte sich das heutige Hochdeutsch, nördlich davon – im Englischen, Holländischen oder im Platt – blieben sie bestehen. Das /t/ beispielsweise wandelte sich unter bestimmten Voraussetzungen im Hochdeutschen zu /ss/ oder /ts/, also wie in *water* zu *Wasser* oder *two* zu *zwei*, und /p/ wurde zu /ff/ beziehungsweise /pf/, zum Beispiel *ape* zu *Affe* oder *pound* zu *Pfund*. Zusätzlich wandelte sich das /d/ zu /t/ wie in *day* zu *Tag* oder *deep* zu *tief*. Schließlich wurde aus dem alten /Þ/, das wir im Englischen heute noch haben, im Hochdeutschen das /d/, also *thing* zu *Ding* und *thanks* zu *danke*.«

»Danke, Franzke! Setzen, Eins!«

Bei Dr. Jerxheimer hing zu Hause über dem Schreibtisch der große Satz des Heraklit: *Erziehung heißt, ein Feuer entfachen, und nicht, einen leeren Eimer füllen.* Dem Erreichen dieses Zieles galt sein stetes pädagogisches Streben, obwohl er aus langjähriger Erfahrung wusste, dass es höchst utopisch war, denn nur wenige Schüler waren vom Intellekt und Willen her so ausgestattet, dass sie sich entzünden ließen, die meisten waren ganz gewöhnliche Eimer, manche sogar nur aus Blech und nicht einmal aus Emaille.

Aber dieser Franzke war einer, bei dem sich das besagte Feuer entfachen ließ. Der war begierig danach, Wissen in sich aufzunehmen, der hatte ein ganz ausgezeichnetes Gedächtnis, der konnte wunderbar formulieren. Und außerdem war sein Verhalten durchweg tadellos. Wenn sich andere Schüler seines Alters pubertären Späßen hingaben, zog er in die Arena und trainierte, um einmal ein berühmter Mittel- und Langstreckenläufer zu werden wie Paavo Nurmi aus Finnland.

Trotz seiner guten Noten in allen Fächern, mit Ausnahme von Musik und Zeichnen, ging Heinz Franzke keineswegs gern zur Schule, denn in seiner Klasse war er nicht übermäßig beliebt. Die einen hielten ihn für einen Streber, den anderen galt er als Schleimer, weil er sich bei Konflikten zumeist auf die Seite der Lehrer schlug, den Dritten schließlich war er zu ernsthaft und kaum einmal für Späße und Streiche zu haben.

Dabei wäre Franzke so gern zum Vertrauensschüler gewählt worden, doch nie erhielt er mehr als drei Stimmen – seine eigene mitgezählt. Da half es auch nicht, dass er die ganze Klasse zum Essen und Trinken in die Gaststätte seines Vaters einlud.

Nun stand wieder eine Wahl bevor, und niemand zweifelte daran, dass Robert Cholet, ein schwarzhaariger Filou hugenottischer Herkunft, nahezu alle Stimmen bekommen würde. Bis auf die von Franzke und dessen beiden Freunden Werner Rosinski und Lothar Lemke.

Die drei tuschelten in jeder Stunde und suchten nach Möglichkeiten, um Robert Cholet die Gefolgschaft abspenstig zu machen.

»Ich schlage ihn dermaßen zusammen, dass er für eine Weile ins Krankenhaus muss«, sagte Werner Rosinski.

Franzke verdrehte die Augen. »Mensch, dann wird er doch zum Märtyrer, und sie wählen ihn erst recht alle.«

Lothar Lemke sah das auch so. »Das muss man viel klüger anfangen. Wir müssen ihn in eine Falle locken.«

Dr. Glinka, ihr Lateinlehrer, fuhr dazwischen: »Lemke, hörst du wohl auf zu schwatzen! Zur Strafe schreibst du bis morgen hundertmal *Ave Caesar, morituri te salutant.* Das heißt?«

»Äh …«

»Nicht äh! Setzen, Fünf! Sondern … Cholet?«

»Sei gegrüßt, Kaiser, die dem Tod Geweihten grüßen dich.«

»Richtig! Und wer bei mir keine Vokabeln kann, der ist dem Tode geweiht. Also, Rosinski: *famem perferre*?«

»Die … äh … die Familie vollenden.«

»Unsinn! *Fames* ist der Hunger, *fame mori* verhungern und *famem perferre* Hunger leiden.«

Mit sichtlicher Freude verpasste er Werner Rosinski die nächste Fünf. Dr. Gernot Glinka war der meistgehasste Lehrer des Gymnasiums. Schule hieß für ihn Selektion, und nur wenige hielt er für auserwählt, sich mit dem Lorbeerkranz des Abiturs schmücken zu dürfen. Noten waren für ihn die Machete, mit der er sich ohne jedes Mitleid ans Ausholzen machte. Starke Bäume entstanden nur dadurch, dass man ihnen ausreichend Licht und Nahrung verschaffte, indem man die schwächeren rechtzeitig fällte.

Eigentlich gefiel Heinz Franzke diese Einstellung, zumal er als Primus nicht Gefahr lief, ausgeholzt zu werden, aber seine Freunde Werner Rosinski und Lothar Lemke waren Wackelkandidaten. Ihre Versetzung war auch diesmal wieder arg gefährdet. Dr. Glinka hatte sie auf der Abschussliste, und niemand zweifelte daran, dass er sich bei der nächsten Zensurenkonferenz mit seiner Meinung auch durchsetzen würde. Zwar gab es Lehrer mit sozialem Mitgefühl, aber die kamen gegen Dr. Glinka nicht an.

Dr. Glinka war ein einsamer Mensch. Das machte ihn hart. Ohne Rücksicht auf die Gefühle anderer konnte er frei agieren. Nur ganze zwei Monate hatte seine Verlobung gehalten, dann war ihm klargeworden, dass er nur als Einzelgänger glücklich werden konnte. Dass er so isoliert war, hing auch damit zusammen, dass er aufgrund eines Magenleidens, das noch kein Arzt richtig diagnostiziert hatte, unter einem üblen Mundgeruch litt.

»Mit dem an der Front hätten die Deutschen den Krieg nicht verloren«, spotteten die Schüler. »Der hätte die Alliierten nur anhauchen müssen, und ganze Bataillone wären zur Erde gesunken.«

Tatsache war, dass alle seine Gesprächspartner bemüht waren, einen Abstand von mindestens einem Meter zu ihm zu halten, andernfalls wagte man nicht mehr zu atmen.

»Fast wäre ich erstunken«, sagten die, die ihm zu nahe gekommen waren.

Niemand aber traute sich, ihm zu sagen, dass er – wie der Hausmeister Leibniz es ausgedrückte – »aus dem Mund stank wie eine Kuh aus dem Arschloch«.

Dr. Glinka selber aber nahm nicht wahr, wie es um ihn stand.

Das alles brachte Franzke auf eine Idee. Konnte er die in

die Tat umsetzen, hätte er zwei Fliegen mit einer Klappe geschlagen: seine beiden Freunde gerettet und Robert Cholet in den Schatten gestellt.

Als sie am Sonntagabend von Rangsdorf aus, wo die Franzkes ihre Laube hatten, mit der Bahn nach Hause fuhren, steckte ein kleines, sorgfältig verschlossenes Glas in seinem Rucksack – ein Glas voll mit Jauche. Die nun füllte er am Montagmorgen ungesehen in das Tintenfass, das nach alter Sitte im Lehrertisch eingelassen war.

Dr. Glinka kam gewohnt energisch ins Klassenzimmer und warf sein Lateinlehrbuch derart krachend auf den Lehrertisch, dass die Jauche aus dem Tintenfass schwappte und sofort ihren vollen Duft entfaltete.

»Hier stinkt es aber heute!«, rief Dr. Glinka.

»Hier stinkt es immer«, murmelten einige.

»Wo kommt das her?«, fragte Dr. Glinka.

»Vom Lehrertisch«, sagte Franzke.

Jeden anderen hätte Dr. Glinka nun zusammengestaucht, aber Franzke war sein bester Schüler. Der war nie aufmüpfig. Dem konnte er doch keine unlauteren Motive unterstellen. Als er sich nun auf dem Lehrertisch umsah, entdeckte er die Jauchespritzer und kam auch schnell dahinter, dass im Tintenfass noch etwas anderes schwappte als nur Tinte. »Wer war das?«

Schweigen.

Franzke blickte zu Boden, konnte aber an sich halten. Sich jetzt zu melden hielt er für unklug. Sein Plan sah anderes vor.

Als sich auch nach einigen Minuten keiner gemeldet hatte, holte Dr. Glinka den Rektor und erstattete sozusagen Anzeige gegen unbekannt.

Der Rektor war ein eingefleischter Reformpädagoge und hatte immer wieder überlegt, wie er Dr. Glinka wohl loswerden könne. Die Jauche war ihm nun ein willkommener

Anlass, mit dem anderen Tacheles zu reden. »Es tut mir leid, Herr Kollege, aber einmal muss es ja sein, dass Ihnen jemand die Wahrheit sagt, in Ihrem ureigensten Interesse.«

»Was für eine Wahrheit?«, fragte Dr. Glinka.

»Dass Ihre Atemluft für Ihre Mitmenschen eine gewisse olfaktorische Belästigung darstellt.«

Dr. Glinka fuhr auf. »Wollen Sie damit sagen, dass ich Mundgeruch habe?«

»Ja!«

Das Gespräch, das die beiden anschließend noch führten, wurde immer erregter und endete damit, dass Dr. Glinka den Schuldienst quittierte und einen leitenden Posten in einem großen Wörterbuchverlag übernahm – mit einem Einzelzimmer.

Der Rektor fand am nächsten Vormittag in seiner Post einen anonymen Brief, in dem geschrieben stand, dass der Schüler Heinz Franzke dem Lehrer Dr. Glinka Jauche ins Tintenfass geschüttet hatte. Geschrieben hatte den Brief Franzke selber, und zwar auf der Schreibmaschine seines Onkels.

Als Franzke ein volles Geständnis abgelegt hatte, jubelte die ganze Klasse und wählte ihn, den Tyrannenmörder, anschließend zum Vertrauensschüler.

Die Strafe fiel gering aus, denn zum einen hasste der Rektor alles Denunziantentum, und zum anderen war er Franzke insgeheim zu großem Dank verpflichtet, hatte er sich doch durch dessen Missetat endlich von Dr. Glinka trennen können.

Von nun an allerdings bekam Heinz Franzke keine ganz so guten Noten mehr, denn die übrigen Lehrer legten Dr. Glinka gegenüber, sosehr sie ihn auch gehasst hatten, sozusagen posthum eine Solidarität an den Tag, mit der Franzke nicht gerechnet hatte.

Wenn er später einmal gefragt wurde, warum er nicht Staatsanwalt geworden sei, sondern »nur« Kriminalbeamter, dann hing das sicher mit der Aktion »Jauchefass« zusammen und konnte als Dr. Glinkas spätere Rache verstanden werden. Aber noch war es nicht so weit.

Walter Franzke, der Vater von Heinz, war in Kalisch zur Welt gekommen, einer Kreisstadt in der preußischen Provinz Posen, hatte einige Zeit Agrarwissenschaft in Breslau studiert und war dann als Gutsverwalter nach Pilchowitz gegangen, einem Dorf in der Nähe von Kattowitz. Erst normaler Soldat an der Ostfront, hatte er sich bei Kriegsende der Marine-Brigade Erhardt angeschlossen und in dessen Freicorps im Baltikum gekämpft. Bis zum Leutnant war er aufgestiegen, dann hatte man ihm im Verlaufe des Kapp-Putsches sein linkes Knie zerschossen. Was tun mit einem steifen Bein? Die Reichswehr hatte ihn als »Krüppel« ausgemustert, und der Gutsherr hatte schnell verkauft, als sich abzuzeichnen begann, dass die Versailler Siegermächte weite Teile Oberschlesiens den Polen zuspielen würden. Nach einigem Hin und Her in Berlin hatten ihm seine alten Kameraden schließlich zu einem kleinen Lokal in der Steglitzer Albrechtstraße verholfen, dem »Heimatstübchen«. Hier nun konnte er nach Gutdünken herrschen. Und das Geschäft lief gut, kamen doch zu den normalen Gästen regelmäßig auch Mittelsmänner der Organisation Consul.

Heinz Franzke bewunderte seinen Vater. Schneidig war er, trotz seines Hinkefußes, und kommandieren konnte er wie kein Zweiter. Entweder man hatte diese Gabe, oder man hatte sie nicht. Walter Franzke hatte sie. Sich ihm zu fügen hieß immer, das Richtige zu tun und auf der Siegerstraße zu sein. Seine Feinde nannten Walter Franzke einen Herrenreiter, doch das empfand er als Ehrung. Er war alles andere als ein tumber Landsknecht und konnte die Zeichen der Zeit viel besser lesen als die meisten Intellektuellen in den Redaktionen und Hörsälen, und wenn er sagte »Kinder, wartet nur ab, unsere große Zeit wird noch kommen«, dann hatte das einiges Gewicht, und sein Sohn sah ihn durchaus als Propheten.

Heinz Franzkes Mutter, Ida mit Vornamen, war ihrem Mann mehr Dienerin als Ehefrau. Schon als Magd auf seinem Gut, zuständig für das Kühlen der Milch, hatte sie ihn angehimmelt und war ihm willig gefolgt – erst ins Heu, dann vor den Traualtar. Immerhin. Er konnte sich keine bessere Mutter für die vielen Kinder wünschen, die er zu zeugen beabsichtigte. Fünf waren es geworden, und Heinz war das jüngste. Außerdem war Ida die Schönste weit und breit gewesen, und auch heute noch kamen viele Männer ins »Heimatstübchen«, um sich den nötigen sexuellen Appetit für zu Hause zu holen. Daneben war Ida Franzke eine glänzende Köchin.

Heinz hatte keine besonders enge Bindung zu seiner Mutter. Bei fünf Kindern konnte die Ration an Liebe und Zuwendung, die jeder Einzelne bekam, ohnehin nicht groß sein, aber er hatte das Gefühl, dass sie ihn geradezu hasste. Vielleicht lag es daran, dass er diese etwas überhebliche Art an sich hatte, diese Arroganz des Gebildeten allen dumpfen Menschen gegenüber, und seine Mutter verstand von Politik, Kunst und Kultur nur wenig, und die Briefe, die sie schrieb, wenn sie überhaupt welche schrieb, wimmelten von Fehlern. Die Glucke, die er sich immer gewünscht hatte, die wärmende und alles umfassende Mutter war sie auch nicht. Wenn sie ihn nur einmal so gestreichelt hätte wie ihre Katze oder ihren Hund!

Dabei versuchte er durchaus, der Mutter zu gefallen, indem er viel im Haushalt half und das erledigte, wozu sie keine Zeit mehr fand, zum Beispiel Jagd auf die Getreidekäfer zu machen, die sie seit kurzem in der Küche hatten. Wenn die Beamten vom Lebensmittelaufsichtsamt die bei ihnen entdeckt hätten, wäre sicher der Teufel los gewesen, und womöglich hätte man die Schließung des »Heimatstübchens« angeordnet.

Franzke nahm sich eine Lupe und ging auf die Jagd. Die Käfer waren etwa drei Millimeter lang und so schmal wie ein dicker Bleistiftstrich. Wenn sie entdeckt wurden, dann stellten sie sich häufig tot, und oft hatte er schon ein Teeblatt zerdrückt und in seiner Liste vermerkt. Darum also die Lupe. Immer auf der Suche nach Brotkrümeln, aber auch Nusssplittern, wie sie in der Schokolade steckten, streiften die Tierchen umher. Riss er die Schranktüren auf, verharrten sie entweder und hofften, für einen toten Gegenstand gehalten zu werden, oder aber sie krabbelten los und flitzten in Richtung irgendeiner Ritze. Aber bevor sie ihm entkommen konnten, hatte er sie bereits mit dem rechten Zeigefinger erwischt und genüsslich zerquetscht. Es war ein lustvolles Gefühl, die Welt von Ungeziefer zu reinigen. Ein jeder Käfer ergab einen Strich auf seiner Liste. Sein Rekord lag bei dreißig Stück am Tag, und er hoffte, noch auf fünfzig zu kommen. Sie mussten irgendwo hinter den Schränken ein Nest haben, jedenfalls fehlte es nie an Nachschub. Manchmal ließ er, obwohl es ihm schwerfiel, einen Tag verstreichen, um dann am nächsten eine größere Ausbeute zu haben.

»Morgen kommt der Kammerjäger«, sagte sein Vater.

»Nein, bitte nicht!« Franzke fürchtete um den Verlust seiner Lieblingsbeschäftigung. »Ich schaff das schon alleine.«

Das war zu einer Zeit, als er Joseph Fouché, den französischen Polizeiminister, bewunderte. Der war 1793 nach Lyon geschickt worden, wo es einen Aufstand gegen die neuen Herren gegeben hatte. Man wollte den König wiederhaben. Um die Gegenrevolution niederzuschlagen, ließ Fouché an die 1600 Todesurteile vollstrecken und bekam dafür den Namen *mitrailleur de Lyon*, der Schlächter von Lyon.

Das imponierte Franzke. Man musste alles ausmerzen, was die Ordnung störte. Diese Gedanken bewegten ihn auch, als er in der Zeitung las, dass in der Gegend um den Schlesischen Bahnhof herum, insbesondere im Luisenstädtischen Kanal, immer wieder Leichenteile gefunden wurden. Ein Frauenmörder trieb dort sein Unwesen. Mit seinen Freunden Werner Rosinski und Lothar Lemke diskutierte er das lang und breit.

»Wer kann so was nur machen?«, fragte Werner Rosinski.

»Ich war es nicht!«, antwortete Lothar Lemke.

»Doch, dein Opa wohnt ja in der Koppenstraße, und da fährst du immer hin.«

»Nein, geht nicht«, warf Franzke ein. »Es heißt ja, dass die Leichenteile immer nachts ins Wasser geworfen werden, und da liegt Lothar bestimmt zu Hause in seinem Bettchen. Aber vielleicht war es ja sein Opa.«

»Du kriegst gleich ein paar gescheuert!«, rief Lothar Lemke.

Werner Rosinski war immer knapp bei Kasse und hätte gern durch die Ergreifung des Täters sein Taschengeld ein wenig aufgebessert. »Ist denn 'ne Belohnung ausgesetzt?«

Franzke schüttelte den Kopf. »Nein. Aber die Kriminalpolizei, das ist ja sowieso nur ein Haufen von Stümpern. Seit Jahren finden sie nun schon Leichenteile, und noch immer haben sie den Kerl nicht gefasst. Dabei ist die Sache doch ganz einfach: Man braucht nur Polizisten als Lockvögel am Schlesischen Bahnhof herumlaufen zu lassen.«

»Das fällt doch auf«, wandte Lothar Lemke ein. »Spätestens dann, wenn der denen an die Wäsche will.«

»Mensch, dann haben sie ihn doch!«, rief Werner Rosinski. »Ob wir uns nicht auch verkleiden können?«

Sie überlegten ernsthaft, wie sie das anstellen konnten, und wären womöglich auch ausgezogen, den Lustmörder zur Strecke zu bringen, wenn die Polizei nicht am 21. August 1921 Karl Großmann verhaftet hätte, die »Bestie vom Schlesischen Bahnhof«.

Eine wichtige Bezugsperson für Heinz Franzke war sein Onkel Richard, Richard Franzke, von Beruf Staatsanwalt. Schon sein Äußeres war furchteinflößend. Auf dem massigen Körper, weit über einhundert Kilo wog er, saß ein Schädel von Kürbisgröße, kahlgeschoren und glänzend wie eine Billardkugel. Durch die dicken Gläser seiner schwarzen Hornbrille wurden die dunkelbraunen Augen derart vergrößert, dass die Angeklagten das Gefühl hatten, bis in den letzten Winkel ihrer Seele und ihres Gedächtnisses durchleuchtet zu werden. Aber nicht nur durch diese Wucht wurden sie eingeschüchtert, sondern ebenso durch die schneidende Stimme Richard Franzkes und seinen scharfen Verstand. Nicht zufällig war er ein blendender Schachspieler und hatte seinem Verein bei Wettkämpfen schon viele Punkte eingebracht. Wäre er von seinem Beruf nicht aufgefressen worden, hätte er es, so sagte man, durchaus zum Großmeister bringen können.

Als Junge genoss es Heinz Franzke, mit seinem Onkel, wenn der sich einmal vom Dienst freimachen konnte, am frühen Abend hinten in der Gaststube zu sitzen und Schach zu spielen. Ins Wohnzimmer durften sie nicht, da der Onkel Zigarre rauchte und Ida Franzke um ihre Gardinen fürchtete.

Zum Aufwärmen kam er dem Jungen ein jedes Mal mit einer Denksportaufgabe. »Welches sind die größten Philosophen des Abendlandes?«

Heinz Franzke musste nicht lange nachdenken. »Aristoteles, Platon und Sokrates.«

»Gut, mein Junge! Platon und Sokrates unterhalten sich. Sagt Platon: ›Sokrates' nächste Behauptung wird falsch sein.‹ Antwortet Sokrates: ›Platon hat die Wahrheit gesagt.‹ Na, Heinz, was sagst du als großer Logiker, wer hat recht?«

»Das kann man nicht entscheiden, das geht einfach nicht, das ist wie die Quadratur des Kreises.«

»Richtig, das nennt man eine Paradoxie.« Der allmächtige

Onkel war zufrieden. »Nun aber zu unserer ersten Schachpartie! Möchtest du lieber Weiß, wo du die Initiative ergreifen kannst, oder Schwarz, wo du nur reagieren musst?«

»Weiß natürlich!«

»Mutig, mein Junge, mutig! Soll ich dir die Dame vorgeben, oder soll ich auf meine beiden Türme verzichten, damit du auch mal eine Chance hast?«

Heinz Franzke guckte böse. »Hör auf, mich zu beleidigen, sonst ... Du weißt, wenn es zum Duell kommt, schieße ich viel besser als du.«

Sein Vater hatte es ihm heimlich beigebracht. Man wusste ja nie, wozu es gut war.

Der Onkel grinste. »Ich wollte ja nur einmal sehen, ob du auch wirklich standhaft bist. Ich könnte dich auch gewinnen lassen, ohne dass du es merkst, aber ich will dir nicht die Freude nehmen, mich im fairen Wettkampf zu schlagen. Also los, den ersten Zug!«

Natürlich verlor Heinz Franzke auch diesmal, wenn es auch bis zum 34. Zug dauerte, bis der Onkel sein »Matt, mein Lieber!« verkünden konnte, was Rekord war.

»Du verstehst es schon großartig, ein Spiel systematisch aufzubauen und dafür zu sorgen, dass die Figuren sich gegenseitig decken. Was dir aber noch fehlt, ist die Fähigkeit, strategisch zu denken, also mehr als zwei Züge im Voraus zu planen.«

»Ich setze mehr auf originelle Einfälle«, erklärte Heinz Franzke.

Und damit sollte er im nächsten Spiel Erfolg haben, als er sich absichtlich viele wichtige Figuren schlagen ließ, so dass sich der Onkel schon gar nicht mehr richtig konzentrierte und ihm prompt in die Falle ging. Der König seines Onkels stand so eingeklemmt, dass Franzke ein und denselben Zug unendlich wiederholen konnte, und das bedeutete, dass die Partie remis gewertet wurde.

»Herzlichen Glückwunsch, mein Junge!«, rief der Onkel. »Auf diese Leistung kannst du stolz sein. Bist erst dreizehn Jahre alt und ringst mir schon ein Remis ab. Walter, für mich ein Glas Sekt und für den Jungen … Ach was, der darf das auch mit einem kleinen Schluck begießen.«

Sie hatten gerade miteinander angestoßen, als ein maskierter Mann ins Lokal stürzte. Mit nur zwei Sätzen war er am Tresen und schrie: »Geld her – oder ich schieße!« Um seinen Worten Nachdruck zu verleihen, jagte er eine Kugel in die Decke.

Walter Franzke hatte an der Front zu viele Gefechte erlebt, um auch nur für eine Sekunde die Contenance zu verlieren. Seine Gäste hingegen duckten sich, sprangen auf und hetzten zur Toilette oder warfen sich, wenn gar nichts anderes möglich war, zu Boden.

So auch Heinz Franzke. Er ging unter dem Tisch in Deckung, wagte es aber nach ein paar Sekunden, neugierig, wie er war, das lang herabhängende Tischtuch ein wenig anzuheben und zu beobachten, was sich weiterhin abspielte.

Seelenruhig hatte sein Vater in die Schublade gegriffen und ein Bündel Geldscheine hervorgeholt. Der Maskierte riss sie an sich und schien zufrieden zu sein.

Während er so dastand und einen Augenblick brauchte, um die Menge des Geldes abzuschätzen, bemerkte Heinz Franzke, dass der Mann dunkelbraune Sandalen trug und am rechten Fuß ein großes Loch in der beigefarbenen Socke hatte. Genau am großen Zeh. Und der sah komisch aus – dick und unförmig. Ein sogenannter Hammerzeh war das. Eine Cousine seiner Mutter litt schon seit Jahren darunter. Komisch, dass auch Männer so etwas hatten.

Der Räuber ließ seine Beute in einer Aktentasche verschwinden und lief auf die Straße hinaus.

Die Anspannung der Gäste löste sich. Alles schnatterte durcheinander. Einige machten sich an die Verfolgung.

Als würde ihn das alles langweilen, griff Walter Franzke zum Telefonhörer, um die Polizei zu verständigen.

Sein Bruder lief zu ihm hin und bedauerte ihn wegen des gestohlenen Geldes.

»Ach, Richard!« Walter Franzke lachte, als wäre die Szene eben nicht blutiger Ernst gewesen, sondern nur Teil eines Theaterstückes. »Man wird ja öfter mal überfallen, und für diese Anlässe habe ich mir einige gut gemachte Blüten verschafft. Falschgeld kostet ja nicht viel. Und wenn der Mann es ausgeben will, dann …«

Die Kriminalpolizei rückte an und fragte die Gäste, was sie beobachtet hätten. Auch Heinz Franzke kam an die Reihe. Er gab zu Protokoll, dass der Räuber am rechten Fuß einen Hammerzeh hatte.

Aufgrund dieser Angabe konnte der Mann schon am nächsten Vormittag gefasst werden, und ein Kriminalkommissar lobte Heinz Franzke: »Junge, du bist ja der geborene Kripomann, du musst später unbedingt zu uns kommen.«

»Nein, ich werde einmal Staatsanwalt, der steht ja über allen Polizisten.«

Drei

1932/33

Wir kennen weder den Familien- noch den Vornamen des Mannes, der im Februar 1932 durch die Neuköllner Straßen lief, wissen aber einiges über seine äußere Erscheinung: Er ist zwischen 25 und 30 Jahre alt, etwa 1,75 Meter groß, hat die kräftige und schlanke Figur eines Sportlers, mittelblonde und glatt nach hinten gekämmte lange Haare, ein markant längliches und knochiges Gesicht und spricht Hochdeutsch mit heller, weicher Stimme. Bekleidet ist er mit einer zweireihigen, gürtellosen Joppe mit schrägen Seitentaschen und einer langen dunklen Hose. In der rechten Hand trägt er eine abgewetzte braune Aktentasche.

So oder so ähnlich beschrieben ihn verschiedene Augenzeugen, und es besteht kein Zweifel, dass er tatsächlich existiert hat. Man nannte ihn Norbert N., abgeleitet von N. N., *nomen nescio* – den Namen weiß ich nicht.

Norbert N. arbeitet als Buchhalter in einer Fabrik in der Lahnstraße und biegt rechts in die Bergstraße ein. Unter der Ringbahn hindurch geht er in Richtung Hermannplatz. Er läuft immer schneller, damit ihm wärmer wird. Die U-Bahn hat zwar schon vor zwei Jahren den Bahnhof Neukölln erreicht, aber er will das Fahrgeld sparen, und weit ist es ja nicht bis zur Wildenbruchstraße. Er hat andauernd quälende Kopfschmerzen, und dort soll es einen Homöopathen geben,

Ziemann mit Namen, der als wahrer Wunderheiler gilt. Die Adresse hat Norbert N. von einem Kollegen bekommen.

Als er an der Magdalenenkirche vorüberkommt, will er am liebsten eintreten und beten. Er mag das große Kirchenschiff mit seinen Inschriften: *Jesus Christus, gestern und heute, derselbe auch in Ewigkeit* in Richtung Osten und *Ehre sei Gott in der Höhe* nach Westen hin. Doch vergeblich drückt er die Klinke nach unten, die Tür ist verschlossen.

Auf der anderen Straßenseite sieht er das Geschäft »Musik-Bading« und überlegt einen Augenblick lang, ob er hinübergehen und nach einer neuen Schallplatte suchen soll. Nein, denn seine Kopfschmerzen werden immer stärker. Nur schnell weiter, vorbei an »Blumen Jette«, der Hohenzollern-Apotheke, der Bickardt'schen Buchhandlung, dem Eisenwaren- und Haushaltsgeschäft von Gustav Kießling und »Koffer Panneck«.

Am Städtischen Lichtspielhaus Neukölln eilt er schnell vorüber. Kino ist Sünde. An der Passage hält er ein wenig inne und schaut hinein. Das Brückenquergebäude mit seinen Rundbogenfenstern ist zu jeder Jahreszeit ein Blickfang. Aber ansonsten ... Norbert N. würde am liebsten alles abreißen, denn Gott hat den Menschen nicht geschaffen, damit dieser sich amüsiert, nein, er soll beten und arbeiten.

Hinter der Richardstraße ändert der Straßenzug seinen Namen, und auf den Schildern ist plötzlich *Berliner Straße* zu lesen. Eine Berliner Straße in Berlin hält er für albern, aber Rixdorf ist ja bis vor zehn Jahren eine eigene Stadt gewesen, früher nur ein Dorf, und von dem hatte eine große Straße nach Berlin geführt.

Nun beherrschen wuchtige Bauten das Bild. Links das Kaufhaus H. Joseph & Co., rechts das Amts- und das Rathaus, vorher an der Ecke Anzengruberstraße aber noch das Postamt.

Er überlegt kurz, ob er Briefmarken kaufen soll, lässt es

dann aber, denn seine Kopfschmerzen werden immer ärger, und er fürchtet sich vor dem Anstehen am Schalter. Weiter. Je eher Ziemann ihn behandeln kann, desto besser.

Das Schaufenster des Photohauses H. Pogade lässt ihn kurz stehenbleiben. Einen Photoapparat hat er sich noch nicht leisten können. Wozu auch?

Angeekelt wendet er sich ab, als sein Blick auf ein Hochzeitsphoto fällt.

Der arme Mann, denkt er. Wieder einer, der einem Weib auf den Leim gegangen war.

Norbert N. hasst Frauen. Sie sind nur auf der Welt, um die Männer von der Arbeit abzuhalten und ihnen das Mark aus den Knochen zu saugen.

Umbringen müsste man sie alle, findet er. Besonders jene, die den Männern schöne Augen machen. Aber Huren waren sie doch alle. »*Denn die Lippen der Hure sind süß wie Honigseim, und ihre Kehle ist glätter als Öl, aber hernach bitter wie Wermut und scharf wie ein zweischneidiges Schwert*«, murmelt er leise. Das hatte er aus der Bibel, die Sprüche Salomos 5,3.

Ihn würde keine einfangen!

Es ekelt ihn an, wenn er sich vorstellt, sein Glied, mit dem er gerade Harn gelassen hatte, in den Körper eines anderen Menschen zu stecken.

Vor dem Amtshaus mit seinem imposanten Turm biegt er rechts ab in die Erkstraße. Er überquert noch die Donaustraße, dann sieht er schon das alte Rixdorfer Polizeipräsidium an der Kaiser-Friedrich-Straße und dahinter die Wildenbruchstraße. Doch unter der Adresse, die ihm der Kollege genannt hatte, findet sich kein Institut für Homöopathie, und er wird auch nicht fündig, als er die Straße bis weit hinter dem Neuköllner Schifffahrtskanal nach ihm absucht. Er bleibt stehen, stellt seine Aktentasche auf das Fensterbrett einer Parterrewohnung und beginnt, nach seinem Notizzettel zu suchen.

Endlich findet er ihn. Es ist ein abgerissenes Stück Zeitung, auf dem steht: *Ziemann, Windscheidstraße.*

Gott, da hat er Windscheid mit Wildenbruch verwechselt. Es scheint doch etwas mit seinem Kopf nicht in Ordnung zu sein.

Die Windscheidstraße, das weiß er, liegt in Charlottenburg und kreuzt die Kantstraße. Ein weiter Weg. Lohnt sich das?

Er zögert.

Aber der Kollege hat geschworen, dass dort geradezu Wunderheiler am Werke seien. »Eine halbe Stunde bei Ziemann, und du glaubst, du bist im Himmel. Jeder Druck ist weg.«

Also macht sich Norbert N. auf den Weg nach Charlottenburg. So schlimm ist es nun auch wieder nicht. Er muss nur zum S-Bahnhof Treptower Park laufen und bis zum Bahnhof Charlottenburg fahren. Das tut er auch. Gleich am Ausgang in der Fahrtrichtung beginnt die Windscheidstraße.

Schnell hat er das Institut Ziemann gefunden.

Es liegt im Parterre und ähnelt einer Arztpraxis. Das Personal trägt weiße Kittel, und alles macht einen sehr seriösen Eindruck.

Herr Ziemann, der aussieht wie ein Chefarzt, führt ihn in ein kleines Zimmer, rückt ihm einen Stuhl zurecht und bittet ihn, Platz zu nehmen. Er selber begibt sich hinter seinen eindrucksvollen Schreibtisch und beginnt mit einem kleinen Vortrag: »Homöopathie – was ist das eigentlich? Das ist eine von Samuel Hahnemann begründete Behandlungsmethode, bei der der Mensch immer als Ganzes betrachtet wird. Gesundheit ist eine Lebenskraft, die den ganzen Körper beseelt. Ist diese Vitalenergie ungebrochen, wehrt sie alle Krankheiten ab. Ist sie aber gelähmt, brechen Krankheiten aus. Um sie zu bekämpfen, muss die gelähmte Vitalenergie wieder wachgerüttelt werden. Dabei gehen wir davon aus, dass Ähnliches mit Ähnlichem behandelt werden muss. Aber nun erzählen

Sie mir doch erst einmal, warum Sie in unser Institut gekommen sind.«

Norbert N. holt weit aus und berichtet Ziemann von seinen Schlafstörungen und seinen starken Kopfschmerzen.

»Sind Sie verheiratet?«, fragt Ziemann.

»Nein!«

»Und, haben Sie dennoch regelmäßigen Geschlechtsverkehr?«

Norbert N. ist verwirrt. »Nein, wie denn?«

Ziemann macht sich Notizen und stellt noch eine Reihe anderer Fragen. Dann überlegt er einen Augenblick lang mit geschlossenen Augen und hat eine Idee für die Therapie: »Um Ihre Verkrampfungen zu lockern, beginnen wir mit einer leichten Massage. Unsere Frau Rolland wird danach alles Weitere mit Ihnen besprechen.«

Norbert N. wird in ein Behandlungszimmer geführt und gebeten, sich schon einmal auf einer Liege auszustrecken. Frau Rolland würde gleich kommen. Die Oberbekleidung möge er bitte ablegen und die Schuhe ausziehen.

Er tut wie ihm geheißen und klettert auf die Liege, legt sich auf den Rücken und starrt an die Decke. Die Stuckornamente interessieren ihn. Er fährt sie wie Eisenbahnstrecken mit seinen Blicken ab.

Ein Wasserfleck an der Decke sieht aus wie ein Erdteil. Afrika vielleicht.

Als er das linke Auge zukneift, merkt er, dass er mit dem rechten kaum noch etwas sehen kann, und fragt sich, ob in seinem Gehirn nicht doch ein Tumor wächst, der ihm den Sehnerv abquetscht.

Sein Arzt bestreitet das zwar – aber was wissen schon Ärzte!

Er schrickt hoch, als die Tür aufgeht.

Eine Frau in weißem Kittel erscheint. Sie sieht sehr sauber und schnuckelig aus. Sie stellt sich als Frau Rolland vor und begrüßt ihn derart freundlich, dass ihm richtig warm ums Herz wird.

Er schildert ihr sein Leiden, dann muss er sich auch noch sein Unterhemd ausziehen.

Sie beginnt mit ihrer Massage.

Erst wehrt er sich gegen ihre Hände, dann genießt er es.

»Alles furchtbar verspannt«, stellt Frau Rolland fest. »Was haben Sie denn für einen Beruf?«

»Ich bin Buchhalter«, antwortet er mit einem gewissen Stolz.

»Na, immer den ganzen Tag Bücher halten, das geht schon aufs Kreuz«, scherzt sie.

Er bleibt ernst und erläutert ihr die Aufgaben, die ein Buchhalter in seiner Firma zu erledigen hat. »Aber das können Sie in Ihrem Beruf ja nicht wissen.«

Frau Rolland kichert. »In meinem Beruf ... Ich war früher einmal Bürokraft im Amtsgericht Neukölln und dann im Wohlfahrtsministerium in der Leipziger Straße beschäftigt.«

»Interessant«, murmelt Norbert N.

»Drehen Sie sich bitte mal auf den Rücken!«

»Ja!«

Schläfrig ist er geworden. So bemerkt er gar nicht, dass Frau Rolland seine Gesäßbacken zu kneten beginnt. Dann denkt er, dass das zur homöopathischen Behandlung gehören würde. Es ist auch ganz angenehm, ja sogar lustvoll. Peinlich ist jedoch, dass sein Glied langsam steif zu werden beginnt. Da die Liege nicht nachgibt, muss er sein Gesäß etwas anheben. Hoffentlich, denkt er, merkt Frau Rolland nichts.

Die plaudert munter drauflos und bittet ihn schließlich, sich aufzusetzen, damit sie auch von vorn an seine Schulter herankomme.

Er tut es in Zeitlupe, doch so schnell will seine Erektion nicht verschwinden.

Frau Rolland hat den unteren Knopf ihres Kittels geöffnet, so dass Norbert N. ihren rechten Oberschenkel bis hoch zum Rand ihres Strumpfes sehen kann. Das Fleisch ist leicht gebräunt und zum Reinbeißen.

Ihre rechte Hand legt sich auf sein Glied. »Wenn Sie mehr möchten, Herr … dann … So teuer, wie Sie denken, ist es nicht. Eine kleine Zuzahlung nur.«

VIER

1932

Erich und Martha Zeitz hatten das Wochenende in Leipzig verbracht, wo ihre Tochter nach der Hochzeit hingezogen war. Ausgerechnet zu den Kaffee-Sachsen, und wie nicht anders zu erwarten, hatte es am Sonntagabend einen heftigen Streit zwischen ihnen und ihrem Schwiegersohn gegeben. Folglich waren sie nicht noch ein paar Tage länger geblieben, wie sie es eigentlich vorgehabt hatten, schließlich waren sie Rentner, sondern hatten den ersten D-Zug genommen, der am Montagmorgen von Leipzig aus abfuhr.

Der Kalender zeigte den 21. Februar 1932. Draußen war es so kalt, dass die Zugheizung es kaum schaffte, die Wagen ausreichend zu erwärmen. Also stand Martha Zeitz schließlich auf, um sich ihren Mantel anzuziehen.

Ihr Mann verstand das nicht. »Nicht doch, Martha, dann frierst du doch draußen doppelt so schnell. Und außerdem sind wir gleich in Berlin.«

Sie sah aus dem Fenster. »Stimmt, das war ja schon Lichtenrade.«

»Alles öd und leer«, murmelte Erich Zeitz.

Ihre Freude, wieder in der Heimat zu sein, hielt sich in Grenzen. Es waren nicht nur die Minusgrade auf dem Thermometer, die ihnen zu schaffen machten, es war auch die Kälte in den Herzen der Menschen. Man brauchte nur die Zeitung aufzuschlagen, um zu wissen, was los war. Allein in Berlin waren 600000 Arbeitslose registriert, im ganzen Reich waren es über sechs Millionen. Dazu kamen drei Millionen Kurzarbeiter. Die Länge der Schlangen vor den Arbeitsämtern wurde nicht mehr in Metern, sondern schon in Kilometern angegeben. Und das bei bitterster Kälte. Diebstähle und Plünderungen häuften sich. Im Humboldthain prostituierten sich Arbeiterkinder.

»Gott!«, rief Erich Zeitz und warf seine Zeitung ins Gepäcknetz, »wo soll das alles bloß noch hinführen?«

Seine Frau lachte bitter. »Na, zu den Nazis!«

Viele ihrer Nachbarn gingen in die Kneipen der Nationalsozialisten, um sich dort zu betrinken und dabei von herrlicheren Zeiten zu träumen.

Am Anhalter Bahnhof hätten sie sich gern ein Taxi genommen, denn die beiden Koffer wogen mehr, als für ihre angeknacksten Rücken gut war, doch das Geld dafür hatten sie nicht. Also blieb ihnen nur die Straßenbahn, und mit der Linie 4 kamen sie, ohne umzusteigen, bis zum Hermannplatz. Von dort aus bis zur Friedelstraße 23 mussten sie dann laufen, da half alles nichts.

Sie nahmen die Abkürzung über die Weserstraße und trafen unterwegs auf den Räucherwarenhändler Valentin, der am Kottbusser Damm 24 sein Geschäft hatte und als guter Bekannter gelten konnte.

Ganz aufgeregt war er heute. »Die Kommunisten hetzen gegen mich, dass keiner mehr bei mir kaufen soll.«

»Warum denn das?«, fragte Erich Zeitz.

»Angeblich soll ich einen Erwerbslosen aus einem meiner Häuser in der Lenaustraße rausgeworfen haben, weil der seine Miete nicht bezahlt hat. Das ist aber totaler Quatsch! Der Krause, so heißt er, ist erstens Säufer und randaliert dauernd, und so was kann man nicht länger dulden, und zweitens sind das nicht meine Häuser. Die verwalte ich nur für eine alte Dame.«

Martha Zeitz schloss die Augen. »Wo soll das alles bloß noch hinführen? Dieser Hass überall!«

Sie beteuerten, weiter bei Valentin kaufen zu wollen, zumal der sich bereit erklärte, beim Schleppen ihrer Koffer zu helfen.

»Vorderhaus, dritte Treppe rechts!«, sagte Erich Zeitz.

Da sie mit ihrer Rente nicht mehr auskamen, hatten sie untervermieten müssen. Es war schwer zu ertragen, nur noch in einem Zimmer zu leben und andauernd einen fremden Menschen in der Wohnung zu haben, aber es ging eben nicht anders, und vielleicht, so der gängige Trost, brachten Untermieter ja auch Leben in die Bude und wurden nach einiger Zeit sogar richtige Familienmitglieder.

Sie bedankten sich bei Valentin.

Erich Zeitz machte sich daran, die Wohnung aufzuschließen. Das war ein geradezu hoheitlicher Akt, den er sich nicht nehmen ließ, schließlich war er alter Zollbeamter. Als er den Schlüssel ins Sicherheitsschloss gesteckt hatte und ihn herumdrehen wollte, stutzte er. »Ist ja gar nicht abgeschlossen!«

»Erich, das wirst du beim Wegfahren glatt vergessen haben«, sagte seine Frau. »Und das ausgerechnet du!«

»Unsinn! Ich schließe immer sorgfältig ab. Das wird dieses Flittchen gewesen sein.«

Gemeint war ihre neue Untermieterin, die noch keine Woche bei ihnen wohnte und schon zwei Cousins mit nach Hause gebracht hatte.

Kaum stand Erich Zeitz im Korridor, da klopfte er auch schon an ihre Zimmertür, um sie wegen ihrer Nachlässigkeit zur Rede zu stellen. »Fräulein Rolland, würden Sie bitte mal …«

Doch drinnen rührte sich nichts. Wahrscheinlich schlief die Dame noch. Das tat sie immer, wenn sie keine Arbeit hatte. Klopfte er an ihre Tür, so machte sie auf toten Käfer.

Er lauschte. Nichts. Nun hämmerte er mit der rechten Faust gegen die Tür. Wieder nichts.

»Ist sie doch schon aus dem Haus«, sagte Martha Zeitz.

»Und ohne abzuschließen!« Erich Zeitz konnte sich nur schwer beruhigen. Dazu wurde in letzter Zeit zu viel eingebrochen. Jetzt riss ihm der Geduldsfaden. Mit den Worten »Jetzt komme ich aber!« drückte er die Klinke nach unten. Da die Rolland ihre Tür immer von innen verriegelte, konnte dies nichts anderes sein als eine leere Drohung.

Doch als er etwas energischer gegen die Tür drückte, flog diese geradezu auf.

Was er dann sah, ließ ihn aufschreien – eine Leiche auf dem Fußboden.

Mathilde Rolland lag zwischen Sofa und Tisch. Und zwar auf dem Rücken. Um ihren Hals war der Gürtel eines Kleides zweimal fest herumgeschlungen und verknotet. In ihrem Mund steckte ein Klaviertastenschoner – offenbar als Knebel. Das Kleid war hoch-, der Schlüpfer heruntergezogen.

Heinz Franzke, nun 24 Jahre alt, hatte sich zu einem Menschen mit vielerlei Facetten entwickelt. Er hatte stets vor Augen, was Adolf Hitler gefordert hatte: *Eine gewalttätige, herrische, unerschrockene, grausame Jugend will ich. Es darf nichts Schwaches und Zärtliches an ihr sein. Das freie, herrliche Raubtier muss erst wieder aus ihren Augen blitzen.*

Auf der anderen Seite aber war er feinnervig und kreativ wie ein jüdischer Intellektueller, obwohl er diese Gruppe hasste wie keine zweite. Dazu kam eine außergewöhnliche formale Intelligenz, die er sich vor allem in den langen Schachpartien gegen seinen Onkel erworben hatte. Hoch aufgeschossen war er und schlank, und seine Gesichtszüge konnte man asketisch nennen. Das lag daran, dass er viel trainiert hatte und auf den Mittelstrecken fast Berliner Meister geworden wäre. Seine Wirkung auf Frauen war groß, und was dieses Thema betraf, da hätte er ebenso, wie es Joseph Goebbels am 15. Juli 1926 getan hatte, in sein Tagebuch schreiben können: *Jedes Weib reizt mich bis aufs Blut. Wie ein hungriger Wolf rase ich umher. Und dabei bin ich schüchtern wie ein Kind. Ich verstehe mich manchmal selbst kaum.*

Mit der nationalsozialistischen Bewegung war er schnell in Berührung gekommen, denn sein Vater hatte nicht nur eine niedrige Parteinummer, sein Lokal in der Steglitzer Albrechtstraße war auch ein beliebter Treffpunkt von SA und NSDAP geworden. Bald hatte Heinz Franzke beschlossen, im Spiel des Lebens auf diese Karte zu setzen. Ordentliches Mitglied in der NSDAP konnte er allerdings erst mit dem Erlass vom 29. Juli 1932 werden, denn bis zu diesem Zeitpunkt war preußischen Staatsbeamten die Mitgliedschaft in der NSDAP untersagt gewesen.

Nach dem Abitur, abgelegt 1927, hatte er begonnen, Jura zu studieren, war aber des trockenen Tons schnell überdrüssig geworden und hatte beschlossen, in die Berliner Kriminalpolizei einzutreten. Den Volkskörper von verbrecherischen Elementen zu reinigen war für ihn von ungeheurer Wichtigkeit. Ohne Zögern erklärte er, dass ein Mann wie Ernst Gennat für ihn im gesellschaftlichen Gefüge denselben Rang einnähme wie Robert Koch oder Rudolf Virchow. Die einen eliminierten jene Bakterien und Viren, die darauf aus waren, Menschen zu töten, der andere brachte Mörder zur Strecke, Lebewesen also, die schon getötet hatten und nichts anderes verdienten als das berühmte »Kopf ab!«. Auch als eine Art Kammerjäger sah er den Kriminalbeamten, denn beide Berufsgruppen hatten Ungeziefer zu bekämpfen und gegebenenfalls auch auszurotten. Spürte er, dass einem Gesprächspartner dieser Vergleich zu drastisch erschien, dann bezeichnete er sich als Arzt, insbesondere als Chirurg. Abtöten und herausschneiden, was Leben und Gesundheit gefährdet – das sei die Aufgabe eines Kriminalbeamten.

Es war also zu Beginn der dreißiger Jahre ein loderndes Feuer in ihm entfacht worden, und wer weiß, welche Karriere er noch gemacht und welchen Verlauf sein Leben sonst genommen hätte, auch nach 1945, wenn er nicht mit einem Menschen aus einer ganz anderen Ecke der Gesellschaft zusammengetroffen wäre: mit Bruno Lüdke, dem »doofen Bruno«. Aber noch war es nicht so weit. Noch war er Kriminalanwärter, also eine Art Lehrling, und hatte den Kriminalkommissaren Albrecht und Litzenberg bei der Aufklärung des Falles Mathilde Rolland Hilfsdienste zu leisten. Da Litzenberg heimlich Parteigenosse war, konnte sich Franzke von diesem eine besondere Förderung erhoffen. Später jedenfalls. Nach der Machtergreifung.

Nach Ende des Ersten Weltkrieges hatte es eine erhebliche Professionalisierung der Berliner Kriminalpolizei gegeben. So etwa war eine systematische Auswertung von Fingerabdrücken eingeführt worden, man hatte mit ballistischen Untersuchungen begonnen, eine neue Mordinspektion und die weibliche Kriminalpolizei waren geschaffen und im Jahre 1927 ein Institut für Polizeiwissenschaft in Charlottenburg gegründet worden. Schon am 1. Juni 1925 hatte das Landeskriminalamt, das LKA, seine Arbeit aufgenommen.

Die Kripo, im Polizeipräsidium am Alexanderplatz angesiedelt in der Abteilung IV, lehnte es strikt ab, sich mit politischen Angelegenheiten zu befassen, und kooperierte anfangs auch nur widerwillig mit der politischen Polizei, der Abteilung IA, und der Schutzpolizei. Man war eben der Adel.

Die Kriminalkommissare im Morddezernat der Abteilung IV standen in dem Ruf, die besten in Deutschland zu sein. Dies beruhte auf den Leistungen einzelner Beamter wie Ernst Gennat, Ludwig Werneburg, Otto Trettin oder Dr. Erich Anuschat.

Nur wenige jüngere Beamte, die aufsteigen wollten, und einige ältere Beamte, die zu sehr unter ihren Enttäuschungen litten, fanden sich in der nationalsozialistischen Zelle der Kripo zusammen. Ein Mann wie Dr. Rudolf Braschwitz hatte, um sich bei seinen jeweiligen Vorgesetzten beliebt zu machen, erst der DDP, der Deutschen Demokratischen Partei, und der SPD angehört, ehe er 1933 Mitglied der NSDAP wurde. Zu groß war der Einfluss von Ernst Gennat, der zwar ein ziemlich unpolitischer Mensch, aber »demokratisch bis auf die Knochen« war, wie seine Kollegen zu berichten wussten.

Gennats politischer Gegenspieler war der Emporkömmling Otto Busdorf, Sohn eines Dorfbäckers und Polizeispitzel in der Kaiserzeit. Um seine Beförderung zum Kriminalrat voranzutreiben, trat er erst in die SPD ein und näherte sich dann, als dies nicht fruchtete, 1931 der NSDAP mit kleinen Geldspenden.

Die Nationalsozialisten taten alles, um die Berliner Kriminalpolizei zu unterwandern. Einen großen Schritt auf diesem Wege schafften sie im Dezember 1932, als es ihnen bei den Wahlen zum Beamtenausschuss des Polizeipräsidenten gelang, alle sieben Sitze zu erringen, die für die Vertreter der höheren Kriminalbeamten reserviert waren. Die NS-Kandidaten um den Kriminalrat Alfred Mundt sowie die Kommissare Erich Liebermann von Sonnenberg und Arthur Nebe erhielten jeweils etwa 75 Prozent der abgegebenen Stimmen.

Es gab drei wesentliche Gründe für die Berliner Kriminalbeamten, sich der NSDAP anzuschließen oder wenigstens auf sie zu setzen. Zum einen glaubten sie, dass der Weimarer Rechtsstaat sie in ihrer Arbeit behinderte und das neue Regime ihnen mehr Chancen zur Durchsetzung rigoroser Maßnahmen gegen das organisierte Verbrechen geben würde. Zweitens steckten sie, wenn sie Kommissare waren, im Beförderungsstau und konnten kaum damit rechnen, im bestehenden gesellschaftlichen System jemals befördert zu werden. Und drittens gehörte ein erheblicher Teil von ihnen der zwischen 1890 und 1900 geborenen »jungen Frontgeneration« an, die am Weltkrieg beziehungsweise den Aktionen der Freikorps teilgenommen hatte und stramm antirepublikanisch eingestellt war.

Nach der Machtergreifung der Nationalsozialisten im Jahre 1933 übernahm Erich Liebermann von Sonnenberg die Abteilung IV. Er war es auch, der für die Einführung nationalsozialistischer Methoden sorgte und eine große Säuberungsaktion einleitete. Insbesondere wurden SPD-Mitglieder aus der Abteilung IA auf Posten versetzt, auf denen sie mit Politik nichts zu tun hatten, andererseits wechselten viele Kriminalbeamte, an ihrer Spitze Arthur Nebe, zur Gestapo in die Prinz-Albrecht-Straße. Nebe sollte dann 1935 zur regulären Kriminalpolizei zurückkehren und Chef der gesamten preußischen Kriminalpolizei werden. NS-Anhänger, die nicht in die Gestapo übernommen wurden, entschädigte man durch ansehnliche Beförderungen. Nur Otto Busdorf fiel nicht nach oben.

Rein technokratisch gesehen, verlor die Abteilung IV nach den politischen Ereignissen von 1933 nichts von ihrer Qualität, zumal Ernst Gennat bis zu seinem Tode am 21. August 1939 im Polizeidienst verblieb.

Noch aber, im Februar 1932, wurde Preußen von Otto Braun regiert, einem Sozialdemokraten, und der Berliner Oberbürgermeister hieß Fritz Elsas und war Mitglied der DDP.

Heinz Franzke staunte, wie groß das Zimmer war, das die Rolland gemietet hatte. Das mussten knapp dreißig Quadratmeter sein. Da war sogar Platz für ein Klavier. Die linke Ecke des Zimmers wurde von einem Kachelofen ausgefüllt, bis zum Fenster folgten dann auf dieser Seite des Raumes ein Tisch mit einem Stuhl und ein Paneelsofa, über dem ein üppiger Spiegel angebracht war. Rechts vom Fenster standen das besagte dunkelbraun gebeizte Klavier, ein Bett, ein Kleiderschrank, ein kleiner Schreibtisch und ein Schließkorb. Vervollständigt wurde die Einrichtung von einem Wäscheständer, der links neben der Tür an der Wand zum Korridor aufgebaut war. Neben der Waschschüssel, die mit trübem Seifenwasser gefüllt war, lagen Kamm und Bürsten. Eine Parfümflasche war umgefallen.

»Fällt Ihnen etwas auf?«, fragte Litzenberg.

Franzke musste nicht lange nachdenken. »Ja, das Bett! Das ist völlig unberührt.«

»Im Gegensatz zu dieser Dame hier.« Albrecht zeigte auf die Leiche. »Die wird es nicht mehr sein. Die Wirtsleute sagen, dass sie, kaum war sie eingezogen, schon Herrenbesuch gehabt hat und die Geräusche eindeutig gewesen seien.«

»Was schließen wir daraus?«, fragte Litzenberg den Kriminalanwärter, wobei er gleichzeitig seinen Blick bedeutungsvoll durch das Zimmer schweifen ließ.

Wieder musste Franzke nicht lange nach einer Antwort suchen. »Dass es die Rolland, wenn sie die Miete für das Zimmer aufbringen wollte, für Geld getan hat.«

»Richtig!«, rief Litzenberg. »Und wenn Sie mir jetzt noch den Namen des Täters sagen, verkürzen wir Ihre Anwärterzeit um die Hälfte.«

Franzke lachte. »Nichts leichter als das! Ich tippe mal auf N. N.«

»Treffer! Aus Ihnen kann noch mal was werden, Franzke.«

Mochte es für die altgedienten Kommissare auch Routine sein, Heinz Franzke fand das alles überaus aufregend.

Nach einer Kurtisane oder Hetäre sah die Rolland nicht gerade aus. Ihre Strümpfe waren nicht von verführerischen Strumpfbändern gehalten worden, sondern links von einem dünnen Gummiband und rechts von einem Bindfaden. Auch ihr schwarzblaues Kleid sah ärmlich aus. Die rote Wolljacke, die sie darüber getragen hatte, war abgenutzt und wies Mottenlöcher auf. Am rechten oberen Jackenaufschlag steckte ein Parteiabzeichen der NSDAP.

Einerseits freute das Franzke, andererseits erfüllte es ihn mit ungeheurer Wut. Vielleicht hatte einer von der Rotfront die Rolland erschlagen. Heinz Franzke schwor sich, nicht eher zu ruhen, bis er den Täter gefasst hatte. »Mathilde Rolland, wir rächen dich!«, flüsterte er.

Im offenen Mittelfach des Schreibtisches lagen Sturmabzeichen und ein Wimpel mit Hakenkreuz, wie man ihn an Autos und Fahrrädern anbrachte, sowie die Mitgliedskarte Nummer 637 643, ausgestellt am 16. Oktober 1930 in München.

Sogar München, dachte Franzke, alle Achtung.

Nun wurde all das, was auf dem Schreibtisch herumlag, Stück für Stück unter die Lupe genommen.

»Im Portemonnaie kein Geld«, sagte Litzenberg. »Natürlich, der Freier hat ja auch nicht bezahlt. Dafür zwei Ausweise: einer für die Leihbibliothek, der andere für das Amtsgericht Neukölln.«

»Da soll sie angeblich mal gearbeitet haben«, fügte Albrecht hinzu. »So die Wirtsleute.«

Litzenberg zeigte auf eine Butterstulle, die auf der Schreibtischplatte lag. »Franzke, was sagt uns das?«

»Da sie nicht angebissen ist, muss der Besuch überraschend gekommen sein.«

Der Kriminalkommissar war nicht ganz zufrieden. »Ja, aber was kann es noch bedeuten?«

»Dass sie die Stulle für ihren Besuch geschmiert hat, der aber nicht mehr zum Essen gekommen ist.«

»Sehr schön, Franzke!« Litzenberg roch an der Stulle. »Die teure Butter und keine Margarine, hm!« Er wusste selber nicht so genau, wie das einzuordnen war. »Vielleicht hat sie ihn verwöhnen wollen. Also doch kein Freier, sondern ein Liebhaber. Einer von denen hier vielleicht.« Er zeigte auf die Photographien eines Reichswehrsoldaten und eines anderen jungen Mannes, die neben einer Hindenburg-Büste auf dem Schreibtisch standen.

»Kann es nicht auch sein, dass beide gleichzeitig hier waren?«, fragte Franzke.

Albrecht schüttelte den Kopf. »Dann hätte sie zwei Butterbrote geschmiert.«

Litzenberg lachte. »Der eine hatte keinen Hunger.« Er sah Franzke an. »Wie kommen Sie denn darauf, dass beide hier gewesen sein könnten?«

»Na, weil hier Skatkarten liegen, und das geht nur richtig zu dritt.«

»Sie könnte ja auch mit den Wirtsleuten gespielt haben«, wandte Albrecht ein.

Litzenberg winkte ab. »Die sind doch gleich, nachdem die Rolland einzogen ist, verreist. Sehen wir mal weiter!«

Das taten sie. Sie fanden Notenblätter, die mit handschriftlichen Anmerkungen der Rolland versehen waren und darauf schließen ließen, dass sie selber Klavier gespielt hatte, und einen Stapel Briefe.

»Was haben wir denn da?«, rief Litzenberg, als er einen Aschenbecher aus durchsichtigem Glas entdeckt hatte. »Einen herrlichen Fingerabdruck! Von der Größe her ganz bestimmt der eines Mannes. Na bitte!«

Man machte sich daran, mit den Eheleuten Zeitz zu sprechen und die Nachbarn zu befragen. Zwei von ihnen hatten einen fremden Mann am 21. Februar die Treppe heraufkommen sehen und konnten ihn recht gut beschreiben. Als man ihnen die Photos der beiden Männer zeigte, die bei der Rolland auf dem Schreibtisch standen, schlossen sie aus, dass es einer von denen gewesen war.

Als sie wieder an den Tatort zurückkehrten, sagte ihnen Erich Zeitz, dass ihm inzwischen noch etwas eingefallen sei.

»Beim Umzug, da haben dem Fräulein zwei Männer und eine Frau geholfen, und da kann ich mich erinnern, dass die Frau zu einem gesagt hat, als sie das Klavier hochgetragen haben: ›Mehr nach rechts!‹ Daraufhin hat der Mann geantwortet: ›Jeht nich, ick heiße Lincke, ick kann nur nach links.‹«

Das war ein Ansatzpunkt, und als sie die Einwohnerkarteien durchsahen, hatten sie schnell den Mann gefunden, der es sein konnte: Heinz Lincke, ein junger Schlächter aus der Elbestraße. Er kam auch deshalb in Frage, weil Mathilde Rolland vorher ganz in der Nähe, in der Kaiser-Friedrich-Straße, gewohnt hatte.

Litzenberg und Franzke machten sich auf den Weg in die Elbestraße. Genau in der Mitte zwischen dem Neuköllner Schifffahrtskanal und der Sonnenallee fanden sie Lincke in einem Mietshaus. Er wohnte noch bei seinen Eltern und war arbeitslos.

»Det se umjebracht worn is, hab ick schon jehört. Traurig, wa? Woher ick die Hilde kenne? Na, aus de Partei. Erst war ick inne KPD, aba bei die Nappsülzen, da war ja nischt zu holen, dann bin ick in die NSDAP und inne SA. Jetroffen ham wa uns alle in unsam Sturmlokal, Kaiser-Friedrich-Straße 25. Und letzten Sonnabend, da hab ick die Hilde beim Ziehen jeholfen.«

Franzke verstand das nicht. »Beim Ziehen?«

»Beim Umziehn! Da isse ja von hier weg inne Friedelstraße. Die Marianne Intek, det war ihre Freundin, der Bruda von der und icke, wir drei, wir ham ihre Sachen inne Friedelstraße jebracht.«

Litzenberg nickte. »Und Sie waren dem Fräulein Rolland auch sonst sehr verbunden?«

Lincke grinste. »Und wie! Aba ick hab et umsonst bei ihr bekommen. Und inne Friedelstraße ham wa jleich det neue Bett einjeweiht.«

»Und dann sind Sie gegangen?«

»Ja, um viere bin ick weg, ick hatte noch 'n Einsatz. Fragen Se bei uns int Sturmlokal. Außerdem war se um fünf noch mit eenem andern verabredet. Eena, der ma, als wa die Klamotten nach ohm jetragen ham, schon anjequatscht hatte, uff da Treppe.«

Franzke glaubte Lincke. Es gab nicht den geringsten Grund für ihn, die Rolland umzubringen. »Niemand schlachtet das Huhn, das ihm die schönsten Eier legt«, sagte er zu Litzenberg.

»Ganz meine Meinung!«

Sie ließen sich von Lincke eine Beschreibung des Unbekannten geben: zwischen 25 und 30 Jahre alt, etwa 1,75 Meter groß, schlank, sportliche Figur, mittelblondes langes und glatt nach hinten gekämmtes Haar, längliches Gesicht mit hervorstehenden Wangenknochen, helle Stimme, ein bisschen weiblich. Bekleidet mit einer Joppe und langen dunklen Hosen. In der Hand eine Aktentasche.

Als sich dann herausstellte, dass die Fingerabdrücke auf dem Aschenbecher von Lincke stammten, waren die Ermittler enttäuscht.

Blieb der Hinweis auf die NSDAP. Franzke und Litzenberg behagte es gar nicht, dass der Mörder der Rolland womöglich in ihrem eigenen Milieu zu suchen war, aber Dienst war Dienst, und so kamen sie nicht umhin, im Sturmlokal Kaiser-Friedrich-Straße 25 Nachforschungen anzustellen.

Dort trafen sie auf einen früheren Nachbarn der Rolland, einen gewissen Franz Pitarski, der ihnen erzählte, dass die Ermordete viel für die Partei geschrieben hatte und eine fanatische Anhängerin gewesen war. »Wie ich die Mathilde kennengelernt habe? Durch die Partei, ich bin auch Nationalsozialist und sogar Zellenführer. Da muss ich regelmäßig Parteigenossen aufsuchen und ihnen Nachrichten bringen. Und die Beiträge kassieren. Die Hilde, das war eine intelligente Frau, aus der hätte noch was werden können. Erst war sie beim Amtsgericht Neukölln beschäftigt als Justizangestellte, glaube ich, dann im Wohlfahrtsministerium in der Leipziger Straße.«

»Und warum hat sie da aufgehört?«, wollte Franzke wissen.

»Aufgehört?« Pitarski schüttelte den Kopf. »Sie hat nicht freiwillig aufgehört. Man hat ihr gekündigt!«

»Und warum?«

»Keine Ahnung! Es hieß damals, dass sie in eine Spionagegeschichte verwickelt gewesen sein soll. Als sie in Schöneberg wohnte, hatte sie Polen als Freunde gehabt, und die sollen der Grund dafür gewesen sein, dass sie gefeuert worden ist.«

Litzenberg hakte bei den Behörden nach, konnte aber nichts in Erfahrung bringen, was für sie interessant gewesen wäre. Ganz abwegig schien aber der Gedanke an einen politischen Mord nicht zu sein, denn Lincke und die Geschwister Intek, die der Rolland beim Umzug geholfen hatten, berichteten, dass am Vormittag angeblich ein Onkel bei ihr aufgetaucht sei und sich nachmittags ein jüngerer Mann nach ihr erkundigt habe. Näheres konnten sie aber auch nicht sagen.

Das Gespräch mit Marianne Intek brachte aber in anderer Hinsicht wertvolle Erkenntnisse. Man hatte die Büroangestellte nicht in ihrer Wohnung oder an ihrem Arbeitsplatz aufgesucht, sondern ins Präsidium vorgeladen.

»Die Hilde, die Mathilde habe ich bei Ziemann kennengelernt, bei Oskar Ziemann in Charlottenburg, da sind wir Kolleginnen gewesen.«

»Und was haben Sie da gemacht?«, fragte Litzenberg, der schon etwas zu ahnen schien.

»Ich war Helferin für Bestrahlung und Höhensonne«, antwortete die Intek.

»Keine Massagen?«, wollte Litzenberg wissen.

Marianne Intek senkte den Kopf. »Doch …«

»Also ganz gewisse Massagen?«

»Ja, aber ich hatte nie Geschlechtsverkehr mit einem Patienten.«

»Und die Rolland?«, fragte Litzenberg.

»Kann sein …«

Franzke hakte nach. »Und kann es auch sein, dass sie Männer, die bei Ziemann waren, zu sich nach Hause bestellt hat?«

»Gott, junger Mann, wir wollen alle überleben!«

Franzke nickte. Ja, es musste eine andere Zeit kommen, ein Drittes Reich, in dem die Menschen wieder Arbeit und eine sichere Zukunft hatten!

Litzenberg zückte seinen Notizblock. »Können Sie denn den jüngeren Mann beschreiben, Fräulein Intek, der sich mit der Rolland treffen wollte?«

»Ja, klar!«

Die Beschreibung, die ihnen Marianne Intek lieferte, deckte sich weithin mit der von Heinz Lincke, so dass sie ein »Mordplakat« drucken und überall in Neukölln und nebenan in SW 29 aushängen konnten. Für Hinweise zur Ergreifung des Mörders wurden eintausend Reichsmark Belohnung ausgesetzt.

Litzenberg und Franzke konnten erst einmal Atem holen und die Ruhepause im Fall Rolland nutzen, um zum Sportpalast zu gehen, wo Joseph Goebbels eine Rede halten sollte. Es hieß, er würde bei dieser Gelegenheit die Kandidatur Adolf Hitlers für das Amt des Reichspräsidenten verkünden.

Noch war es nicht so weit, dass alle Deutschen wussten, was es mit der Vorsehung auf sich hatte, aber wenn Heinz Franzke später auf das zu sprechen kam, was er im Mai 1932 erlebt hatte, kam er ohne sie nicht aus.

In der Kantine des Polizeipräsidiums hatte es eine kleine

Feier gegeben, den Tanz in den Mai bei einer gehaltvollen Bowle.

Franzke war ein annehmbarer Tänzer, und bei der Damenwahl stand Fräulein Grützmacher vor ihm, Gisela Grützmacher, und fragte ihn: »Darf ich bitten?«

Das Licht war zum Glück so schummrig, dass niemand sehen konnte, wie sehr er errötete, denn die Stenotypistin, die ein wenig älter war als er, stand in dem Ruf, gerne Männer zu vernaschen, und seine Erfahrungen auf erotischem Gebiet beschränkten sich auf Doktorspiele, harmlose Knutschereien und das, was man umgangssprachlich Handbetrieb nannte. Vor käuflicher Liebe war er stets zurückgeschreckt, denn die stand bei ihm für undeutsche Dekadenz. Außerdem fürchtete er zweierlei: zum einen, sich anzustecken – mit der Gonorrhö oder gar der Syphilis –, und zum anderen, bei einer Razzia im Bordell erwischt und wegen sittlicher Verfehlungen aus dem Dienst entfernt zu werden. Freundinnen hatte er mehrere gehabt, aber nie war es zum Intimverkehr gekommen, höchstens hatte sich sein Samen, nachdem er sich lange an einem Frauenkörper gerieben hatte, in die Unterhose ergossen.

Die Aussicht, von Fräulein Grützmacher noch an diesem Abend verführt zu werden, ließ seinen Blutdruck hochschnellen, erfüllte ihn aber auch mit gehöriger Angst. Wenn er nun versagte und sie das überall herumerzählte, wäre er erledigt gewesen. Es musste also die berühmte Güterabwägung getroffen werden, und da entschied er sich nach längerem innerem Ringen für das erste Mal. Schließlich war er 24 Jahre alt. Allerdings … Vater werden wollte er auf keinen Fall. Aber so erfahren, wie Fräulein Grützmacher war, hatte sie ganz sicher eine Packung Fromms zu Hause.

»Sie sind doch sicherlich Kavalier und bringen mich nach Hause?«, fragte sie, als die Feier gegen zehn Uhr abends zu Ende ging.

»Aber selbstverständlich! Wo wohnen Sie denn?«

Fräulein Grützmacher lachte. »Na, gleich um die Ecke, draußen in Lichterfelde.«

Franzke deutete eine kleine Verbeugung an. »Sie würde ich bis ans Ende der Welt bringen.«

Sie fuhren mit der Straßenbahn bis zum Potsdamer Bahnhof und erwischten dort den letzten Zug nach Wannsee. Im Zug kuschelte sie sich an ihn und ließ sich nach dem Aussteigen in einer dunklen Ecke des Bahnhofs Lichterfelde-West auch küssen, doch als die beiden vor ihrem Wohnhaus am Weddingenweg angekommen waren, kam die kalte Dusche für ihn.

»Nett, dass Sie mich gebracht haben«, sagte Fräulein Grützmacher beim Aufschließen der Haustür.

Er spielte den Mann von Welt und gab sich so wie die Männer in den UFA-Filmen. »Den Dank, edle Dame, begehr ich wohl, und wenn es nur eine Tasse Kaffee bei Ihnen oben ist. Ich brühe ihn auch gern selber.«

Sie warf ihm eine Kusshand zu. »Tut mir leid, aber mein Verlobter wartet oben auf mich. Und es ist seine Wohnung.«

Damit war er also abgeblitzt. Er konnte es nicht begreifen. In der ersten Aufwallung wollte er einen Stein nehmen und ihn in die Scheibe des Zimmers werfen, in dem gerade das Licht anging, aber er konnte sich gerade noch beherrschen. Dann stand er da wie gelähmt. Wie ein begossener Pudel, wie der Ritter von der traurigen Gestalt.

Was blieb ihm also anderes übrig, als nach Hause zu trotten. Die Kommandanten- bis zur Ringstraße und dann den Gardeschützenweg hinauf in Richtung Bahnhof Steglitz. Drei Kilometer mochten es sein, also keine Entfernung, die ihn hätte jammern lassen.

Er blickte in jede Wohnung hinauf, in der noch Licht brannte, in jedes Schlafzimmer, und stellte sich vor, was sich dort gerade anbahnte oder bereits geschah. Alle genossen das, was ihm verwehrt worden war, und er glaubte, Lustschreie zu hören.

Nein … Er blieb stehen. Das eben hatte eher nach einem Hilfeschrei geklungen.

Er war aus der Villa rechts vor ihm gekommen. Eben wurde dort ein Vorhang vorgezogen. Mit einem kräftigen Ruck.

Der Kriminalist in ihm erwachte. Kein Wohnungsinhaber riss derart an einem Vorhang, musste man doch damit rechnen, dass einem die Gardinenstange auf den Kopf fiel oder der Stoff Schaden nahm. So konnte nur ein Fremder handeln, ein Einbrecher. Und wenn das, was er eben gehört hatte, wirklich ein Hilfeschrei gewesen war, dann hieß das, dass der Einbrecher vom Wohnungsinhaber überrascht worden war. Jetzt stand er vielleicht mit gezogener Pistole vor ihm, um ihn zu fesseln und zu knebeln. Oder zu erschießen, wenn es zur Gegenwehr kam. Das war das übliche Szenario.

Franzke überlegte. Ehe er die nächste Telefonzelle fände und die Kollegen von der Schutzpolizei alarmieren könnte, verging zu viel Zeit, also musste er selber handeln. Tat er es nicht und geschah in der Zwischenzeit ein Mord, konnte das disziplinarrechtliche Folgen für ihn haben. In jedem Fall aber würde ihm dies die herbe Kritik und den Spott seiner Vorgesetzten und Kollegen einbringen, und das war nicht gut für seine Karriere. Also schlich er sich durch den Vorgarten. Die Eingangstür war nur angelehnt, was ihn in seiner Vermutung bestätigte. Er kam in einen Windfang und dann in die Diele. Im ersten Stock hörte er Stimmen.

Zwei Männer sprachen mit einer jungen Frau.

»Wo ist der Schüssel zum Tresor?«

»Das weiß ich nicht, den hat mein Vater.«

»Raus mit der Sprache, sonst knallt's!«

Das sagte alles. Franzke überlegte. Wenn er doch nur seine Dienstwaffe bei sich gehabt hätte! Aber so? Allein hätte er gegen zwei Männer, von denen zumindest einer eine Schusswaffe bei sich führte, keine Chance gehabt.

Was tun? Jedes Zögern konnte der jungen Frau das Leben kosten, aber wenn er jetzt nach oben stürzte, starrte er auch nur in den Lauf einer Pistole und hatte die Hände hochzunehmen.

Es blieb ihm nur ein Überraschungscoup.

Er sah eine Steckdose. Nun brauchte er nur noch eine Büroklammer, drei Nägel oder … In der Schale, die auf der Flurgarderobe stand, entdeckte er zwei Haarklammern aus Metall. Mit denen ging es auch. Er verdrillte sie miteinander, bog sie zurecht, fasste das U-förmige Gebilde in der Mitte mit seinem Taschentuch und steckte die beiden Enden in die Dose.

Es gab einen gewaltigen Kurzschluss, und im gesamten Haus erlosch das Licht.

»Hände hoch, Polizei!«, schrie er gleichzeitig. »Die Waffen auf den Boden!«

Der Diplom-Ingenieur Martin Diemitz galt als ein gemachter Mann. Aus der Sicht von Konzernen wie Thyssen, Krupp oder Mannesmann war seine Metallwarenfabrik in der Britzer Gradestraße nur eine kleine Klitsche, aber sie hatte ihm immerhin eine stattliche Villa, ein Wassergrundstück in Wernsdorf, eine Motoryacht und einen kleinen Fuhrpark eingebracht. Daneben aber auch eine wunderbare Frau, seine Isolde, die seinetwegen ihre Karriere als Opernsängerin aufgegeben hatte. Zwei Kinder hatte sie ihm geschenkt, einen Sohn und eine Tochter, ein Pärchen also, was als Idealfall galt. Ingemar hatte Medizin studiert und gab als Chirurg in der Charité zu großen Hoffnungen Anlass, Irmhild ging auf das Konservatorium und wollte in die Fußstapfen ihrer Mutter treten und Opernsängerin werden. Sie war der Augapfel des Vaters, und so hatte dieser nicht gezögert, den Retter seiner Tochter zu einem festlichen Essen einzuladen. Ins Adlon natürlich.

Nach der Suppe hob Diemitz sein Glas, um eine kleine Rede zu halten. »Mein lieber, verehrter junger Freund, lieber Herr Franzke! Wir haben uns heute hier zusammengefunden, um Ihnen von Herzen für die Rettung unserer Tochter und Schwester zu danken. Sie ist unser Ein und Alles. Und wären Sie nicht rechtzeitig erschienen und hätten großen Mut bewiesen, wäre sie womöglich … Ich kann es nicht aussprechen, verzeihen Sie mir. Wie Sie die Verbrecher mit Ihrer List, würdig eines Odysseus, dazu gebracht haben, von Irmhild abzulassen, und einen von ihnen bei der Flucht dann auch noch gepackt und niedergeschlagen haben, verdient unsere höchste Bewunderung. Da nun auch der zweite Einbrecher gefasst ist, können wir wieder in Ruhe das Haus verlassen. Auch unsere Irmhild hat sich von dem Schrecken erholt, heute ist sie nun endlich von ihrer Kur zurück, und wir können nachholen, was lange fällig war: unser Beisammensein hier im Adlon. Ein dreifaches Hoch auf unseren edlen Ritter, auf Herrn Heinz Franzke!«

Das Essen kam, und es entwickelte sich ein sehr anregendes Gespräch.

»Was halten Sie eigentlich von Adolf Hitler?«, fragte Diemitz.

Franzke zögerte mit einer Antwort. »Politische Lieder sind ja immer garstige Lieder, wie der Herr Goethe meint, und der Rehrücken hier ist so wunderbar, dass ich …«

»Wir sind immer deutschnational gewesen«, sagte Diemitz. »Und wenn Hugenberg Hitler unterstützt, dann soll es uns recht sein. Ingemar liebäugelt auch schon mit der NSDAP.«

»Nun gut!« Franzke wollte es wagen, ein Geständnis abzulegen. »So, wie ich aufgewachsen bin, kann es für mich gar keine andere Wahl geben. Ich bin am 1. August in die Partei Adolf Hitlers eingetreten.«

»Gut so, junger Mann!«, rief Diemitz, »denn die Zukunft Deutschlands heißt Adolf Hitler!«

Irmhild Diemitz, die bisher geschwiegen hatte, sah Franzke strahlend an und fragte ihn, ob es ihm denn schon gelungen sei, den Neuköllner Frauenmörder zu fassen.

Er stöhnte. »Nein, leider nicht! Und das Schlimmste ist, die Akte Mathilde Rolland wird bis auf weiteres als ergebnislos geschlossen werden müssen. Das macht mich furchtbar wütend, denn jeder Mann, der einer deutschen Frau so etwas antut, verdient meiner Meinung nach nur eines: die Todesstrafe. Und wenn die Akte zehnmal auf Weisung von oben geschlossen wird, ich werde nicht eher ruhen, bevor ich den Mörder der Mathilde Rolland an den Galgen gebracht habe.«

Fünf

1933–1937

Bruno Lüdke saß mit seiner Schwester in der guten Stube und übte Schreiben und Rechnen. Morgen, am 3. April 1933, wurde er 25 Jahre alt, und darum hatte die Mutter gemeint, das könne nicht schaden, denn immer wieder versuchten die Verwandten herauszufinden, welche Fortschritte er in letzter Zeit gemacht habe.

»Bruno, was ist das? Mit H stolziert es, selten stumm, / Auf unserm Hofe kühn herum. / Mit Z ist's dir, so klein du bist, / Doch unentbehrlich, wenn du isst. / Mit K siehst du's am Meeresstrand, / Mit L als Fluss im deutschen Land. / Mit B hast du's besonders gern, / Geht's zu der Großmama, die fern.«

Bruno Lüdke stieß einen Grunzlaut aus. »Is doch Quatsch mit Soße! Oma wohnt doch hier inne Gegend.«

»Bruno, was stolziert auf einem Bauernhof herum?«

»Na, der ... der ... der Bauer!«, rief Bruno Lüdke.

»Und welche Tiere sind ganz besonders stolz?«

Bruno Lüdke freute sich, dass er es wusste. »Der Löwe! Das ist der Kaiser von ... von ... von alle Tiere.«

Seine Schwester blieb geduldig. »Hast du bei uns auf dem Bauernhof schon einmal einen Löwen gesehen?«

»Nee, der löft imma weg, wenn einer bei ihm kommt.«

»Bruno, welches Tier macht immer kikeriki?«

»Wenn er auf die ... die ... die Hühner springt.«

»Und wie heißt dieses Tier?«

»Der Hahn, der Hahn und nicht die ... die ... die Henne!« Bruno Lüdke lachte sich scheckig.

»Bruno, schreib mal hier auf die Schiefertafel: der Hahn!«

Bruno Lüdke nahm den Griffel und setzte an, doch er konnte sich nicht entschließen.

In der Schule hatte mal jemand gesagt, Bruno Lüdke würde sich beim Schreiben so quälen wie einer, der harten Stuhlgang hatte und bei dem die Kacke nicht rauskommen wollte.

Schließlich schaffte er es und hielt seiner Schwester die Tafel hin. Dort stand: *de err haaan.*

Seine Schwester korrigierte ihn, dann fuhr sie fort, an das kleine Gedicht erinnernd: »Bruno, was haben denn Hahn, Zahn, Kahn, Lahn und Bahn gemeinsam?«

Wieder quälte sich Bruno Lüdke. Endlich hellte sich sein Gesicht auf. »Sie sind alle in dein Gedicht drinne.«

»Sie haben drei Buchstaben gemeinsam: das A, das H und das N.«

Erlöst lachte Bruno Lüdke. »Und Anna! Mit die Anna war ich mal in die ... die ... die Kiesgrube und hab gefickt mit ... mit ... mit der.«

»Bruno, hörst du wohl auf damit! Ich bin deine Schwester!«

»Ja, ick weeß, mit dir darf ick nich. Keen Bruder darf ihn in ... in ... in seine Schwester rinstecken.«

Sie drohte Bruno mit dem Schürhaken.

Da sie kräftiger und gewandter war als er, kuschte er sofort.

Sie war fest davon überzeugt, dass ihr Bruder mit seinen Eroberungen nur prahlte. Alles nur Phantasie. Den nahm doch eh keine. »Jetzt schreibe mal: Die Mutter brät ein Ei!«

Bruno Lüdke zog die Schiefertafel zu sich heran und begann. Nach fünf Minuten war er fertig.

Die Schwester hatte Mühe, es zu entziffern: *dei mut dret ien ie*.

Immer wieder machte er denselben Fehler und brachte die Buchstaben durcheinander, die im Spiegelbild ebenfalls eine Bedeutung hatten, so *b* und *d* und *ie* und *ei*. Ebenso ließ er ständig Silben aus. Mit dem Lesen klappte es wesentlich besser, auch wenn man viel Geduld mit ihm haben musste, denn Worte, die er nicht kannte, versetzten ihn geradezu in Panik.

Wenn die Lüdkes mit Bruno übten, dann geschah dies auch aus einem anderen, ganz pragmatischen Grunde: Er sollte irgendwann in der Lage sein, allein auf dem Kutschbock zu sitzen und saubere Wäsche auszufahren und schmutzige abzuholen, und das möglichst nicht nur in Köpenick, sondern im gesamten Berliner Stadtgebiet. Dazu war es auch nötig, dass er kassierte.

»Bruno, wir rechnen jetzt! Drei mal drei?«

Bruno Lüdke lachte. »Drei mal drei is Donnerstag!«

»Neun!« Die Schwester zog die Augenbrauen hoch. »Wie alt wirst du, Bruno?«

»25!« Er war stolz darauf, es zu wissen.

»Und wie alt bist du in zehn Jahren?«

»Da bin ich nicht mehr in … in … in Köpenick, da bin ich weg nach … nach … nach überm Teich.«

»Bruno, welche Stadt kommt denn hinter Köpenick?«

»Da ist allet nur noch … nur noch … nur noch, na da, wo Bäume sind.«

»Bruno, ich lese dir jetzt mal etwas vor, und du versuchst, dir alles zu merken.« Sie blätterte in *Auerbachs Deutschem Kinder-Kalender*, bis sie zum April gekommen war. »*Kommt der April, wer hockt im Gras? / Das ist der liebe Osterhas. / Bemüht, dass jedes fleiß'ge Kind / Die so beliebten Eier find.*«

Bruno Lüdke grinste bis über beide Ohren und wiederholte alles ohne Stocken und Stottern. »*Kommt der April, wer hockt im Gras? / Das ist der liebe Osterhas. / Bemüht, dass jedes fleiß'ge Kind / Die so beliebten Eier find.*« Er konnte ganze Predigten wiederholen, wenn er sie einmal gehört hatte. »Ick bin wie 'ne Schallplatte«, sagte er des Öfteren.

Emma Lüdke rief Bruno und dessen Schwester in die Küche, damit sie ihr bei den Geburtstagsvorbereitungen halfen. Sie war in großer Sorge um ihren Sohn. Die anderen Kinder hatte sie immer etwas vernachlässigt, um mehr Zeit für Bruno zu haben, ja, sie hatte sich in gewisser Weise sogar aufgeopfert, um ihn dahin zu bringen, dass er selber für sich sorgen konnte und nicht in irgendeiner Anstalt landete. Mochte er für die anderen auch der »doofe Bruno« sein, Hauptsache war, er fand einen festen Platz in der Gesellschaft und konnte sich nützlich machen. Sie war auf dem Lande groß geworden und wusste, dass viele Bauern ihre Feldarbeit richtig machten, obwohl sie nicht wussten, warum man es so und nicht anders tat. Also betonte sie immer wieder, dass ihr Bruno viel mehr konnte, als er wusste. Und er war ein lieber, umgänglicher Mensch, ein tapsiger Bär, den man gernhaben musste und der keiner Fliege etwas zuleide tun konnte.

Fragte man Bruno Lüdke, welches Tier er gerne sein würde, so nannte er nicht etwa einen Löwen, Elefanten oder Adler, sondern ein Schaf. Dann stellte er sich immer vor, in einer großen Herde zu leben, behütet vom Mutterschaf und gewärmt von allen Seiten, und so zu sein wie alle anderen Schafe auch.

Natürlich wusste er nicht, wer Kafka war, und er hätte, nach ihm gefragt, nur gesagt: »Trinkt Kaffee, wa!«, doch er setzte das um, was Kafka mit einer seiner schönsten Sentenzen gemeint hatte: *Man kann das Leben nur genießen, wenn man es aufgibt, das Leben verstehen zu wollen.*

Bruno Lüdke verstand von den komplexen Zusammenhängen einer modernen Gesellschaft kaum mehr als ein fünfjähriges Kind, und darum war er durchweg so froh, wie die

Vögel es waren, von denen in der Bibel stand, dass sie nicht säen würden und dennoch ernten dürften, weil der Herr sie liebe.

Eigentlich begriff er nicht, dass er vor 25 Jahren auf die Welt gekommen war, aus dem Schoße seiner Mutter herausgeflutscht, aber Geburtstag war etwas Schönes, da gab es immer Kuchen und Limonade. Und jetzt schenkten ihm die Leute Zigaretten. Was er am liebsten tat, war rauchen. Er war selig, wenn er sich eine Zigarette anstecken und daran ziehen konnte. Saugen. Wenn der Tabak auf dem Gaumen und der Zunge brannte, wenn er den Rauch in Ringelwölkchen aufsteigen ließ.

Zum Kaffeetrinken hatten sich alle in der guten Stube um den Tisch versammelt, den Bruno Lüdke so liebte. Man konnte ihn auseinanderziehen und mit Hilfe zweier Holzplatten erheblich verlängern.

»Bruno, jetzt stoßen wir mal mit Sekt auf dich an!«, sagte sein Vater.

»Ich will Limonade!«

»Heute kannst du doch mal eine Ausnahme machen.«

»Nein!«, rief Bruno Lüdke. »Schnaps macht tot!«

Beim Kaffeetrinken diskutierten sie natürlich über die politische Lage in Deutschland. Es war ja in den letzten Wochen auch viel passiert. Am 30. Januar 1933 hatte Reichspräsident Paul von Hindenburg Adolf Hitler zum Reichskanzler ernannt.

»Von dem ess ich doch immer dem sein Brot.«

»Bruno, das ist der Wittler.«

»Heil Wittler!«, rief Bruno Lüdke, und alles lachte.

Viel diskutiert wurde auch darüber, dass am 27. Februar 1933 das Reichstagsgebäude niedergebrannt war.

»Das war ich!«, rief Bruno Lüdke. »Ick hab den angesteckt, weil ich auf dem Kutschbock imma so kalte Finger haben tu.«

Wieder juchzten alle.

Emma Lüdke freute sich darüber, dass ihr Bruno keineswegs traurig im Abseits stand. Sie hielt es für geradezu genial, wie er es schaffte, den Klassenclown zu spielen und aus dem Nachteil seiner Geistesschwäche einen Vorteil zu machen.

Der Cousin aus Erkner, der neben ihr saß, knuffte ihr in die Seite. »Du, Emma«, flüsterte er, »schick doch den uff de Bühne! Mit der Nummer ›Der doofe Bruno‹ könnta ville Jeld vadienen.«

Sie wusste nicht genau, ob sie diese Bemerkung als Lob oder als Gemeinheit werten sollte, aber es war wohl doch eher anerkennend gemeint.

In diesem Augenblick betrat ihre Schwester Erna den Raum, und Bruno sprang auf, hielt sich die Nase zu und schrie auf. »Nein, nein! Kein … kein … kein Parfem! Ich sterbe!« Damit sank er theatralisch zu Boden.

Bruno Lüdke hatte eine phobische Abneigung gegen parfümierte Frauen. Ganz gleich, welcher Duftstoff es war, er reagierte allergisch darauf.

»Gott, Bruno!«, rief Tante Erna. »Was soll denn erst werden, wenn du mal heiratest?«

Emma Lüdke zuckte zusammen. Das war auch so ein Thema, das ihr Angst machte.

In regelmäßigen Abständen überkam es Bruno Lüdke, dann packte ihn sein Wandertrieb, und er ließ alles stehen und liegen, um sich auf die Walz zu machen. Nie hatte er ein Ziel, immer folgte er Farben, Formen und Gerüchen, die ihn irgendwie reizten.

Manche sagten, er gleiche darin einem Tier. Ob sie es böse meinten oder aber Bruno damit, weil sie Tiere liebten, ihre Zuneigung bekunden wollten, ließ sich schwer entscheiden.

Pennigstorff, sein Lehrer, hegte sogar eine gewisse Bewunderung für das Animalische in Bruno und sagte, dieser würde ihn immer irgendwie an Kaspar Hauser erinnern, aber auch an einen Dschungelmenschen, wie er bei Rudyard Kipling vorkam.

Warum sind wir Menschen so stolz darauf, uns von den Tieren abzuheben, dachte Pennigstorff. Selbst Tiere, vor denen wir uns ekeln, Ratten etwa, sind uns in ihrem Sozialverhalten haushoch überlegen, denn sie haben kein Verdun und keine Schlachten an der Somme zuwege gebracht. Wir Menschen aber schon. Ihr Instinkt verbietet ihnen dies. Oh, hätten wir doch auch diese angeblich niederen, tierischen Instinkte!

Und Pennigstorff liebte Bruno Lüdke, weil Bruno Lüdke zu dumm war, um anderen Menschen Bomben auf den Kopf zu werfen und mit Granaten nach ihnen zu zielen. »Dummheit kann ja solch ein Segen sein!«, rief er des Öfteren aus, wenn sich die Menschen in seiner Nähe mit ihrer Klugheit brüsteten.

Für Bruno Lüdke gab es viele Gründe, um durch die Gegend zu streunen. Seine Sinne brauchten gelegentlich etwas anderes als die Wäscherei, die Mutter, den Vater, den Kutschbock und die kleine Kammer. Es machte ihm auch Spaß, sich seine Nahrung selber zu beschaffen, Beeren zu pflücken, Obst von den Bäumen zu schütteln oder einfach mitzunehmen, was irgendwo herumlag. Da eine Schrippe, dort ein Stück Wurst. Und besonders erpicht war er darauf, sich daran zu ergötzen, wenn der Bulle die Kuh besprang oder der Hengst die Stute. Dann holte er seinen Schwengel hervor und rieb ihn so lange, bis der Samen spritzte. Das konnte er in kurzen Abständen oftmals hintereinander, und wenn die Jungen einen Wettkampf daraus machten, war er stets der Sieger.

»Aba du hastet noch nie richtig mit ’ner Frau jemacht.«

»Nee!«

Bruno Lüdke litt sehr darunter. Aber richtig tanzen konnte er nicht, und wenn er seine Zoten zum Besten gab, stieß das die Mädchen ab. »Warum wackeln die ... die ... die Frauen so mit 'm Arsch? Weil se keenen Steuerknüppel zwischen die ... die ... die Beine ham.«

Nein, ein bisschen wie im Film musste es schon sein, bevor man die Männer an sich heranließ. Auch Frauen, von denen es hieß, sie machten bei jedem die Beine breit, scheuten davor zurück, sich den »doofen Bruno« ins Bett zu holen, weil sie den Spott der anderen fürchteten.

Erwin Nickholz hatte einmal gesagt, jede Frau, die es mit Bruno Lüdke treiben würde, müsste eine Anklage wegen Sodomie befürchten.

Wenn es Bruno Lüdke also ruhelos durch die Gegend trieb, dann konnte dafür durchaus, wie es die Mutter formulierte, sein »Samenkoller« die Ursache sein.

Die Sonne war sein Leuchtturm. Die Sonne schien warm und hell. Die Sonne blendete ihn. Schatten. Wald. Gras. Er warf sich hin. Weich. Feucht. Er sprang wieder auf. Roch an Pilzen. Durfte man roh nicht essen! Gift. Mücken. Mückenschwärme. Klatsch! Tot. Blut. Er hasste Blut. Ging nicht aus der Wäsche raus. Leute meckerten. Die nächsten Mücken. Stachen. Ein Flatschen bildete sich. Es juckte. Eine Straße. Eine Schauzee. Autos. Vom Teufel gebaut. Pferde scheuten, wenn sie Autos sahen. Brrrrr! Rüber! Weiter! Ein Kahnaal. Keine Brücke. Ein weißer Dammbfer kam. »Huhu! Hol über!« Legte nicht an. Schwimmen. Konnte er nicht.

Bruno Lüdke lief mehrere Kilometer am Kanal entlang. Eine Brücke kam. Endlich. Rüber.

Hunger! Durst! Da, Ast! Er pflückte sich einen Apfel.

»Hau ab!« Ein dicker Mann drohte mit einer Harke.

»Nicht totmachen!«

Bruno Lüdke rannte durch ein Dorf.

Eine Frau bückte sich, um Mohrrüben aus dem Beet zu ziehen.

Rock hoch und von hinten rein. »Ficken!«, schrie er.
Die Frau rannte ins Haus und verrammelte die Tür.
Er lachte.
Ein Bach. Trinken! Staub. Hitze. Warum ist nicht Abprill? *»Kommt der April, wer hockt im Gras? / Das ist der liebe Osterhas. / Bemüht, dass jedes fleiß'ge Kind / Die so beliebten Eier find.«*
Am Horizont ein Bahndamm. Müggelheimer Damm, Kottbusser Damm, Mühlendamm. »Bruno, du musst die Straßen kennenlernen, wenn du Wäsche ausfahren willst.« Er hörte minutenlang immer dasselbe. »Bruno, du musst die Straßen kennenlernen, wenn du Wäsche ausfahren willst. Bruno, du musst die Straßen kennenlernen, wenn du Wäsche ausfahren willst.« – »Ja, ich … ich … ich weiß doch!«, schrie er über die Felder.
Der Bahndamm. Hoch. Rauf. Er rutschte ab. Krabbelte hinauf. Schotter. Scharf. Die Schienen waren so schön blank wie Mutters Tafelsilber. Er tastete sie ab. Er legte das Ohr auf die Schienen. Heiß wie eine Herdplatte. Spiegelei braten. Hunger! Es summte, es sirrte, es dröhnte. Ein Pfiff! Der Zug. Bruno Lüdke rollte den Hang hinunter. »Fast Kopf ab!« Er sah sich schon ohne Kopf über die Felder rennen. Wie zu Hause der Hahn, wenn ihm der Vater auf dem Hauklotz den Kopf abgeschlagen hatte. »Bruno tot!« Mutter weinet sehr, hat ja nun kein Hänschen mehr. Bruno Lüdke hasste Eisenbahnen. Nie würde er in einen Zug einsteigen.
Ein Feld. Frauen klaubten Kartoffeln aus dem Boden. Ein Wagen mit Körben stand am Weg. Da war ihr Essen drin. Hunger! Durst! Bruno Lüdke schlich sich heran. Indianer. Angelte sich Stullen und Trinkflaschen. Ah! Jetzt hielt er wieder durch.
Geschrei. Die Leute hatten ihn bemerkt.
Er rannte in den Wald. Stieß sich. Bekam arge Kratzer ab. Wollte wieder nach Hause.

Wo war Köbenig? Er stand vor einem Ortsschild. Ganz viele Buchstaben waren darauf.

Er konnte das Wort nicht lesen. Lange grübelte er. Erkner konnte es nicht sein, das hatte nur wenige Buchstaben, das wusste er. Berlin auch nicht, das war auch ganz kurz. Köbenig auch nicht, weil kein Ö dabei war. Öööööööö, das kannte er. Öööööööö machte immer die S-Bahn, wenn sie anfuhr.

»Bruno, wenn du nicht weiterweißt, frag doch einfach die Leute.«

Er fragte.

»Fangschleuse ist hier.«

Kannte er nicht.

Konnte man eine Schleuse fangen? Nein. Fische konnte man fangen, aber keine Schleuse.

»Dreh dich um, da ist Köbenig!«

Er drehte sich um und ging eine Chaussee entlang.

Ein Pferdefuhrwerk hielt neben ihm. »Willste mit?«

Nein! »Bruno, du gehst mit keinem Fremden mit!«

Es wurde dunkel. Das war schön, da konnte er den Leuten in die Fenster gucken. Wenn die Frauen sich auszogen.

Da waren Lichter. Da war ein Dorf. Müde. Schlafen. Er suchte nach einer Scheune. Stroh. Kein Heu. Heu stank wie Parfüm.

»He, was machst du da?« Eine dicke Magd stand mit einer Blendlaterne vor ihm.

»Ich … ich … ich suche was, wo ich schlafen gehen kann.«

»Komm mit!« Sie brachte ihn in eine Kammer – ihre Kammer.

»Was kostet das?«, fragte Bruno Lüdke, der nur ein paar Pfennige bei sich hatte.

»Das hier kostet das …« Sie zog sich aus und legte sich aufs Bett.

Bruno Lüdke schreckte zurück, denn sie roch nicht gut. Nichts regte sich bei ihm.

»Weißte nich, wo das Loch is?«

»Doch!« Er tastete alles ab.

Das war so eklig, wie ... wenn er ein totes Huhn oder die Weihnachtsgans ausnehmen musste.

Die Magd war verzweifelt, knöpfte ihm die Hose auf und begann, seinen Schwengel zu massieren.

Das war nicht so schön, als wenn er es selber machte, aber langsam wurde sein Ding wirklich steif.

»Nun komm schon, steck ihn rein!«

Das schaffte er nicht.

Sie musste ihn dirigieren.

Endlich! Er stieß zu.

Aber es tat weh. Außerdem hatte die Magd Mundgeruch. Die stank ja aus'm Mund wie die Kuh aus'm Arschloch.

Er hörte auf.

»Mann, nu mach schon, eh einer kommt!«

Bruno Lüdke schloss die Augen und stellte sich vor, auf einer ganz bestimmten Frau zu liegen und zu rammeln. Auf der aus dem Sandschurrepfad. Roswitha hieß sie.

Nun ging es besser. Aber es tat immer noch weh.

Die Magd stöhnte, und er hatte Angst, dass er ihr weh tat. Das wollte er nicht. Warum stöhnte die so?

»Schneller!«, schrie sie. »Los, los, los!«

Da kam es ihm endlich. Es war eine Erlösung.

Nie wieder! Nie wieder! Nie wieder! Keine Frau mehr!

Als ihm das durch den Kopf schoss, kam der Knecht hereingestürzt. »Was machst du da mit meiner Braut?«

Und in den nächsten Minuten wurde Bruno Lüdke so fürchterlich verdroschen, dass er noch tagelang mit einem blauen Auge und humpelnd durch die Gegend lief.

Nie wieder! Nie wieder eine Frau! Ich mach es nur noch alleine, schwor er sich.

Fragte man Otto Lüdke, was ihm weh tun würde, so antwortete er, ohne groß nachdenken zu müssen, mit »Alles!« – der Rücken vom ewigen Sitzen auf dem Kutschbock, wenn er Wäsche ausfuhr, die Lunge von den ätzenden Dämpfen im Betrieb, die Knie und die Handgelenke vom Rheuma, das er sich draußen in der Kälte geholt hatte, der Magen vom fetten Essen, das er so liebte, und den Schnäpsen hinterher, sowie auch das Herz von den Sorgen, die er hatte. Sorgen wegen des Geschäfts, das nicht mehr sonderlich gutging, weil die Konkurrenz die besseren Maschinen hatte und mit ihren Lieferautos viel schneller war als er mit Pferd und Wagen, und nicht zuletzt wegen seines Sohnes. Es war völlig ausgeschlossen, dass Bruno eines Tages die Firma übernehmen konnte. Nun, damit hatte er sich abgefunden. Was ihn jedoch quälte, waren die Gerüchte, laut denen die Nationalsozialisten vorhatten, alle Deutschen, die einen »Dachschaden« hatten, in Lager zu sperren und umzubringen. Wenn das stimmte, würden sie eines Tages kommen, um auch Bruno zu holen. Otto Lüdke hatte schon überlegt, den Sohn zu einem Cousin nach Ostpreußen zu bringen, aber auch da galt ja das, was die Nationalsozialisten in ihre sogenannten Rassengesetze geschrieben hatten. Also gab es nur einen Weg, um Bruno zu retten: Man musste ihn zu einem nützlichen Mitglied der menschlichen Gesellschaft machen, er musste in der Lage sein, allein Wäsche auszufahren. Mit diesem Ziel vor Augen, nahm er Bruno immer mit, wenn er unterwegs war, und paukte mit ihm Straßenkenntnisse.

»Bruno, auf welcher Straße fahren wir jetzt?«

»Auf der … der … Da kommt eine Straßenbahn!«

»Richtig! Und welche Linie?«

Bruno Lüdke schaute nach links, wo sie gerade eine Bahn der Linie 95 überholte. »Die … die … die Fünf und die Neun.«

»Ja, und wie nennt man diese Zahl?«

Bruno Lüdke überlegte. »59!«

»Nein, 95. Wenn du eine Zahl mit zwei Stellen siehst, liest man zuerst die hintere.«

»Wenn du eine Zahl mit zwei Stellen siehst, liest man zuerst die, die hinten steht«, wiederholte Bruno Lüdke. »Das … das … das ist aber doof.«

»Ja, aber was soll man machen?« Otto Lüdke atmete tief durch. »Und wie heißt nun die Straße, auf der die 95 durch Neukölln fährt?«

»Neuköllner Straße!«

»Nein, Braunauer Straße!«

»Aua!«, rief Bruno Lüdke und freute sich. »Da ist es braun.« Er meinte das alte Rixdorfer Polizeipräsidium an der Wildenbruchstraße.

»Ja, merk dir das! Da, wo das braune Haus steht, ist die Braunauer Straße.«

Der Konkurrenzdruck zwang Otto Lüdke zu weiten Fahrten durch die Berliner Innenstadt, und seine Touren führten ihn und seinen Sohn bis nach Mitte, Moabit und Charlottenburg, ja sogar in die Villenkolonie Grunewald und nach Lichterfelde-Ost. Und ohne Ortskenntnisse ging es dabei nicht, denn dass die Pferde von allein nach Hause in den Stall finden würden, war leider nur ein Ammenmärchen. Da sich sein Sohn die Berliner Hauptstraßen unmöglich merken konnte und nicht imstande war, einen Stadtplan zu lesen, kam er auf die Idee, sich einen alten Schiffskompass zu kaufen und diesen unten auf der Fußleiste des Kutschbocks festzuschrauben. »Bruno, siehst du die rote Nadel?«

»Ist das Muttan ihre … ihre … ihre Nähnadel? Hast du die geklaut?«

»Nein, die ist da fest hinter dem Glas und zeigt immer nach Norden«, erklärte er dem Sohn. »Zum Nordpol.«

»Ich war letzte Woche am … am … am Südpol.«

Otto Lüdke nickte. »Ich weiß.«

So hieß eine Laubenkolonie in Baumschulenweg, wo eine entfernt verwandte Cousine ihre Parzelle hatte.

»Wenn du dich mal verfahren hast, dann musst du nach Osten fahren. Guck mal, ich habe hier auf dem Glasdeckel einen großen weißen Punkt gemacht. Da ist Osten, da musst du hin. Dann kommst du irgendwann nach Köpenick. Außerdem kannst du die Leute fragen. Komm, das üben wir jetzt! Frag mal den Schutzmann da!«

Sie kamen von Moabit her und hielten in der Invalidenstraße kurz vor dem Lehrter Bahnhof.

Bruno Lüdke sprang vom Kutschbock herunter und ging auf den Wachtmeister zu. »Wir wollen nach der … der … der Triftstraße. Wo issen die?«

»Immer da lang!« Der Wachtmeister zeigte genau in die Richtung, aus der sie gerade gekommen waren.

Bruno Lüdke starrte ihn an.

Sie waren auf dem Heimweg und sollten dahin zurück, wo sie hergekommen waren?

»Sie haben ja keine … keine … keine Ahnung!«, rief Bruno Lüdke.

Der Mann drohte mit dem Finger. »Keine Beamtenbeleidigung, junger Mann!«

Ein Studienrat für Deutsch und Latein hatte die kleine Szene verfolgt und war stehengeblieben. Er flanierte in seiner Freizeit gern durch Berlin und verfasste kleine Essays. Er kannte sich also bestens aus und belehrte sowohl den Schutzmann als auch Bruno Lüdke und dessen Vater. »In Berlin gibt es fünf Triftstraßen, meine Herren: in Blankenburg, in Buchholz, in Spandau, in Wittenau und eben hier im Wedding. Zu welcher möchten Sie denn?«

»Zu unsere!«, rief Bruno Lüdke. »In … in … in Köbenig.«

»Da gibt es keine Triftstraße. Das würde ich wissen.«

Bruno Lüdke sah ihn fassungslos an.

Sollten sie die Straße weggemacht haben? Die rissen ja auch alle Häuser ab und setzten neue hin.

»Unsere Straße heißt Grüne Trift«, sagte Otto Lüdke. »Und dann gibt es ein Stückchen weiter auch noch die Grüne Trift am Walde.«

Der Studienrat ging weiter, der Schutzmann lachte. »Da wird man alt wie 'ne Kuh und lernt immer noch dazu.«

Otto Lüdke bedankte sich und erklärte seinem Sohn, dass sie jetzt eigentlich immer nur am Ufer der Spree entlangfahren mussten, denn die käme schließlich von Köpenick her.

»Auf der Spree?« Bruno Lüdke staunte. »Aber unser ... unser ... unser Wagen kann doch nicht schwimmen.«

»Am Ufer der Spree entlang habe ich gesagt.«

»Fahren wir auch wieder über die ... die ... die Janovenwitzbrücke?«, fragte Bruno Lüdke.

Sein Vater nickte. In der Nähe der Jannowitzbrücke war die Filiale seiner Bank, wo er immer das eingenommene Geld auf sein Konto einzahlte.

»Warum bringst du das ... das ... das Geld immer dahin?«, wollte Bruno Lüdke wissen.

»Weil das Geld auf der Bank Junge kriegt.«

Bruno Lüdke legte die Stirn in Falten. »Richtig Karnickel?«

Otto Lüdke lachte. »Nein, Zinsen! Wenn ich denen hundert Mark gebe, kriege ich nach einem Jahr nicht nur meine hundert Mark zurück, sondern noch fünf Mark obendrauf.«

Bruno Lüdke tippte sich an die Stirn. »So dumm ist doch keiner und ... und ... und schenkt einem was.«

Köpenicker, Ecke Manteuffelstraße hielten sie noch einmal, und Bruno Lüdke wurde in ein Mietshaus geschickt, um einen Sack schmutziger Wäsche abzuholen.

»Vorderhaus, erste Treppe links!«, erklärte ihm der Vater. »Die Leute heißen Fischer. Wirst du das finden?«

»Ja, wo es nach ... nach ... nach Fisch riechen tut.«

»Nein, wo auf dem Schild neben dem Klingelknopf der Buchstabe drauf ist, der aussieht wie ein Eisenbahnsignal mit zwei Flügeln, die auf Halt stehen.«

»Tuuut!«, machte Bruno Lüdke, führte seine Arme am Körper hin und her, als wären sie Pleuelstangen einer Lok, und setzte sich in Bewegung. Im Hausflur blieb er stehen. Es gab keine Lokomotive, die Treppen hinaufklettern konnte. Was nun? Er überlegte eine Weile. Dann schaltete er den Rückwärtsgang ein und dampfte zurück auf die Straße, um seinem Vater das Problem zu schildern.

Otto Lüdke lachte. »Dann musst du eben ein Flugzeug sein! Flieg rauf! Ich fahr inzwischen weiter zur Ecke Eisenbahnstraße, da muss ich noch liefern, und warte dort auf dich.«

Bruno Lüdke warf den Propeller an und flog durchs Treppenhaus. In der ersten Etage angekommen, suchte er nach einem Namensschild, auf dem ein *F* zu erkennen war. Da! Und da! Pech für ihn, dass die Mieter links Fischer und die rechts Fijalkowski hießen. Verwirrt hielt er inne. Er schloss die Augen und stellte sich vor, in der Schule zu sein.

Der Lehrer rief ihn an die Tafel. »Bruno, schreib mal *Fisch*!«

Mit dem Finger versuchte er es an der Wand zwischen den beiden Türen.

Ein Mieter, der die Treppe herabkam, blieb stehen und fuhr Bruno Lüdke an, was er dort mache. »Wollen Sie einbrechen oder wat?«

»Ich will zu … zu … zu Fischers, Wäsche abholen.«

»Da links! Steht doch ganz groß dran!«

Bruno Lüdke bedankte sich, klingelte, nahm den Sack mit der schmutzigen Wäsche in Empfang und lief wieder hinunter auf die Köpenicker Straße. »Hurra, hurra, hurra!«, schrie er dabei, glücklich darüber, alles geschafft zu haben.

Unten angekommen, war der Rausch schnell verflogen. Wo war sein Vater, wo war ihr Fuhrwerk? Nichts zu sehen.

Ach ja, der Vater hatte ja eine Ecke weiter fahren wollen. Zur Eisenbahnstraße, erinnerte er sich. Aber wo war die Eisenbahnstraße? Er war mutig heute und ging auf eine alte Frau zu, um sie zu fragen. »Wo fährt hier die … die … die Eisenbahn?«

Sie zeigte die Manteuffelstraße hinunter in Richtung Süden. »Da, am Görlitzer Bahnhof.«

Bruno Lüdke setzte sich in Marsch und entfernte sich mit jedem Schritt weiter von der Stelle, an der sein Vater auf ihn wartete. Am Görlitzer Bahnhof angekommen, sah er viele Fuhrwerke stehen, doch keines gehörte der Wäscherei Lüdke aus Köpenick.

Mit dem Wäschesack auf dem Rücken stand er da wie bestellt und nicht abgeholt, und ein paar herumstreunende Jungen lästerten: »Kiek ma, der Weihnachtsmann! Mitten im Somma!«

Bruno ging schnell weiter und setzte sich auf dem Spreewaldplatz auf eine Bank. Er wusste, dass nach Köpenick die Eisenbahn fuhr und die Straßenbahn auch, aber er hatte eine panische Angst davor, in die Wagen zu steigen. Alles war so eng, dass er erstickte. Und nach Hause laufen? Er überlegte, wie lange das dauern würde. »Mindestens zwei Jahre lang«, murmelte er. Nein, das war ihm zu viel. Auch weil er den Wäschesack zu schleppen hatte. Es war schön, hier zu sitzen.

Nach einer Stunde hatte der Vater ihn gefunden. Otto Lüdke war klargeworden, dass sie noch viel üben mussten, bevor Bruno in der Lage gewesen wäre, allein Wäsche auszufahren. Und sie mussten sich damit beeilen, denn mit seiner Lunge wurde es immer schlimmer, und auch die Nationalsozialisten würden nicht mehr lange warten, die Doofen und die Juden loszuwerden.

Sechs

1938

Die *Odin* kam unter der Schmöckwitzer Brücke hervor, und Martin Diemitz überlegte kurz, ob er links am Steg der Gaststätte »Zur Palme« festmachen sollte, ließ es dann aber, weil im Biergarten zu viel Volk zu sehen war, und wenn er eines hasste, dann, von angetrunkenen Proleten angepöbelt zu werden.

»Ein Volk, ein Reich, ein Führer!« war zwar eine wunderschöne Parole, aber man musste auch nicht übertreiben. Ein Volk hieß ja nicht, dass alle dasselbe sein und haben sollten. Standesunterschiede gab es weiterhin, Gott sei Dank, und Standesunterschiede musste es geben, damit die unteren Bevölkerungsschichten sich anstrengten und die Drecksarbeit machten, um auch mal nach oben zu kommen. Wer immer strebend sich bemüht, den werden wir erlösen …

Diemitz hatte Durst, und sein Sohn hatte Appetit auf ein schönes Eis mit Sahne bekundet. Dienstboten hatte Diemitz keine an Bord – aber wozu gab es denn seinen Schwiegersohn! »Heinz, du springst mal schnell raus und holst für mich eine Flasche Bier und für Ingemar ein paar Kugeln Eis!«

Franzke folgte der Bitte, ohne zu murren, und auch als er sich am rauen Holz des Steges einen Splitter einriss, fluchte er nur so leise vor sich hin, dass es keiner hören konnte.

Vor vier Jahren hatte er Irmhild Diemitz geheiratet, und alle hatten ihn darum beneidet.

»Du hast das große Los gezogen!«, hatten alle ausgerufen. Irmhild hatte fröhlichen Herzens auf alle Erfolge im Konzertsaal verzichtet, nur um für ihn und die Kinder da zu sein.

Drei hatten sie jetzt und wollten dem Führer mindestens ein halbes Dutzend schenken, wenn nicht gar noch mehr.

Franzke genoss es zwar, ein liebevolles Frauchen zu haben, wenn er abends vom schweren Dienst nach Hause kam, aber wenn sie bei seinen Schwiegereltern zu Gast waren, litt er unsäglich unter der Verachtung, die sie ihm entgegenbrachten.

»Unsere Tochter war zu Höherem bestimmt gewesen«, hatte er seine Schwiegermutter einmal heimlich klagen hören. »Und nun hat sie den Sohn eines heruntergekommenen Kneipenwirts zum Mann bekommen und himmelt diesen österreichischen Gefreiten an, einen Anstreicher. Aber wo die Liebe hinfällt!«

Seine Arbeit nahmen die Diemitz' nicht für voll. Er war für sie ein Beamter wie jeder andere, und Beamte waren a priori Kissenpuper und Korinthenkacker, Nichtstuer und Nichtskönner, über die man Witze riss.

Derartige Kritik musste sich Franzke gefallen lassen, ohne sich dagegen wehren zu können, denn ohne die Zuwendungen seines Schwiegervaters hätte er sich die große und wunderschöne Wohnung in der Steglitzer Muthesiusstraße niemals leisten können. Ein kleiner Kommissar verdiente nicht viel.

Nur einen einzigen Kriminalbeamten ließen seine Schwiegereltern und sein Schwager gelten: Ernst Gennat! Alle anderen waren für sie nur kleine Lichter.

Dazu kam, dass ihm wirklich noch kein spektakulärer Fang gelungen war. Sein Name stand kaum einmal in der Zeitung, und wenn doch, dann nur in einem Nebensatz. Seit der Rettung Irmhilds damals hatte er keine Schlagzeilen mehr gehabt. Und das, obwohl er eine so niedrige Parteinummer hatte wie kaum einer von den anderen, die inzwischen im Rampenlicht standen. Am liebsten hätte er gebetet: Herrgott, schenke mir einen Massenmörder, den ich zur Strecke bringen kann, auf dass alle von mir reden und ich endlich zum Kriminalrat befördert werde!

Brav wie ein Hund, der zum Apportieren abgerichtet worden war, reichte er seinem Schwiegervater und seinem Schwager Bier und Eis ins Boot. Er hatte ganz vergessen, sich selbst etwas mitzubringen.

Als er seinen Schwager bat, ihm doch bitte den Splitter aus dem rechten Handballen zu ziehen, lachte Ingemar. »Lass es eitern, ich amputiere dann gleich hier an Bord.«

Schließlich pulte ihm der Chirurg den Splitter aus der Hand. Doch er gab sich dabei alle Mühe, dies nicht schmerzlos geschehen zu lassen.

Franzke hatte manchmal das Gefühl, Diemitz und sein Sohn würden ihren Hund besser behandeln als ihn, vor allem, wenn er mit ihnen allein war. In der Gegenwart Irmhilds rissen sie sich wenigstens noch zusammen.

Martin Diemitz musste einen Augenblick warten, bis alle Schiffe und Boote vorüber waren, die vom Zeuthener See kamen und ihre Fahrt auf dem Langen See fortsetzen wollten, dann wagte er sich auf den Seddinsee hinaus und nahm Kurs auf Gosen, um aber nach einem knappen Kilometer die *Odin* nach steuerbord zu ziehen und in den Oder-Spree-Kanal zu lenken. Auf dem ging es ostwärts bis nach Wernsdorf.

Auf dem Grundstück bot sich dem Betrachter die reinste Idylle, und Franzke wünschte sich, dass der *Völkische Beobachter* einmal ausführlich darüber berichten würde.

Beaufsichtigt von Mutter und Großmutter, spielten seine drei Kinder auf dem Rasen und im Buddelkasten. Adolf, der Älteste, war dabei, eine Burg zu bauen, während Horst mit einem Papierfähnchen in der Hand auf und ab marschierte und einen SS-Mann imitierte. Freya, die Jüngste, badete ihre Puppe unter dem Rasensprenger.

Franzke hatte sich viel Lob von seinen Vorgesetzten erhofft, als er den einen Sohn nach Adolf Hitler und den anderen nach Horst Wessel benannt hatte, doch auch eingefleischte NSDAP-Männer konnten sich, wie er schmerzlich feststellen musste, ein Grinsen kaum verkneifen, wenn sie das registrierten.

Es war zum Verzweifeln. Was er auch tat, es brachte ihm nicht die erhoffte Anerkennung.

Erich Stiesch war Schlosser und wohnte in Berlin-Neukölln zur Untermiete bei der Witwe Wilhelmine Borch. Nur zwölf Quadratmeter maß sein »kleines Reich«, und es war so eng bei ihm, dass er gerne das Angebot von Mutter Borch annahm, bei ihr und mit ihr zusammen am Frühstückstisch zu sitzen.

Ihre 81 Jahre waren ihr nicht anzumerken, und nicht nur, dass sie für ihren Untermieter gerne Kaffee kochte, sie nannte ihn auch »ihr Söhnchen«, hielt sein Zimmer in Ordnung und sprach gern mit ihm über seine Sorgen.

Und davon hatte Erich Stiesch so viele, dass er meinte, wenn er sie alle zur Bank trüge, könnte er von den Zinsen leben und müsste nicht mehr arbeiten gehen.

»Sei doch froh, dass du noch arbeiten gehen musst und bei euch unentbehrlich bist«, meinte Wilhelmine Borch. »Sonst hätten sie dich schon zu den Soldaten geholt. Meine Tochter sagt, dass es bald Krieg geben wird.«

»Das glaube ich auch.«

Mit dem Anschluss Österreichs würde sich Adolf Hitler nicht zufriedengeben, war sein Ziel doch, für die deutsche Herrenrasse den nötigen »Lebensraum im Osten« zu schaffen.

Erich Stiesch war voll im Bilde, denn er war ein sehr politischer Mensch. Bevor er in die Schudomastraße gezogen war, hatte er in Kreuzberg gewohnt, und noch immer war er mit den dortigen Widerstandsgruppen gegen die Nationalsozialisten verbunden. Jetzt gehörte er zum Netzwerk, das ehemalige Spitzenfunktionäre des Deutschen Metallarbeiterverbandes, des DMV, aufgebaut hatten. Es war ihnen gelungen, einige Schreibmaschinen und Vervielfältigungsapparate zu retten, nachdem das Gewerkschaftshaus in der Alten Jakobstraße von SA-Trupps besetzt worden war. Einiges davon hatte er bei sich in der Firma in einem vergessenen Kellerraum versteckt, und während er oben bei Martin Diemitz an der Drehbank stand und Teile für Flugabwehrgeschütze fertigte, druckte er unten im Keller Flugblätter gegen die Herrschaft der Nationalsozialisten. Er wusste, was ihm blühte, wenn alles aufflog: das KZ, wenn nicht gar der Tod. Es hieß, dass Lieselotte Hermann in Kürze in Plötzensee hingerichtet werden sollte – als erste deutsche Antifaschistin.

Wilhelmine Borch plauderte munter drauflos. »Gerade haben sie ja den guten alten Kaiser-Friedrich-Platz in Gardepionierplatz umbenannt. Jetzt, wo wir unseren Führer haben, sollen wir wohl vergessen, dass wir mal Kaiser und Könige hatten.« Auch sie hatte eine Ahnung davon, was auf Deutschland zukommen würde, aber es schreckte sie nicht mehr sonderlich, denn sie hatte ihr Leben schon gelebt. »Und wenn's ganz schlimm kommen sollte, dann strecke ich dem Führer die Zunge raus und sage: Ätsch, ich sterbe jetzt, und du kannst mich mal am A… am Aschermittwoch besuchen.«

Erich Stiesch wusste, dass seine Vermieterin die Nationalsozialisten nicht mochte, aber dennoch hielt er sich zurück. Sie war zu arglos, und ein unvorsichtiger Satz von ihm, den sie beim Nachbarn oder beim Einkaufen weitererzählte, konnte ihn in die Bredouille bringen. »Ich bitte Sie, Frau Borch, es geht doch steil aufwärts mit Deutschland. Und wenn aus Berlin erst die Welthauptstadt Germania geworden ist …«

Man hatte gerade begonnen, die Siegessäule sowie die Denkmäler von Bismarck, Moltke und Roon umzusetzen, vom Königsplatz zum Großen Stern.

Wilhelmine Borch lachte. »Welthauptstadt Germania! Dann laufen hier wieder alle mit Fell und Keule herum.«

Erich Stiesch stieg in den Keller hinunter, holte sein Fahrrad heraus und machte sich auf den Weg nach Britz. Pünktlich um sieben Uhr war er am Arbeitsplatz. Eingebunden zu sein in die Maschinerie und Stunde für Stunde mit abgesenktem Bewusstsein immer dieselben Bewegungen zu vollführen stellte ihn ruhig und hatte etwas Tröstliches für ihn. Immer, wenn er aufhörte zu denken, ging es ihm gut. Es war nicht nur das Politische, das ihn quälte, auch privat hatte er nichts als Sorgen. Er hatte sich von seiner Frau getrennt und war von Breslau nach Berlin geflohen. Da sie an Tbc erkrankt war, litt er unter heftigen Schuldgefühlen. Das belastete wiederum das Verhältnis zu Käte, seiner Freundin hier in Berlin. Das alles lenkte ihn ab und hatte Folgen.

»Das, was Sie an Ausschuss produzieren, Stiesch, das lässt ja schon an Sabotage denken!« Der Firmeneigentümer war plötzlich hinter ihm aufgetaucht und hatte ihn angeschnauzt.

Erich Stiesch nahm Haltung an und sagte, dass es ihm leidtäte. Er wusste, dass Martin Diemitz kein in der Wolle gefärbter Nationalsozialist war, aber seine Fahne nach dem Wind hängte und die Konjunktur nutzte, um sein Unternehmen vor dem Konkurs zu retten und zu neuer Blüte zu führen. Und im Zweifelsfalle, wenn er die illegalen Vervielfältigungsapparate im Keller entdeckte, würde Diemitz kaum zögern, ihn der Gestapo auszuliefern. Oder? Wie nobel war der Firmenchef wirklich? »Meine kranke Frau«, sagte Erich Stiesch. »Da schweifen die Gedanken manchmal etwas ab.«

»Nun gut! Ich habe Sie jedenfalls gewarnt.« Damit setzte Diemitz seinen Rundgang fort.

Erich Stiesch gab sich für den Rest des Tages alle Mühe, keine weiteren Fehler zu machen. Nach Feierabend war er völlig fertig und ging erst einmal ein Bier trinken. Allein. Er scheute davor zurück, neue Freunde zu finden. Wen man nicht seit Urzeiten kannte, in- und auswendig sozusagen, dem musste man in diesen Zeiten von vornherein misstrauen. Danach fuhr er eine Weile durch das ausgedehnte Laubengelände am Britzer Damm und über die Rudower Felder.

So wurde es sieben Uhr abends, als er wieder in die Schudomastraße einbog, sein Rad in den Keller brachte und nach oben stiefelte.

»Nanu!« Er staunte, weil die Wohnungstür unverschlossen war.

Das passte so gar nicht zu Wilhelmine Borch, die mehr als ordnungsliebend war. Auch sein Pullover hing nicht am Haken, sondern lag unter der Flurgarderobe.

Er klopfte leise an ihre Zimmertür.

Drinnen rührte sich nichts.

Vielleicht schlief sie schon, dachte er. Also ging er erst einmal in sein Zimmer, um seine Arbeitskleidung gegen Knickerbocker und Pullover zu tauschen und sich eine Zigarette zu gönnen.

Was tun mit dem angebrochenen Abend? Käte hockte bei ihrer Schwester und hatte keine Zeit für ihn.

In seiner »Einzelzelle«, wie er sein kleines Zimmer nannte, hielt er es bis zur Schlafenszeit nicht aus. Also beschloss er, auf der Berg- und der Berliner Straße bummeln zu gehen, vielleicht bis zum Hermannplatz und wieder zurück, vielleicht traf er unterwegs einen alten Weggefährten.

Wo steckte aber Mutter Borch? Er machte sich Sorgen um sie, denn um diese Zeit war sie sonst immer zu Hause. Und warum hatte sie ihre Zimmertür zugezogen? Die stand doch sonst immer offen, schon damit sie ihn abpassen und mit ihm ein kleines Schwätzchen halten konnte.

Er klopfte abermals, nur diesmal wesentlich lauter, und drückte, als wieder keine Reaktion erfolgte, die Klinke nach unten. »Abgeschlossen«, murmelte er. Er bückte sich, um zu sehen, ob der Schüssel von innen steckte. Nein. Er konnte durchs Schlüsselloch gucken, doch sein Blickfeld war nicht groß genug, um zu sehen, ob Frau Borch nicht doch schon im Bett lag und schlief.

Vielleicht war sie zu ihrer Tochter gefahren oder auch nur zu den Hübners gegangen. Die wohnten eine Etage höher, und man kannte sich schon seit Ewigkeiten.

Erich Stiesch machte sich auf den Weg.

Heinz Franzke stand in der Schloßstraße und wartete auf die Straßenbahn. Zwar kam er sowohl mit der Linie 74 wie auch mit der 174, ohne umzusteigen, von Steglitz aus zum Alexanderplatz, dennoch hätte er viel lieber im eigenen Pkw gesessen. Doch um sich einen anzuschaffen, reichte sein Einkommen als Beamter des gehobenen Dienstes bei weitem nicht aus, und sein Vater konnte ihm nichts leihen oder schenken, denn so viel warf die Kneipe nicht ab, und sein Schwiegervater weigerte sich, ihm einen Kraftwagen zu finanzieren. Dahinter steckte wohl sein Schwager Ingemar, der einmal angemerkt hatte, der Plebs habe gefälligst mit der Straßenbahn zu fahren. Er solle warten, bis er sich einen jener Volkswagen kaufen könne, die der Führer in Wolfsburg bauen ließe.

Franzke litt wieder einmal darunter, unter Wert behandelt zu werden.

Fußballvereine wurden unter Wert geschlagen, Waren unter Wert verkauft, er wurde unter Wert behandelt. Für die Familie Diemitz war er ein Nichts, für seine Vorgesetzten am Alexanderplatz eine *quantité négligeable*.

Das bekam er auch an diesem Tage wieder zu spüren, denn man hatte ihn nicht etwa zu Hause angerufen und mit der

Leitung einer Morduntersuchung beauftragt, sondern man sagte ihm nur lapidar, dass seine Kollegen schon in der Schudomastraße 4/5 seien und er sich ihnen anschließen möge. »Der Kollege Linthe wird schon eine Verwendung für Sie haben.«

Was blieb Franzke aber anderes übrig, als auch diese Zurücksetzung zu schlucken, ohne zu jammern oder zu räsonieren? Beides hätte die Sache noch schlimmer gemacht. Er hatte es bislang nicht geschafft, sich einen Namen zu machen. Seine Intelligenz half ihm nichts, ebenso wenig wie seine frühe Mitgliedschaft in der NSDAP. Ihm fehlte einfach das, was jeder brauchte, um nach oben zu kommen: Fortune, oder anders formuliert, das Glück, im richtigen Augenblick am richtigen Ort zu sein. Niemand konnte sich durch kriminalistische Erfolge einen Namen machen, wenn man keine Gelegenheit dazu bekam. So einfach war das. Und wenn einer immer nur in großen Ermittlungsgruppen arbeitete, dann fiel selbst nach einem großen Sieg über das Verbrechen für ihn als Einzelnen wenig Ruhm ab.

In dem Augenblick, in dem Franzke gehört hatte, dass in Neukölln wieder eine Frau ermordet worden war, wusste er, dass das seine große Chance war, um endlich einmal ins Rampenlicht zu treten. Der Mord an Mathilde Rolland aus dem Jahre 1932 war bis heute nicht aufgeklärt worden, und in einigen anderen Fällen hatte man die Ermittlungen ebenfalls einstellen müssen, und wenn er nun den Täter aufspürte, er allein, dann war er plötzlich wer. Dazu bedurfte es, das hatte er schnell erkannt, einer Doppelstrategie: Einerseits hatte er seinen Vorgesetzten Gefolgschaft zu leisten, andererseits musste er ein wenig in die eigene Tasche wirtschaften, um später als der strahlende Sieger dazustehen.

Mit diesen Gefühlen und Gedanken fuhr Heinz Franzke am Vormittag des 31. Mai 1938 nach Neukölln. Narzisstische Bedürftigkeit erfüllte ihn.

Leiter der Mordkommission war Kriminalrat Werneburg, aber der hatte sich im Morgengrauen wegen totaler Übermüdung zurückgezogen und seinen Spezialbeamten die weitere Spurensicherung und Recherche überlassen, insbesondere den Kommissaren Langen und Linthe.

Linthe informierte Franzke kurz und bündig, als der in der Schudomastraße angekommen war. »Der Untermieter Erich Stiesch und eine Frau Hübner, die eine Treppe höher wohnt, haben sich gestern Abend gewundert, warum die Vermieterin, eine Wilhelmine Borch, 81 Jahre alt, auf ihr Klopfen hin ihre Zimmertür nicht geöffnet hatte. Sie liefen ins Kriminalkommissariat hier unten im Vorderhaus. Gegen 21 Uhr öffneten die Kollegen mit einem Dietrich die Stubentür. Sie fanden Wilhelmine Borch geknebelt und mit einer Gardinenschnur erdrosselt neben ihrem aufgewühlten Bett. Sehen Sie sich alles einmal an, dann beginnen wir mit den Nachforschungen!«

Franzke musste sich wieder einmal vor Augen führen lassen, dass er nur Geführter war und nicht Führer. Und dies, obwohl er Linthe in allem überlegen war. Er nahm sich eine halbe Stunde, um sich ein genaues Bild von allem machen zu können.

Nicht einmal elektrisches Licht gab es bei der Borch. Auch der neun Meter lange schmale Korridor wurde nur durch eine Gaslampe beleuchtet. Auf einem Schränkchen stand, sollten die Glühstrümpfe einmal entzwei sein, eine Petroleumlampe. Links am Ende des Korridors lag das Zimmer des Untermieters Erich Stiesch. Üppig war es nicht ausgestattet. Kachelofen, Waschkommode, zwei Stühle, ein Kleiderschrank, ein Bett, ein Sofa. Das war alles. Ein weißer Emaille-Eimer diente offensichtlich dazu, ihm den Weg zum Innenklosett zu ersparen.

Im Zimmer der Borch, das trapezförmig geschnitten war, gab es neben einem Bett, einer Kommode und einem

Kleiderschrank noch ein Sofa, einen Schreibtisch und eine Spiegelkommode. Aus den Ritzen des Sofas, das grau-braun-blau gemustert war, schauten weiße Mottenkugeln hervor. Außerdem war es, wohl um Ungeziefer fernzuhalten oder umzubringen, mit Pfeffer bestreut. Auf der Kommode stand oder vielmehr lag allerlei Zeug herum, so etwa einige Photographien, ein Nadelkissen, ein Briefbeschwerer und ein kleines blaues Pappkästchen, in dem eine goldene Brosche und ein Ring lagen, der vergoldet war. Darüber war mit Reißnägeln ein Gefallenengedenkblatt befestigt. Auf dem Schreibtisch waren drei Bücher, Schreibzeug aus Holz und ein Führerbild auszumachen. Unter der Gaslampe in der Mitte des Zimmers stand ein Tisch, auf dem mindestens vier Decken und Deckchen ausgebreitet waren. Neben einer Kristallschale lagen zwei Gebissteile, ein Zigarettenstummel, eine Streichholzschachtel, ein abgebranntes Streichholz, zwei Portemonnaies und ein Teil einer ledernen Zigarettentasche.

Franzke konnte daraus nur den einen Schluss ziehen: dass Wilhelmine Borch vor ihrem Ableben Herrenbesuch gehabt hatte.

In der Küche fand sich nicht abgewaschenes Geschirr, aber auch ein Suppenteller mit eingebrockten Semmeln, bestreut mit Zucker.

Menschen, die es nicht so dicke hatten, ließen so ein Essen nicht einfach stehen. Also war anzunehmen, dass Wilhelmine Borch gerade, als sie ihren Teller ins Wohnzimmer hatte tragen wollen, gestört worden war. Sie hatte ihn in der Küche stehenlassen und war mit ihrem Besuch ins Wohnzimmer gegangen. Der hatte dort zu rauchen angefangen, und dann …

»Es könnte ein Sexualmord gewesen sein«, sagte Linthe. »Die Kleidung der Borch war in einem Zustand, der das nicht ausschließen würde.«

»Aber in dem Alter!«, wandte Franzke ein. »Welcher Mann kommt denn da noch auf solche Gedanken?«

»Wenn Sie wüssten, was es alles an Perversitäten gibt!«, sagte Linthe. »Warten wir die Obduktion und die Analyse des Scheideninhalts ab.«

Aber auch an einen Raubmord wollte Franzke nicht recht glauben. »Da liegen doch noch ihre goldene Brosche und der Ring bei ihr im Zimmer.«

»Vielleicht hat der Täter das übersehen, vielleicht hatte er schon genug gefunden«, sagte Langen und sah Franzke an. »Sie gehen mal zur Rentenzahlstelle und hören sich dort um!«

Franzke nahm die Weisung wortlos entgegen und machte sich auf den Weg zur Rentenzahlstelle des Postamtes Neukölln, die in der Donaustraße 42/43 zu finden war. Dort erfuhr er, dass Wilhelmine Borch als sogenannte »Kriegermutter« Empfängerin von Militärversorgungsgebührnissen gewesen war und eine monatliche Rente von 35,80 Reichsmark bezogen hatte. Zusätzlich war ihr von der Kriegerfürsorge des Neuköllner Wohlfahrtsamtes eine monatliche Beihilfe von 16 Reichsmark zu ihrer Miete von 26 Reichsmark gezahlt worden. Der Untermieter gab ihr bestimmt nicht mehr als fünf Reichsmark pro Woche.

Franzke musste nicht lange rechnen, um zu wissen, dass die Borch keine Reichtümer angesammelt haben konnte. Ein Raubmord erschien ihm daher als recht unwahrscheinlich. Ein Sexualdelikt aber ebenso, denn gerade kam die Nachricht, dass die Obduktion und die Untersuchung des Scheideninhaltes und der Kleidung keine Anhaltspunkte erbracht hatten. Was nun?

Wilhelmine Borch war am 9. Juni 1857 in Briesen, Kreis Lübben, als Wilhelmine Schmitt geboren worden. Nachdem sie ihre uneheliche Tochter Berta zur Welt gebracht hatte, war sie mit dem Schmiedemeister Borch vor den Traualtar getreten. Der hatte sogar sieben Kinder mit in die Ehe gebracht. Vier weitere sollten sie noch gemeinsam in die Welt setzen.

Franzke wusste nicht so recht, wo er mit seinen Recherchen beginnen sollte. Am besten war es, wenn er sich erst einmal diesen Untermieter vorknöpfte. In Erich Stiesch hatte er sofort den Roten gewittert, und diesen Menschen war alles zuzutrauen. Sollte er Wilhelmine Borch im Zorn umgebracht haben, weil die von Adolf Hitler geschwärmt hatte?

Stieschs Alibi war nicht ganz wasserdicht, denn in der Kneipe, in der er sein Bier getrunken haben wollte, konnte man sich nicht mehr genau an ihn erinnern, und er vermochte auch niemanden zu benennen, der ihn im Laubengelände auf dem Rad gesehen hatte.

Franzke suchte ihn bei Diemitz auf, um mit ihm zu reden. »Herr Stiesch«, begann er, als der Schlosser seine Drehbank angehalten hatte. »Aller Wahrscheinlichkeit nach hat die Borch den Mann, der sie umgebracht hat, gut gekannt.«

Erich Stiesch lächelte. »Von ihren zwölf Kindern und Stiefkindern leben zwar nur noch sieben, aber mit denen hat sie sich wohl allesamt überworfen nach dem Tod ihres Mannes – Erbstreitigkeiten! Bis auf die Berta wohl, mit der hat sie öfter zusammengehockt.«

Franzke nahm nun Erich Stiesch in die Mangel, doch es gab nichts, womit er ihn hätte festnageln können.

Für seine sexuellen Bedürfnisse hatte er eine Geliebte, und es war ihm nicht zu widerlegen, dass Wilhelmine Borch für ihn wie eine zweite Mutter gewesen war.

Langen und Linthe hatten inzwischen herausgefunden, dass die Borch in der Nachbarschaft außerordentlich beliebt gewesen war. Irgendein Racheakt schien also ausgeschlossen zu sein. Als sie sich die Liste möglicher Verdächtiger ansahen, merkten sie sehr schnell, dass beim Fall Borch kein Blumentopf zu gewinnen war und die Ermittlungen, wie schon bei Mathilde Rolland, im Sande verlaufen würden.

»Da ist nichts zu löten an der Holzkiste«, sagte Linthe. »Was machen wir da?«

Langen grinste. »Wir ziehen uns zurück und überlassen Franzke den Fall. Der ist ja ganz wild darauf, endlich einmal der Größte zu sein.«

Kriminalrat Werneburg willigte ein, und Franzke sah das als seine große Chance an, um endlich aus dem Schatten der anderen und vor allem dem Ernst Gennats herauszutreten. Mit Feuereifer machte er sich an die Arbeit, und nach einem längeren Gespräch mit Berta Schilling, der Tochter der Borch, die ihr am nächsten gestanden hatte, konnte er eine Liste mit vier Verdächtigen aufstellen:

1. *Erich Stiesch, Untermieter*
2. *Paul Borch, Sohn der Ermordeten*
3. *Kurt Möckel, Enkel der Ermordeten*
4. *Arthur Reimann, Schwiegersohn der Hübners*

Die Nummer eins auf seiner Liste hatte er vorerst abgehakt, denn man konnte Erich Stiesch kein Motiv unterstellen, das vor den kritischen Augen der Staatsanwaltschaft Bestand gehabt hätte. Zwar hatte Franzke in Erfahrung gebracht, dass der Schlosser in der Systemzeit, also zur Zeit der Weimarer Republik, Kontakte zur SPD und zu den Gewerkschaften unterhalten hatte, aber man brachte sicherlich keine alte Dame um, nur weil diese ein Bild des Führers auf dem Schreibtisch stehen hatte.

Auch mit der Nummer zwei hatte er Pech. Dass ein Sohn die Mutter ermordete, kam nicht nur extrem selten vor, sondern war in diesem Falle auch hundertprozentig auszuschließen, da Paul Borch nachweislich bereits verstorben war. In einem anonymen Brief jedoch war er der Tat beschuldigt worden.

Auf die Nummer drei seiner Liste hatten ihn Erich Stiesch und einige Mieter aus der Schudomastraße 3/4 gebracht. Kurt Möckel sei ein Herumtreiber und Tunichtgut, der sich immer wieder in finanziellen Nöten befinden würde und sich von seiner Großmutter öfter Geld geliehen hätte.

»Und mir hat er mal fünf Mark aus der Anzugtasche gestohlen«, hatte Erich Stiesch hinzugefügt.

Franzke machte sich also auf den Weg zur Schillerpromenade 3, wo der junge Mann bei seinen Eltern wohnen sollte.

Die waren keinesfalls bestürzt, als sie hörten, dass die Kriminalpolizei ihren Sohn zu sprechen wünschte.

»Ick hab's ja kommen sehen«, murmelte der Vater. »Montags hatta ooch wieda blaujemacht.«

»Det is wegen sein schlechten Umgang«, fügte die Mutter hinzu.

Franzke setzte sich mit dem offensichtlich etwas missratenen Enkel der Borch in die Küche. Der Siebzehnjährige machte keinen guten Eindruck auf ihn. »Bist du in der HJ?«, fragte Franzke.

»Nee!«

»Na, dann ist es ja kein Wunder, dass du …« Franzke beschloss, schnell zum Eigentlichen zu kommen. »Du warst oft bei deiner Großmutter?«

»Nee, aber manchmal.«

»Auch am letzten Montagabend zwischen sechs und acht?«

»Nee!«

»Wo warst du denn dann?«

Möckel überlegte. »Na, mit meine Freunde im Körnerpark. Und im Wettbüro. Wegen unsere Pferde.«

»Pferderennen«, murmelte Franzke. »Habt ihr denn bei euren Wetten auch mal gewonnen?«

»Nee!« Der Enkel sank immer mehr in sich zusammen. »Ick weeß, det Sie mir nu inne Erziehungsanstalt stecken werden. Aba da mache ick vorher Schluss.«

Franzke beschloss, den Jungen mitzunehmen. *Einzelhaft!*

Vorsicht! Selbstmordgefahr! ließ er auf die Einlieferungsanzeige schreiben. Zumindest eine Nacht in der Zelle würde dem Jungen guttun und vielleicht helfen, ihn wieder auf den rechten Weg zu bringen. Außerdem war er damit vor sich selber geschützt.

Nachdem Franzke aber am nächsten Tag Möckels Freunde aus dem Körnerpark befragt und sich im Wettbüro nach ihm erkundigt hatte, musste man ihn mangels ausreichender Beweise wieder freilassen.

Franzke konzentrierte sich nun auf die Nummer vier seiner Liste: Arthur Reimann, ein recht flott aussehender Handelsvertreter Anfang vierzig, der als Schürzenjäger galt.

Er kam aus dem Thüringischen, und der Mann der Portiersfrau hatte Franzke erzählt, dass er in allen Städten, die er bereiste, eine Braut hätte. »Und der nimmt allet, wat ihm vor die Flinte kommt, ob se nu achtzehn oda achtzig is.«

Da war es nicht unwahrscheinlich, dass er Wilhelmine Borch besucht hatte, um mit ihr den Geschlechtsverkehr auszuüben, aber abgewiesen worden war.

Franzke fixierte Reimann. »Na, mal unter uns Männern: Die Borch sah ja noch ganz passabel aus, und wenn man vorher das Licht ausmacht ... War ja auch ganz bequem für Sie, nur mal schnell eine Treppe runter.«

Reimann schüttelte sich. »Nein, Herr ... ich bin ja bestimmt nicht wählerisch ... aber Mumienschändung? Nicht bei mir!«

»Sie geben aber zu, am Montag zwischen sechs und acht oben bei Ihrer Schwiegermutter in der Wohnung gewesen zu sein? Allein?«

»Ja, sicher! Ich habe Radio gehört und den *Völkischen Beobachter* gelesen.«

Franzke hatte nichts in der Hand, um die Aussage Reimanns zu erschüttern. Was blieb ihm nun anderes übrig, als wieder abzuziehen und zu versuchen, zur Aufklärung des

Verbrechens eintausend Reichsmark Belohnung aussetzen zu lassen und die Bevölkerung um Mithilfe zu bitten? Franzke hatte sich an die Mottenkugeln auf dem Sofa der Borch erinnert wie auch an die Aussagen einiger Mieter, laut denen am Tattage ein Hausierer durch das Haus gegangen sei und Mottenkugeln angeboten habe.

So wurde nach dem *Mann mit den Mottenkugeln* gesucht. *Vertrauliche Mitteilungen nimmt die Mordkommission Borch im Polizeipräsidium am Alexanderplatz entgegen. Anruf 51 00 23, Hausapparat 699.*

Auf den Erfolg dieser Aktion brauchte Franzke nicht lange zu warten. Schon nach kurzer Zeit gab es mehrere Hinweise, die auf den Hausierer Oskar Fischer aus der Langen Straße 85 hindeuteten. Man hatte ihn mit einem Hundertmarkschein herumfummeln sehen.

Lange Straße, das war in der Nähe des Schlesischen Bahnhofs, und Franzke schnappte sich einen altgedienten Kriminalwachtmeister, um hinzufahren.

Als sie in der Langen Straße angekommen waren, erinnerte sich der Kollege, dass hier gleich nebenan Karl Großmann gewohnt hatte. »Den nennen se jetzt ›die Bestie vom Schlesischen Bahnhof‹. Der hat in seine Wohnung reihenweise seine Haushälterinnen umjebracht und dann die Leichen zerstückelt und inn Luisenstädtischen Kanal jeworfen. Dreie hatta zujejeben, viere ham ihm die Kollegen nachweisen können, aba es werden wohl zwischen 25 und 100 Frauen jewesen sein, die er umjebracht hat. Würstchen hat er vakooft, aba anjefangen hat er ooch als Hausierer.«

»Na bitte«, sagte Franzke, der natürlich auch wusste, welch bedeutende Rolle Karl Großmann in der Berliner Kriminalgeschichte spielte, und dieser Oskar Fischer erinnerte ihn in vielem an die »Bestie vom Schlesischen Bahnhof«.

Als sie an der Wohnungstür im Hinterhaus klopften, öffnete ihnen die Frau Oskar Fischers, die aber sofort erklärte, von ihrem Mann schon lange geschieden zu sein. »Meine Tochter und ich wohnen noch hier, aba Oskar hat sein eijnet Zimmer und wirtschaftet janz alleene für sich.«

»Gott, is det 'n Saustall!«, rief der Kriminalwachtmeister, als sie die Tür zu Fischers Zimmer geöffnet hatten.

Eine größere Unordnung ließ sich kaum denken, und es stank wirklich schlimmer als in einem Schweinestall, denn überall lagen schmutzige Wäschestücke und verschimmelte Speisereste herum, und das Bett war vollgekotet.

»Det liecht daran, det der andauernd besoffen nach Hause kommt und allet vollkotzt. Wäsche waschen tut er nie, eenmal im Monat kooft er sich aba neue Untawäsche.«

Die Frage war eigentlich überflüssig, aber Franzke musste sie dennoch stellen: »Den Geschlechtsverkehr mit Ihrem Mann üben Sie nicht mehr aus, oder?«

Frau Fischer war empört. »Für wat halten Sie mich denn?«

»Und wo können wir Ihren geschiedenen Mann finden?«

Frau Fischer lachte. »Da müssen Se mal alle Kneipen hier inne Jegend abklappan.«

Das taten sie auch, und in der vierten, am Andreasplatz, hatten sie Glück und stießen auf Oskar Fischer. Der hatte zwar schon einige Klare intus, war aber bei seinen immensen Nehmerqualitäten noch voll zurechnungsfähig.

Nach den üblichen Eröffnungszügen kam Franzke schnell zur Sache. »Warum haben Sie sich eigentlich noch nicht freiwillig bei uns gemeldet, Herr Fischer?«

Fischer, der aussah wie ein Waldschrat, lachte auch wie ein Waldschrat. »Wat denn, wolln Se Mottenkugeln bei mir koofen und damit die Vabrecha erschießn, wenn se wegloofen wolln?«

Franzke ignorierte die Frage. »Mottenkugeln – das ist das Stichwort! Mottenkugeln haben Sie doch auch der Frau Borch verkaufen wollen.«

Der Hausierer schüttelte seinen Kopf so kräftig, als wolle er damit sein Gehirn wieder in Gang setzen. »Nee, tut ma leid, aba ick kenne keene Frau … Wie soll die heißen?«

»Borch, Wilhelmine Borch.«

»Nee, so eene hat sich mir nie vorjestellt.«

»Sie haben auch nicht gelesen, was mit Frau Borch passiert is?«

Fischer lachte. »Is der beim Popeln der Finga inne Neese abjebrochen?«

»Nein, sie ist mit ihrem Schal erwürgt worden.«

Nun blieb dem Hausierer das Lachen im Halse stecken. »Und det wolln Se mir jetz inne Schuhe schiebn?«

»Hier will Ihnen keena wat inne Schuhe schieben«, belehrte ihn der Kriminalwachtmeister.

Franzke nahm den Faden wieder auf. »Neukölln, Schudomastraße 3/4. Sie sind gesehen worden, wie Sie von Wohnung zu Wohnung gegangen sind, um Ihre Waren anzupreisen, vor allem Ihre Mottenkugeln, und wir wissen genau, dass Wilhelmine Borch welche bei Ihnen gekauft hat. Die liegen heute noch auf ihrem Sofa.«

Oskar Fischer duckte sich. »Na schön, wenn det so is. Jut, ick war jegen Mittag da und hab ihr die Mottenkugeln vakooft.«

»Und Frau Borch, die Mitleid mit jedem armen Teufel hat, war so nett, Sie zu einem Teller Suppe in ihre Wohnung zu bitten.«

»Nee!«, sagte der Hausierer. »Hat se nich, leida!« Er stöhnte auf. »Det war ’ne reinliche alte Frau, und ick hab ihr zu sehr jestunken.«

Franzke stieß nach. »Und wie kommen Sie dann zu Ihrem Hundertmarkschein?«

Fischer stutzte. »Meim jroßen Jeldschein?«

»Ja! Der gehörte doch ganz offensichtlich der Frau Borch.«

»Nee, Irrtum, Herr Kommissar! Den hab ick mal inne Lotterie jewonnen, und den trag ick imma mit mir rum als meinen Jlücksbringa und wenn mal jar nischt mehr jeht. Und wenn ick den Wirt hier ärjan will. Fritze, komm doch mal!«

Der Wirt bestätigte ihnen, dass Oskar Fischer immer wieder seine Biere und seinen Schnaps mit diesem Hundertmarkschein bezahlen wollte, wohl wissend, dass ihm nicht gewechselt werden konnte. Und außerdem lieferte er dem Hausierer auch ein sozusagen maßgeschneidertes Alibi. »Letzten Montag, da issa garantiert abends zwischen sechse und neune hier bei mir jewesen. An dem Tisch da hinten hatta jesessen und jepichelt. Det is ja sein eijentlichet Zuhause hier. Und det nehm ick allet uff mein Eid, Herr Kommissar!«

Da konnte Heinz Franzke nicht anders, als auch den nächsten Verdächtigen von seiner Liste zu streichen. Und so gründlich er in den nächsten Tagen und Wochen auch recherchierte, sosehr er sich auch den Kopf zerbrach, alle Möglichkeiten durchspielte und allen Spuren nachging, er konnte den Mörder der Wilhelmine Borch nicht ausfindig machen. So blieb seiner Behörde, der Kriminalpolizeileitstelle, der KPLSt, nichts anderes übrig, als dem Generalstaatsanwalt beim Landgericht Berlin am 23. August 1938 unter dem Aktenzeichen *KJ MI/2 Index Bor 5081 K 1.38* Folgendes zu schreiben:

Aus der nochmaligen Durcharbeitung der Akten hat sich ein Anhaltspunkt für die Wiederaufnahme bereits angestellter Ermittlungen nicht ergeben. Darüber hinausgehende Ermittlungen durch regelmäßige Recherche und durch die Ausweitung der kriminalpolizeilichen Ereignisse bis heute sind ergebnislos geblieben. Es besteht zurzeit kein Anhaltspunkt, weitere Ermittlungen in der Mordsache Borch anzustellen.

Das war ein klassischer K.-o.-Schlag für Franzke. Welch eine Blamage, und er wusste genau, dass sich viele Kollegen deswegen eins ins Fäustchen lachten, von wegen da war einer, der brannte vor Ehrgeiz und kam sich klüger und besser vor als alle anderen am Alexanderplatz und war nun, wenn es darauf ankam, nicht mal in der Lage, solch einen vergleichsweise simplen Fall zu lösen wie den Frauenmord in der Schudomastraße.

Was Franzke tröstete, war allein die Hoffnung, ja viel stärker noch die Gewissheit, dass in Kürze der Tag kommen würde, an dem er allen zeigen konnte, was in ihm steckte und dass er allen anderen haushoch überlegen war. Er sah schon die Schlagzeile vor sich: *Der größte Kriminalist des Deutschen Reiches kommt aus Berlin und trägt den Namen Heinz Franzke!* Der Führer persönlich würde ihn in eines der höchsten Ämter befördern, die zu vergeben waren.

Sieben

1939–1943

Bruno Lüdke schlenderte zum Fuhrwerk, das, vollgeladen mit großen Körben frischer Wäsche und bespannt mit einem belgischen Kaltblüter, abfahrbereit auf dem Hof stand. Er schwang sich auf den Bock, reckte den Kopf nach oben und rief: »Vata, kommste endlich?«

Emma Lüdke kam aus der Plätterei und rang die Hände. »Pst! Biste wohl ruhig!«

»Vata soll ... soll ... soll jetzt kommen!«

»Vater ist seit zwei Jahren tot!«

Bruno Lüdke schüttelte den Kopf. »Er ist im ... im ... im Himmel!«

Emma Lüdke machte eine hilflose Geste. »Fahr jetzt! Ich sag ihm Bescheid, wenn ich sehe, dass er nachkommt.«

Bruno Lüdke knallte mit der Peitsche, rief laut »Hü!« und rollte vom Hof.

Seine Mutter sah ihm hinterher und konnte in ihrer tiefen Sorge nicht umhin, als kurz zu beten. »Herr, sieh unser Elend, und errette uns! Lass Bruno auch heute wieder heil zurückkommen!«

Sie hatte Kunden, die viel lasen und viel wussten, und die hatten ihr signalisiert, was ihrem Bruno drohte. Die einen aus Mitgefühl, die anderen klammheimlich triumphierend, weil sie in Bruno schon seit langem eine Gefahr für ihr Leben und ihr Eigentum sahen. Geistig Gestörte und Schwachsinnige, hatte man ihr gesagt, sollten in sogenannten Euthanasie-Anstalten vergast werden. Das würde man »Gnadentod« nennen. Es seien ja ohnehin nur noch »Menschenhülsen«.

So ein Unsinn! Ihr Bruno war voller Leben und konnte als Kutscher seinen Arbeitsplatz besser ausfüllen als viele andere, denen man nicht das »doof« angehängt hatte. Er musste dies nur jeden Tag von neuem unter Beweis stellen. Je öfter er seine Fahrten ohne Beanstandungen hinter sich brachte, desto besser stand sie da, wenn es wirklich hart auf hart kommen sollte.

Der Lehrer Pennigstorff, den man gerade in Pension geschickt hatte, war ihr eine große Hilfe, wenn es um Bruno ging. »Frau Lüdke«, hatte er ihr neulich erst wieder gesagt, »Kopf hoch! Bruno wird es schon machen, denn der Imbezille kann viel mehr, als er weiß. Bruno hat eine recht genaue Vorstellung von Stunde, Tag und Jahr und die wunderbare Gabe des Oligophrenen, sich beim weiten Herumstreunen nicht zu verirren. Der Kompass, den Ihr Mann am Kutschbock angebracht hat, scheint auch hilfreich zu sein. Und wenn Bruno mit den Kunden sprechen muss, dann schafft er das auch, er hat dafür genug Phrasen parat. Außerdem, wenn er etwas nicht versteht, dann sagt er einfach ja und nickt freundlich. Das reicht völlig aus. Ich war öfter in Garmisch-Partenkirchen im Urlaub, und da gab es einen Mann wie Ihren Bruno, der nannte sich Landschaftsmaler und verdiente nicht schlecht dabei. Er malte immer dasselbe Bild vom Wettersteinmassiv, hundertfach, und war auch noch glücklich dabei.«

Das beruhigte Emma Lüdke ungemein. Es ging doch, wenn man sich nur Mühe gab. Und vielleicht schaffte sie es auch noch, Bruno seine Angst vor den Frauen zu nehmen, so dass er doch noch irgendwann einmal heiratete. Denn ewig lebte sie ja auch nicht.

Bruno Lüdke saß auf dem Kutschbock und ließ sich treiben wie ein Stück Holz, das man in einen langsam dahinfließenden Bach geworfen hatte. Heute war die Tour »Mitte« an der Reihe, und seine Stute schien den Weg genau zu kennen. Rief er ab und zu »Hü, Guste, hü!«, so reichte das allemal. Von der Grünen Trift in Köpenick aus bis zum Molkenmarkt waren es etwa siebzehn Kilometer, aber Bruno Lüdke wusste nicht, was ein Kilometer war. Wenn er morgens um sieben Uhr losfuhr, konnte er, wenn er Glück hatte und nirgends lange warten musste, zum Mittagessen wieder zurück sein, wenn ihm die Mutter etwas warm stellte, spätestens aber zum Kaffeetrinken.

Er war die Strecke schon oft gefahren, und Emma Lüdke sagte, ihr Sohn würde so sicher wieder nach Hause finden wie ein Storch, der bis nach Afrika geflogen war.

Zuerst ging es durch Köpenick hindurch und auf der Langen Brücke über die Spree hinweg, dann auf der Oberspreestraße bis zum Bahnhof Schöneweide und schließlich immer weiter geradeaus am Treptower Park vorbei, dahinter wieder auf die andere Seite der Spree und die Stralauer Allee hinunter in die Innenstadt hinein.

Der erste Korb mit frischer Wäsche war in Baumschulenweg abzugeben, am Rodelbergweg.

Sie hatten zu Hause lange geübt, damit er imstande war, das Straßenschild zu lesen. Schreiben konnte er nur *Robelderg*, aber das sah ja so ähnlich aus, und die Mutter hatte ihm auf das Packpapier einen Hang mit einem Schlitten gemalt, so dass nichts schiefgehen konnte. Daneben lagen ein Brot und mehrere Schrippen, denn die Leute, denen er die frische Wäsche bringen sollte, hießen Becker.

Es klappte auch alles ganz wunderbar. Frau Becker gab ihm zwei Groschen Trinkgeld. Die kamen in die linke Seitentasche seiner Joppe. Das Geld für die frische Wäsche steckte er ins Portemonnaie. Er konnte nicht überprüfen, ob die Leute wirklich das zahlten, was auf der Rechnung stand, oder ihn betrogen, aber das tat keiner. Abends stimmte immer alles, und seine Mutter lobte ihn.

Autos, Straßenbahnen, Radfahrer, Fußgänger – all das Gewusel störte ihn nicht. In einer Zeitung war er einmal *der Buddha auf dem Kutschbock* genannt worden.

Er hatte gegrinst, als seine Mutter es ihm vorgelesen hatte. »Die … die … die wissen, dass ich gerne Butter essen tu.«

Bei der nächsten Kundin musste er sehr an sich halten, dass er nicht davonlief, denn Frau Wandrey wohnte nicht nur gegenüber vom Treptower Park in der Puderstraße, sondern war auch noch fürchterlich gepudert und parfümiert, und er konnte ja kein *Perfem* ertragen.

Es gab Kieze, da kannten ihn die Leute bereits und warteten im Sommer an der Straßenecke auf ihn, um ihm die Sucherei zu ersparen. So auch in der Gegend östlich des Hochbahnhofs Warschauer Brücke. Die Frau vom Milchladen in der Naglerstraße hatte bereits nach ihm Ausschau gehalten und kam ihm bis zum Rinnstein entgegen. »Na, Bruno, jib mal her, wat de mir Schönet mitjebracht hast!«

»Ville Wäsche!« Er sprang auf die Ladefläche seines Wagens, schlug die Plane zurück und hob den Korb herunter, der für die Kundin bestimmt war.

Sie hatte ein dickes Lob für ihn parat. »Det machst du ja prima, allet so alleene. Wenn dit dein Vata sehn könnte, der wäre stolz auf dich.«

»Der kommt ja bald wieder, der is nur schnell mal im … im … im Himmel.«

Für diese Bemerkung bekam Bruno Lüdke ein doppeltes Trinkgeld, und als er bei einer Zahnarztpraxis in der Nähe des Molkenmarktes seinen letzten Korb mit frischer Wäsche abgeliefert und dafür einen mit schmutzigen Sachen auf seinen Wagen geworfen hatte, klimperte es fröhlich in der Tasche, in der er die Trinkgelder verwahrte. All die Sechser und Groschen konnte er zwar nicht zählen, aber er wusste aus Erfahrung, dass sie bestimmt für eine Flasche Limonade und eine Schachtel Zigaretten reichten. Er gab seinem Pferd zu fressen und zu trinken, dann machte er sich auf die Suche nach einem Kiosk, um sich das zu kaufen, wonach es ihn gelüstete.

Neben ihm stand ein Mann etwa seines Alters und zuppelte an einer Bierflasche. »Mann, hast du ’ne Menge Piepen! Haste nich mal Lust uff …« Er neigte sich zu Bruno Lüdke hin und flüsterte ihm ins Ohr, dass er da einen heißen Tipp für ihn habe. »Die is nich teua und macht et wirklich jut.«

Bruno Lüdke wich einen Schritt zurück. »Nee, ick tu mein Jeld nich verficken, ick krieg det allet umsonst.«

»Du Spinner! Wer nimmt dir denn?«

In diesem Augenblick, als es gefährlich werden konnte, kam Pennigstorff auf ihn zu.

Das war durchaus kein Zufall, denn Emma Lüdke hatte ihn gebeten, sich bei schönem Wetter aufs Rad zu setzen und ihrem Sohn hinterherzufahren. Als sein Schutzengel sozusagen.

»Na, Bruno, das ist ja wunderbar, dass ich dich hier auf dem Molkenmarkt treffe. Da kann ich ja mein Rad hinten bei dir auf die schmutzige Wäsche legen und muss mich bei der Hitze nicht so abstrampeln. Du nimmst mich doch mit zurück nach Hause, oder?«

Bruno Lüdke lachte. »Ja, und dann frage ick Ihnen, wie die … die … die Hauptstädte alle heißen tun. Die von … von … von Berlin, die kenn ick schon. Det ist Köbenig!«

Am 1. September 1939 waren die deutschen Truppen ohne vorherige Kriegserklärung in Polen einmarschiert, zwei Tage später hatten Großbritannien und Frankreich dem Deutschen Reich den Krieg erklärt.

Die Geschäfte gingen so schlecht, dass sich Emma Lüdke gezwungen sah, ihre Wäscherei zu schließen. Was sollte nun aus Bruno werden? Sie ging zu Pennigstorff, um sich mit ihm zu beraten.

Der alte Lehrer hörte sich alles aufmerksam an und hatte schließlich eine Idee. »Haben Sie Ihr Fuhrwerk schon verkauft, Frau Lüdke?«

»Nein, noch nicht.«

»Dann überlassen Sie es doch einem möglichen Interessenten für den halben Preis, sofern er sich vertraglich verpflichtet, Bruno als Kutscher mit zu übernehmen.«

Dieses Vorhaben gelang Emma Lüdke schließlich auch, und so änderte sich für ihren Sohn nicht viel, außer dass er jetzt für den Fuhrunternehmer Kettlitz unterwegs war. Der kam gut mit ihm aus, sofern er dafür sorgte, dass Bruno Lüdke immer etwas zu rauchen hatte. Wenn der sich nämlich störrisch zeigte, wirkte eine Zigarette Wunder.

Trotzdem war Robert Pennigstorff in großer Sorge um Bruno Lüdke. Er hätte sich zwar belogen, wenn er gesagt hätte, Bruno wäre ihm so sehr ans Herz gewachsen wie ein eigener Sohn, aber er war ein guter Pädagoge und ein tiefreligiöser Mensch und sah es daher als seine Pflicht an, sich ganz besonders um das eine verlorene Schaf zu kümmern. Von Anfang an stand er der Bekennenden Kirche des Dahlemer Pfarrers Martin Niemöller sehr nahe, deren Gedanken in Köpenick vor allem durch Georg Ratsch vertreten wurden, dem Pfarrer der Evangelisch-Reformierten Schlosskirchengemeinde. Früh war Ratsch, unterstützt von seiner Frau Alide, dem Pfarrernotbund beigetreten, der den Nationalsozialismus entschieden ablehnte und sich als Gegenpol der Deutschen Christen, der DC, verstand, den militanten Anhängern der Nationalsozialisten. Seit 1934 wurde Ratsch von der Gestapo überwacht, und Pennigstorff erinnerte sich noch sehr genau an den Ablauf der Szene, als ihm das bewusst geworden war: Die Predigt war gerade zu Ende, als ein Gestapo-Mann in die Kirche gekommen war und in Richtung Sakristei strebte. Fluchtartig verließ die Gemeinde das Kirchenschiff, auch zwei Presbyter hielten nicht stand. Pennigstorff versteckte sich hinter einem Pfeiler. In der Nähe des Altars standen zwei Frauen – Alide Ratsch und die Presbyterin Wiesner.

»Und Sie wollen nicht weglaufen?«, fragte die Pfarrersfrau.

»Nein«, antwortete Frau Wiesner. »Wenn sie den Pfarrer zum Alex ins Gefängnis bringen, dann fahre ich mit. Ich trage die gleiche Verantwortung.«

Dann kamen Pfarrer Ratsch und der Geheime aus der Sakristei, und der Gestapo-Mann verließ die Kirche.

»Er hat mir nur das Manuskript der Predigt abverlangt«, sagte Pfarrer Ratsch. »Aber sie ist halb in meiner eigenen Stenographie abgefasst, so dass sie nicht viel damit werden anfangen können.«

Das war vor sechs Jahren gewesen, und Anfang des Jahres 1940 war Pfarrer Ratsch noch immer in Freiheit, was auch daran liegen mochte, dass die Nationalsozialisten im Bezirk Köpenick den Adlershofer Pfarrer Max Goosmann und den Pfarrer Werner Sylten in Wendenschloß noch stärker im Visier hatten als ihn. Einen Vikar Goosmanns hatten sie fünf Tage lang im Polizeipräsidium am Alexanderplatz festgehalten.

Goosmann hatte früh vom Euthanasieprogramm der Nationalsozialisten erfahren und öffentlich dagegen protestiert, so dass auch Robert Pennigstorff bald eine Ahnung davon hatte, was dem »doofen Bruno« bevorstand.

Er wählte einen dunklen und völlig verregneten Abend im März 1940, um zu Emma Lüdke in die Grüne Trift zu gehen. Je weniger Menschen ihn sahen, umso besser.

Sie freute sich, ihn bei sich zu haben, und kochte ihm einen Hagebuttentee.

Bruno lag schon in seiner Kammer und schlief.

»Frau Lüdke«, begann Pennigstorff, »es wäre das Beste, wenn Sie mit Ihrem Bruno Berlin verlassen würden, um irgendwo im fernen Ostpreußen in einem kleinen Nest in den Masurischen Wäldern unterzukommen. Bruno sollte in keiner Einwohnerliste mehr auftauchen! Alle sollten vergessen, dass es ihn gibt!«

»Warum denn das?«, fragte Emma Lüdke, obwohl sie instinktiv die Antwort schon wusste.

»Weil sie überall sogenannte Tötungsanstalten bauen. In Grafeneck unten in Württemberg soll schon eine fertig sein, hier bei uns in Brandenburg an der Havel soll Mitte des Jahres die nächste ›in Betrieb gehen‹. Da haben sie dann einen Duschraum, in den sie Giftgas einleiten.«

Emma Lüdke fing an zu schluchzen. »Aber Bruno ist doch so ein tüchtiger junger Mann geworden.«

»Ja, das ist er, aber …«

»Können Sie denn gar nichts machen, Herr Pennigstorff?«

In seiner Hilflosigkeit wurde Pennigstorff so drastisch, wie man es von ihm bisher nicht gekannt hatte. »Soll ich etwa seine Zeugnisnoten fälschen, damit er sich um eine Stelle als Gymnasiallehrer bewerben kann?«

Im Nachhinein tat Pennigstorff diese Bemerkung furchtbar leid, und er hatte eine schlaflose Nacht, doch dann fiel ihm etwas ein, das Bruno Lüdke vielleicht retten konnte. Dazu benötigte er aber die Hilfe seiner Tochter, die aus Angst vor den Bomben der englischen Flieger in ihre Laube in Wendenschloß gezogen war. Auf dem vorderen Teil ihres Grundstückes wurde gerade ein Einfamilienhaus hochgezogen.

»Pass mal auf, Luise!«, begann Pennigstorff. »Ich muss einem armen Teufel helfen, dem Bruno Lüdke von der Wäscherei in der Grünen Trift. Ein lieber, gutmütiger Kerl, aber geistesschwach. Die Nazis werden ihn in eine ihrer Todesfabriken stecken. Und da ihnen die Meinung der Leute doch nicht ganz egal sein kann, könnte man vielleicht …«

»Was?«, fragte Luise.

»Du bist doch eine bekannte Schauspielerin.«

»Na ja …«

»Und die Laube hier wird doch sowieso abgerissen, wenn euer Haus fertig ist.«

Luise wusste noch immer nicht, worauf ihr Vater hinauswollte. »Ja, Werner kann ihren Anblick nicht ertragen.«

»Dann pass mal auf!« Pennigstorffs Augen leuchteten. »Dann zünden wir sie vorher an, und Bruno Lüdke kommt vorbei und rettet dich aus den Flammen – dich, eine blonde, deutsche Frau! Und Bruno Lüdke ist der Held vom Kietzer Feld und damit für die Nazis tabu.«

Luise schüttelte den Kopf. »Das können wir unmöglich inszenieren. Er müsste ja genau in dem Moment hier vorbeikommen, in dem ich die Bude anstecke. Wie willst du das denn arrangieren? Mit einem, der im Kopf nicht ganz richtig ist?«

Pennigstorff sah ein, dass das ein Argument war. »Und wenn ich mit ihm spazieren gehe? Wir kommen hier vorbei, sehen das Feuer, und er stürzt hin, um dich aus den Flammen zu retten.«

»Nein, Vater, wirklich nicht!«, rief Luise. »Ausgeschlossen! Bei aller Nächstenliebe!«

Doch nach einer Woche hatte er sie überredet. Am 30. April sollte alles über die Bühne gehen.

»Bruno«, hatte Pennigstorff am Tag zuvor gesagt. »Bei meiner Tochter auf dem Grundstück wird doch gebaut. Da bräuchte sie jemanden, um ein paar Balken zu tragen. Und du bist doch stark.«

Nach dem Abendessen holte er Bruno Lüdke von zu Hause ab. Von der Grünen Trift 32 am Anfang des Kietzer Feldes bis zur Müggelbergallee im Ortsteil Wendenschloß waren es gut zwei Kilometer, und die schafften sie in etwas mehr als zwanzig Minuten.

Laut Pennigstorffs Taschenuhr war es 8.41 Uhr. Um Punkt neun Uhr wollte Luise ihre Laube anstecken.

Die Grüne Trift hatte eine gradlinige Verlängerung zur Dahme hinunter, die Straße Zum Langen See, und als sie die hinuntergegangen waren und in die Müggelbergallee einbiegen wollten, sahen sie hellen Feuerschein.

»Es brennt!«, schrie Pennigstorff. »Los, hin! Vielleicht können wir noch jemanden retten.« Er stieß Bruno Lüdke in die Richtung des Feuers.

Doch ehe der begriffen hatte, worum es hier ging, und die Gartentür aufbekam, war Luises Nachbar schon über den Zaun gesprungen und ihr zu Hilfe geeilt.

Pennigstorff starrte in die Flammen. Alles kam so, wie es kommen musste – ein D-Zug ließ sich nicht dadurch aufhalten, dass man sich vor ihn stellte und mit bloßen Händen gegen die Puffer der Lok drückte. Sein Plan, Bruno Lüdke seine Tochter retten und damit zum Helden werden zu lassen, erschien ihm nun im Nachhinein als durchaus rührend, aber furchtbar naiv, ja beinahe närrisch. Jetzt half nur noch beten.

Doch der Herr erhörte ihn nicht oder hatte anderes in seinem unergründlichen Sinn, wie es Pennigstorff seiner Tochter gegenüber später zum Ausdruck brachte, denn die unerbittliche Maschinerie hatte Bruno Lüdke bereits gepackt. Es gab beim Erbgesundheitsgericht Berlin die Erbgesundheitsakte Akt.Z 263 XIII.40.39 über ihn, und darin stand:

1,61 Meter groß, Rasse fälisch, allgemeiner Zustand gut. Körperbau kräftig. Gesichtsausdruck stumpf und etwas blöde, Geburt normal verlaufen, soll mit eineinhalb Jahren auf den Hinterkopf gefallen sein, Masern gehabt, angeborener Schwachsinn.

Psychischer Befund:
Ergebnis der Intelligenzuntersuchung:
Allgemeinwissen dürftig, Rechnen schlecht, Begriffs- und Urteilsbildung mangelhaft, Auffassung verlangsamt. Bringt für das Unfruchtbarmachungsverfahren kein Verständnis auf.

Ein zu Rate gezogener Magistratsmedizinalrat des Hauptgesundheitsamtes war der Meinung, dass Bruno Lüdke dies wegen seiner animalischen Natur auch gar nicht könne. »Lüdke zeigt äußerlich schon einen blöden Gesichtsausdruck, stottert. Der Hinterkopf ist stark abgeflacht, der Gesichtsausdruck ist direkt tierisch, ähnlich wie bei einem Orang-Utan.«

Das Erbgesundheitsgericht prüfte, ob die Verfahrensvoraussetzung der Verordnung vom 31. August 1939, *das Vorliegen einer besonders großen Fortpflanzungsgefahr*, erfüllt sei. Und obwohl Bruno Lüdke immer wieder mit Nachdruck betonte, nie eine Frau angerührt zu haben und ausschließlich auf Handbetrieb fixiert zu sein, was ihm sowohl Emma Lüdke als auch Pennigstorff eingehämmert hatten, kamen die Juristen zu folgendem Schluss: *Wenn auch der Betroffene bisher wohl ohne Berührung mit Frauen geblieben ist, so lässt doch seine gute körperliche Beschaffenheit nicht begründen, dass das immer so bleiben wird. Auch ist ja in solchen Fällen stets mit der Möglichkeit der Verführung zu rechnen.*

So blieb Emma Lüdke im Mai 1940 nichts anderes übrig, als ihrem Bruno zu sagen, dass man wegen seiner andauernden Bauchschmerzen mit ihm ins Krankenhaus müsse.

»Macht das … das … das auaweh?«

»Nein! Sie müssen untersuchen, ob das an deinem Magen liegt oder am Blinddarm. Und dazu wirst du kurz betäubt.«

Was blieb ihr weiter übrig, als zu lügen?

Das Krankenhaus Köpenick bescheinigte ihr anschließend,

dass die Unfruchtbarmachung ihres Sohnes problemlos verlaufen war.

Pennigstorff versuchte, sie zu trösten. »Vielleicht ist es besser so, Frau Lüdke, denn damit entfällt doch für die Nazis der Hauptgrund, Bruno in die …« Das Wort »Tötungsanstalt« brachte er nicht über die Lippen. »Die mit ihrem Wahn vom erbgesunden Volk! Goebbels selbst ist doch ein Schrumpfgermane, und dann …«

»Pst!«, machte Emma Lüdke.

»Ich wollte ja nur sagen, dass Bruno jetzt erst einmal aus der Schusslinie ist.«

Bruno Lüdke konnte nicht verstehen, was das hieß, »Unfruchtbarmachung«, und er erzählte auch überall herum, dass man ihm den Blinddarm herausgenommen hätte, aber irgendwie wurde er nach dem Eingriff immer unruhiger und unzuverlässiger. Mehrmals im Monat erschien er nicht an seinem Arbeitsplatz. Auch häuften sich die Krankheiten. Erst eine Sommergrippe, dann die Gürtelrose und schließlich Mumps. Zum Jahresende 1940 wurde ihm deshalb von Kettlitz gekündigt. »Er war dumm, aber auch in vielerlei Beziehung recht schlau«, attestierte ihm der Fuhrunternehmer.

Obwohl sich Emma Lüdke und Pennigstorff alle Mühe gaben, sie konnten keinen neuen Arbeitsplatz für Bruno finden.

Zwar herrschte im Reich ein gewaltiger Mangel an Arbeitskräften, aber im Zweifelsfalle setzten die Konzerne lieber Fremdarbeiter ein statt Leute wie den »doofen Bruno«.

Da seine Mutter eine Stelle bei Spindler angenommen hatte und die Geschwister alle aus dem Haus waren, konnte Bruno Lüdke den ganzen Tag über machen, was er wollte. Oft hielt er es nicht mehr aus. Er musste raus aus seinem Gefängnis.

»Bruno ist wieder auf Tour«, hieß es dann in der Umgebung.

Die Sonne war sein Leuchtturm. Er ging die Himmelstreppe hinauf und legte sich ins Sonnenbett. »Schön warm«, murmelte er.

Eine Frau ging vor ihm her. Sie trug schwer an ihrer Einkaufstasche.

Er wollte ihr helfen. Er war ja stark. »Darf ick Sie …« Er griff nach ihrer Tasche. Ungeschickt, so dass er über ihre Unterarme streifte und ihre Hüfte berührte.

»Hilfe!«, schrie die Frau. Sie glaubte, dass jemand sie vergewaltigen wolle.

Bruno Lüdke lief davon, denn er dachte, dass sie ihn für einen Taschendieb hielt.

Der Wald war mit ein paar Schritten erreicht.

Bruno Lüdke versteckte sich im Unterholz. Er spürte instinktiv, wenn er von anderen Menschen gejagt wurde. Also durfte er sich jetzt nicht in Köbenig sehen lassen.

Ich muss weg! Ich muss ganz weit weg, dachte er bei sich. Im Wald is dunkel, da findet mir keiner. Im Wald kann ich auch schlafen. Im Moos oder oben auf einem Baum, da, wo sich die Zweige gabeln.

Auf dem Boden lag ein schöner Stock.

Er hob ihn auf. »Das ist ein Gewehr, ich bin ein Soldat«, murmelte er. »Ich marschiere. Ganz weit weg. Da ist ja das … das … das Meer!«

Er ging am Ufer entlang.

Es kam ein Steg. Ein Ausflugsdampfer legte an.

Ich fahre jetzt nach … nach … nach Merika, stellte er sich vor.

Die notwendigen Groschen dafür hatte er in der Tasche.

Er warf sein Gewehr weg und ging an Bord. Oben an Deck gab es noch freie Plätze. Er setzte sich an die Reling. Das Tuten ließ ihn zusammenfahren.

»Es ist Krieg, sie schießen schon!«, schrie er auf. Er duckte sich.

Die alte Dame neben ihm dachte, dass er zur Besatzung gehören und nachsehen würde, ob etwas entzwei sei. »Na, werden wir auch nicht sinken?«

Bruno Lüdke lachte. »Wir können nicht sinken, wir sind ein ... ein ... ein Schiff.«

Es ging aufs Meer hinaus. Aber bald war das Meer schon wieder zu Ende. Jetzt kam ein Fluss.

»Bruno, welche großen Flüsse haben wir in Deutschland?«, hörte Bruno in Gedanken Pennigstorff fragen.

»Bei uns zu Hause haben wir den Abfluss, aber der ist immer verstopft.«

Es kam eine Brücke.

Bruno schrie auf. Die würde ihm den Kopf abrasieren! Er legte sich flach auf den Boden.

Die Kinder lachten. »Mama, ist das ein richtiger Clown vom Zirkus?«

Bruno Lüdke freute sich. Drüben stand das Rathaus von Köbenig. Da war er schon drin gewesen. War schön.

Als der Dampfer anlegte, ging Bruno wieder an Land. Von hier aus kann ich nach Hause laufen, dachte er bei sich. Ist nicht weit. Vielleicht kommt Vater mit dem Fuhrwerk und nimmt mich mit.

Der Vater spricht vom Himmel aus mit ihm. »Bruno, mach dich nützlich!«

»Ja! Mutter hat es nicht leicht. Wie kann ich Muttan eine Freude machen?« Er überlegte. Dann kam ihm eine Idee: Seine Mutter aß gerne Ente.

Enten kannte er gut. Die waren kleiner als Gänse und bissen einen nicht, wenn man sie am Hals packte. Aber wo bekam er eine Ente her?

Er fragte einen Mann.

»Nicht im Laden, die müssen Sie schon jagen gehen.«

Also zog Bruno Lüdke durch die Gegend, um Enten zu jagen.

Die gibt es am Kuhgraben und am Müggelsee.

Er ging hin und lockte sie mit herausgerissenen Brennnesseln an. »Quak, quak, quak«, machte er.

Doch die blöden Viecher ließen sich nicht fangen.

Er fiel ins Wasser und lief nass durch die Gegend.

»Papa, guck mal! Der Mann hat sich vollgepinkelt!«, hörte Bruno einen Jungen rufen.

Er legte sich in die Sonne, um die Hosen trocknen zu lassen. »Wenn ich meiner Mutter keine Ente bringe, dann stirbt sie wie Vater«, murmelte er. »Sie muss essen! Sie ist so dünn geworden. Sie muss essen! Entenbraten!«

Der Duft, den er in der Nase hatte, machte ihn ganz wild.

»Enten, Enten, Enten!«, schrie er.

Enten gab es auf Bauernhöfen, aber die waren weit weg. Enten gab es aber auch bei den Leuten ringsum. Hinten im Garten. Man musste nur über einen Zaun klettern, die Tür zum Gatter aufmachen und …

Emma Lüdke war entsetzt, als Bruno ihr die Ente brachte. Sie wusste, dass er sie nirgends gekauft haben konnte, er hatte sie geklaut. »Wo hast du die denn her?«

Er grinste. »Ge… ge… gefunden!«

»Du bringst sie sofort wieder zurück!«

»Wohin denn?« Er konnte sich nicht mehr daran erinnern, wo er sie gefangen hatte. Außerdem war die Ente tot, und die Leute wären, selbst wenn sie ihr Tier wiederbekommen hätten, wütend geworden und zur Polizei gelaufen.

Und das war es auch, was Emma Lüdke am meisten fürchtete.

Pennigstorff hatte ihr immer wieder eingeschärft: »Vermeiden Sie, um Gottes willen, dass Bruno der Polizei irgendwie auffällig wird! Die warten doch nur darauf, ihn in die Todesanstalt zu bringen.«

Was sollten sie also mit der toten Ente machen? Sie im Garten zu vergraben wäre eine Sünde gewesen, wo doch im

Krieg alles Essbare so knapp geworden war. Also kam sie in die Bratröhre, wie auch schon der Hahn, den Bruno ihr gebracht hatte, oder das Kaninchen. Einmal waren es auch Kohlen gewesen, damit sie braten und kochen konnten.

Es war nicht zu verhindern. Emma Lüdke konnte nur noch beten.

Konrad Palaschke saß in der Revierstube und trank seinen Muckefuck. Aus der Thermosflasche schmeckte er nicht ganz so schlimm wie frisch aufgebrüht.

Dem Kalender zufolge schrieb man den 24. Oktober 1941. In zwei Monaten war Weihnachten. Schon wieder.

Noch vier Jahre, dann konnte er in Pension gehen. Ob der Krieg dann vorbei sein würde?

Sein Sohn war Soldat in Afrika. Ob er irgendwann einmal die Pyramiden zu sehen bekam? Als normaler Mensch wäre Hans nicht weiter nach Süden gekommen als bis in den Spreewald. Aber zurück im Faltboot und nicht im Zinksarg. Warum das alles?

Palaschke hatte aufgegeben, das Leben verstehen zu wollen. Das bescherte einem doch nichts weiter als Kopfschmerzen. »Das Einzige, was ich noch glaube, ist, dass zwei Pfund Rindfleisch eine gute Brühe ergeben. Sonst nichts mehr«, murmelte er.

Er war in der NSDAP, aber er hatte den Glauben an Hitler längst verloren. Er war in der Kirche, aber er glaubte nicht an Gott. Er war Polizist, aber er glaubte nicht daran, dass sein Beruf in Zeiten von SA, SS und Gestapo noch irgendeinen Sinn hatte.

Dick und gemütlich saß er hinter seinem Schreibtisch, und es schien so, als hätte Theodor Fontane ihn vor Augen gehabt, als er schrieb: *Je älter ich werde, je mehr sehe ich ein: laufen lassen, wo nicht Amtspflicht das Gegenteil erfordert, ist das allein Richtige.*

In dieser Stimmung war er, als Erwin Nickholz in die Revierstube stürzte und sagte, er wolle Anzeige erstatten. »Man hat mir schon wieder ein Kaninchen gestohlen, und ich bin mir sicher, dass es dieser Bruno Lüdke war.«

Palaschke machte eine abwehrende Handbewegung. »Wenn der ›doofe Bruno‹ der doofe Bruno ist, dann ist er doch auch viel zu doof dazu, ein Karnickel zu stehlen, oder?«

»Meine Frau hat ihn gesehen«, beharrte Nickholz.

»Meine Frau hat neulich den Kaiser gesehen, aber wir haben seit 1918 keinen Kaiser mehr.«

Nickholz geriet immer mehr in Rage. »Dieser Bruno Lüdke ist ein Volksschädling! Ich weiß Bescheid!« Er hatte bei sich im Betrieb in der *Volksschädlingsverordnung* vom 5. September 1939 nachgesehen. »Nach Paragraph vier gilt der als Volksschädling, der *vorsätzlich unter Ausnutzung der durch den Kriegszustand verursachten außergewöhnlichen Verhältnisse eine* (...) *Straftat begeht.* Und dafür gibt es saftige Strafen: bis zu fünfzehn Jahre Zuchthaus und sogar die Todesstrafe, wenn *das gesunde Volksempfinden* dies wegen der Verwerflichkeit der Tat nötig macht. Und einer Familie ihre Nahrung zu stehlen ist verwerflich! Lesen Sie doch einmal nach, was Roland Freisler über den Volksschädling geschrieben hat!«

Palaschke liebte Belehrungen solcher Art überhaupt nicht, wusste aber, dass er einem Eiferer wie Nickholz gegenüber vorsichtig sein musste. »Gut! Ich werde mit Bruno Lüdke reden und ihn ermahnen. Aber im Falle Ihres Kaninchens gilt ja immer noch *in dubio* und so weiter.«

Nickholz zog wieder ab, und Palaschke fragte sich, warum er den »doofen Bruno« eigentlich in Schutz genommen hatte. Aus Mitleid mit dem armen Teufel? Ja, auch, aber wohl eher, weil er seit Kindheitstagen Menschen ulkig fand, die nicht »ganz richtig im Koppe waren«, wie seine Mutter immer gesagt hatte, Menschen mit einer Marotte oder Macke, Clowns und Narren. Ohne sie wäre das Leben langweilig gewesen. Und obwohl er sich als Ordnungshüter solche Gedanken eigentlich verbieten musste, freute er sich über jeden, der mal eine Ente oder ein Kaninchen klaute. Das war doch lustig. Besonders in Zeiten wie diesen, wo … Er wusste, was auf den Schlachtfeldern und in den Konzentrationslagern geschah. Irgendwann einmal, fand er, sollte man dem »doofen Bruno« ein Denkmal setzen.

Es gab schmutzige Wäsche, die müffelte, und es gab saubere Wäsche, die duftete. Wer jahrelang saubere Wäsche ausgefahren und schmutzige eingesammelt hatte, der wusste das. Und es gab sauberes Mehl, das man ausfahren musste, damit die Bäcker backen konnten, aber es gab kein schmutziges Mehl, das man wieder einsammeln konnte. Wäsche hatte er in Körben getragen, die recht leicht waren, das Mehl schleppte er in großen Säcken, und die waren schwer. Außerdem staubte das Mehl. Immer sah er aus wie mit Puderzucker bestäubt, und manchmal musste er kräftig husten.

Bruno Lüdke war jetzt Mehlabträger, so nannte sich das, und brachte das Mehl von den Mühlen oder vom Güterbahnhof zu den Bäckern. Seit die Mutter keine Wäscherei mehr hatte, machte er das.

Sie hatte ihn dort untergebracht. Wer hart arbeitete für das Deutsche Volk, dem taten sie nichts, hatte sie gedacht.

Manchmal sang Bruno Lüdke: »Backe, backe Kuchen …«

Die Männer, die mit ihm schufteten, hänselten ihn nicht. Er war zwar doof, aber er war Deutscher. Sie waren viel klüger als er, aber sie waren Polen und Russen – Zwangsarbeiter.

Bruno Lüdke verstand kein Wort, wenn sie sich miteinander unterhielten. »Die sind aber bekloppt«, sagte er zu Pennigstorff. »Die können ja nicht mal richtig sprechen.«

Der alte Lehrer versuchte, ihm zu erklären, dass es Tausende von Sprachen auf der Welt gab.

Im Sommer 1942 wurde das Fuhrgeschäft, in dem er arbeitete, ausgebombt. Die Pferde verbrannten in ihren Ställen, die Fuhrwerke und Lastkraftwagen in den Garagen. Bruno Lüdke hatte keine Arbeit mehr.

Emma Lüdke ging zu Pennigstorff und fragte ihn um Rat, denn ihr war klar, dass sich die Nationalsozialisten wieder für ihren Sohn interessieren würden, wenn der den ganzen Tag über in der Gegend herumlungerte.

Pennigstorff überlegte einen Augenblick, dann hatte er eine Idee: Emma Lüdke hatte zwar ihre Wäscherei schließen müssen, in der Grünen Trift standen aber noch immer zwei der alten Wagen herum. »Ich weiß, beide sind entzwei, aber wenn man aus den beiden einen macht, könnte es gehen. Dann kann Bruno bei Ihnen als Kutscher arbeiten. Ich weiß, dass sie hier in der Försterei immer jemanden suchen, der ihnen das Holz aus den Wäldern schafft.«

»Und wo bekomme ich einen Gaul her?«, fragte sie.

Pennigstorff lachte. »Wozu haben Sie zwei Cousins, die Bauernhöfe haben?«

Emma Lüdke fand einen Stellmacher, dem die Reparatur beider Fuhrwerke gelang. Eines davon konnte sie bei einem der Cousins gegen einen alten Ackergaul eintauschen, und so durfte Bruno wieder auf einem Kutschbock Platz nehmen und sich nützlich machen.

Baumstämme waren schwerer als Mehlsäcke, und man konnte von ihnen erschlagen werden, wenn einer der Stapel mal ins Rutschen kam, aber es machte ihm Spaß, Holz aus dem Wald zu holen und zum Güterbahnhof zu fahren.

So hätte es ewig weitergehen können, doch manchmal verwechselte er die Stapel, und es gab Ärger mit den Förstern und den Waldbesitzern. Schlimmer aber war es, wenn ihn die Leute anhielten.

»Junger Mann, können Sie nicht mal einen Baumstamm vom Wagen runterfallen lassen?«

Brennholz war knapp, man fror jeden Winter mehr, und wenn man einen ganzen Baumstamm hätte und ihn zersägen könnte, dann … Man hatte kleine Kinder zu Hause.

Bruno Lüdke wehrte solche Zumutungen entschieden ab.

»Ich darf das nicht!«

Dann aber holten die Leute einen Geldschein hervor, und wenn das nicht half, auch eine Schachtel Zigaretten.

Da wurde Bruno Lüdke schließlich schwach, und der Baumstamm krachte auf die Straße.

Irgendwann erstattete einer der Waldbesitzer Anzeige wegen Holzdiebstahls, und Palaschke konnte nur mit Mühe verhindern, dass Bruno Lüdke vor Gericht kam. Zur Entlastung Brunos konnte man auf den Paragraphen 51 verweisen, obwohl das nicht ungefährlich war.

Emma Lüdke schrieb einen Brief an die Behörden, in dem sie an *die Gnade des Führers und Reichskanzlers* appellierte und das Verhalten ihres Sohnes entschuldigte und zugleich begründete:

Es gibt bei ihm offenbar Zeiten, in denen er sich der Strafbarkeit seiner Handlungsweisen nicht bewusst ist. Alle diejenigen, die von ihm Holz genommen haben, kennen seinen krankhaften Zustand. Es ist unbegreiflich, wie sie von ihm, den sie als Schwachsinnigen kannten, für so geringes Geld, wie geschehen, Holz entnehmen konnten.

Das Verfahren wurde eingestellt, und Palaschke riet ihr, das Gespann wieder zu verkaufen, um künftigem Ärger aus dem Wege zu gehen.

Sie tat es.

Wenig später, im Februar 1943, starb Emma Lüdke an einer Gehirnblutung.

Acht

1943

Walter Franzke ging den Kaiserdamm in Richtung Adolf-Hitler-Platz hinunter. Das schien ihm sehr symbolisch zu sein, denn einen Kaiser gab es nicht mehr. Und Adolf Hitler? Es war eine Frage, die man nicht laut aussprechen durfte. Er war zu sehr geborener Soldat, um nicht zu wissen, dass der Führer diesen Krieg nicht mehr gewinnen konnte.

Gegen die Amis war kein Kraut gewachsen. Wenn die erst zum Sturm auf die Festung Europa ansetzten, waren die deutschen Soldaten in der Normandie ebenso verloren wie ihre Kameraden in Stalingrad. Dort war die 6. Armee seit dem 22. November 1942 von sowjetischen Truppen eingekesselt worden. Die Versorgung aus der Luft war völlig unzureichend, und wenn die Flugzeugbesatzungen auf dem Feldflugplatz Gumrak Verwundete mitnehmen sollten, gab es erschütternde Szenen: Die Besatzungen mussten die Verzweifelten mit Waffengewalt davon abhalten, sich an die startenden Flugzeuge zu hängen. Diejenigen, die noch ausgeflogen werden konnten, berichteten, dass die meisten deutschen Soldaten nicht durch Kampfhandlungen zu Tode gekommen waren, sondern an Unterernährung, Unterkühlung und diversen epidemischen Krankheiten zugrunde gingen.

Auch Walter Franzke hatte noch an die Devise »Haltet aus, Manstein haut uns raus!« geglaubt, doch der Entlastungsversuch, das Unternehmen »Wintergewitter«, unter der

Leitung von Generalfeldmarschall Erich von Manstein war am 23. Dezember 1942 knapp fünfzig Kilometer vor Erreichen des Kessels zum Stillstand gekommen.

Dass Stalingrad in den nächsten drei Wochen fallen würde, konnte als sicher gelten. Aber trotz der aussichtslosen Lage hatte Generaloberst Friedrich Paulus am 10. Januar 1943 die Aufforderung zur Kapitulation seitens der Sowjets abgelehnt.

»Ein deutscher Mann gibt niemals auf«, murmelte Walter Franzke, aber er hatte auch die Worte seines Schwagers im Ohr: »Wehe den Besiegten!«

Was würden die Alliierten, wenn sie erst in Berlin einmarschiert waren, mit den Nationalsozialisten machen? Alle an die Wand stellen oder in die Konzentrationslager stecken, die ja reichlich vorhanden waren?

Das machte ihm Angst.

Die ganz Pfiffigen schlossen sich Widerstandsgruppen an.

Er hörte viel in seiner Kneipe, auch von Gerüchten, nach denen es selbst im Offizierskorps brodeln sollte. Doch auch er wusste, wer zu früh die Waffen streckte, wurde gern von den eigenen Leuten aufgehängt oder standrechtlich erschossen. Aber wer es zu spät tat, wurde vom Gegner erledigt.

Das Überleben hing also davon ab, dass man den richtigen Augenblick erwischte. Es sei denn, man wurde vorher schon von einer Fliegerbombe getroffen. Aber seit einem Jahr war es über Berlin ruhig geblieben.

Walter Franzke war auf dem Weg in die Deutschlandhalle, um sich das große Spektakel *Menschen – Tiere – Sensationen* anzusehen. Einer seiner Stammgäste hatte ihm eine Eintrittskarte geschenkt.

Auf dem Platz vor der Deutschlandhalle traf er seinen alten Freund Werner Togotzes, der sich gerade seine vorbestellte Karte von der Kasse abgeholt hatte.

Man begrüßte sich herzlich.

Togotzes, wegen seines Monokels »der Graf« genannt, war Leiter der Berliner Mordkommission, Kriminaldirektor und SS-Sturmbannführer.

Sie beschlossen, sich nach der Veranstaltung zu treffen und zum Adolf-Hitler-Platz zu laufen, um dort gemeinsam ein Bier zu trinken. Es gab viel zu erzählen.

»Wie macht sich denn mein Sohn so?«, fragte Walter Franzke.

Togotzes spielte mit seinem Bierdeckel. »Tja, schwer zu sagen … Ernst Gennat ist ja nun nicht mehr im Dienst. Solange er es war, haben alle in seinem Schatten gestanden, auch dein Heinz. Und er hat aber auch irgendwie Pech gehabt. Bei spektakulären Fällen, bei denen es wirklich was zu holen gab, war er nicht dabei, und die Liste mit den nassen Fischen hat er auch nicht verkleinern können.«

»Ungeklärte Fälle?«, wollte sich Franzke vergewissern.

»Ja, wie zum Beispiel die Frauenmorde in Neukölln.«

»Das mit dem S-Bahn-Mörder habt ihr schließlich hingekriegt.«

Togotzes nickte. »Ja, Paul Ogorzow ist am … warte … ist am 26. Juli 1941 hingerichtet worden. Acht Morde, sechs Mordversuche, 31 versuchte und vollendete Sittlichkeitsverbrechen. Schlimm nur für uns, dass wir ihm nicht eher das Handwerk legen konnten.«

Was hatten die Feinde gespottet, als durchgesickert war, dass der Reichsbahner Paul Ogorzow der NSDAP und der SA angehört hatte! So sähe also die moralische Überlegenheit einer gesunden Volksgemeinschaft aus!

Walter Franzke steckte sich die nächste Zigarette an. »Am Ende steht der Sieg! Ich weiß es, Werner! Und Heinz und ich sind entschlossen, dem Führer bei der Erkämpfung des Sieges durch dick und dünn unter Hinnahme auch der schwersten persönlichen Belastungen zu folgen. Drückeberger waren wir nie.«

Togotzes klemmte sich sein Monokel fester ins Auge, um richtig lächeln zu können. »Mit anderen Worten, ich soll zusehen, dass Heinz nicht an die Front kommt?«

»Du kannst doch deine Leute *uk*, also unabkömmlich stellen lassen, so dass sie wegen wichtiger Aufgaben vom Dienst an der Waffe freigestellt werden, oder?«

»Ja.«

Walter Franzke musste sich überwinden, um es über die Lippen zu bringen. »Dann bitte ich dich herzlich darum.«

Da Togotzes schwieg, sah er sich gezwungen, seine Bitte zu begründen. Aber wie? Sollte er sagen, dass er von Hitlers Ende überzeugt war und der Tod für dessen Sache nur noch sinnlos sein konnte? Nein, das hätte ihn an den Galgen bringen können, zumindest aber ins Konzentrationslager. Also musste er es anders anfangen.

»So wichtig jeder Soldat an der Front auch ist, aber ohne Munition ist er verloren. Und die wird in unseren Fabriken hergestellt, von unseren Frauen. Und wenn diese Frauen Angst haben müssen, auf dem Weg von und zur Arbeit umgebracht zu werden – von Paul Ogorzow beispielsweise –, dann ... Was ich also sagen will, auch hier an der Heimatfront werden Männer gebraucht, die ...« Weiter kam er nicht.

Die Luftschutzsirenen begannen zu heulen.

Sie warfen ein paar Münzen auf den Tisch, zogen sich eilig die Mäntel über und hasteten in den Keller.

Zweihundert Bomber der Royal Air Force befanden sich im Anflug auf die Reichshauptstadt. In der nächsten Stunde sollten sie 370 Tonnen Bomben abwerfen. Ganz in der Nähe von Franzke und Togotzes gab es heftige Einschläge. Die Deutschlandhalle stand in Flammen.

Berthold und Roswitha Hohenbruch saßen am Frühstückstisch und waren krampfhaft darum bemüht, so locker miteinander zu plaudern, wie das vergleichbar junge Ehepaare in den UFA-Filmen taten. Er hatte eine gewisse Ähnlichkeit mit Hans Albers, sie mit Marika Rökk.

Berthold Hohenbruch war seit ein paar Tagen auf Fronturlaub und konnte es noch immer nicht fassen, zu Hause im Wohnzimmer zu sitzen und nicht in seinem Panzer. Es war nur ein Traum. Wie alles.

»Ich glaube, wir haben Mäuse auf dem Dachboden«, sagte Roswitha Hohenbruch. »Ich muss Fallen aufstellen.«

»Nein, bitte nicht!«, rief Berthold Hohenbruch. Mäusen hatte er zu verdanken, dass er noch am Leben war. Ohne Mäuse säße er jetzt im Kessel von Stalingrad, wäre am Erfrieren oder längst gestorben. Er hatte zum XLVIII. Panzerkorps unter Ferdinand Heim gehört. Sie hatten den Belagerungsring sprengen sollen, aber nur dreißig Panzer in Bewegung setzen können. Bei den anderen hatten Mäuse die Kabel zerfressen. Die waren in den Scheunen und Ställen, die man als Garagen benutzt hatte, in Massen vorhanden gewesen.

Roswitha Hohenbruch gähnte. Sie war erst spätabends aus dem Krankenhaus gekommen und früh wieder aufgestanden, um die beiden Kinder zur Schule zu bringen, und bei ihrer Heimkehr hatte sie ihrem Mann den Beischlaf nicht verwehren können. Hätte sie nein gesagt, wäre er nur misstrauisch geworden. Obwohl es ihr eher wie eine Vergewaltigung vorgekommen war, hatte sie lustvoll gestöhnt und immer wieder gemurmelt, wie sehr er ihr gefehlt habe.

Er hingegen hatte sich nicht verstellt. Er hatte die Sache so hinter sich gebracht wie sonst im Frontbordell. So war es ihr jedenfalls erschienen.

Da gab es aber schon einen entscheidenden Unterschied, wie sie zugeben musste: Sie liebte die Männer, denen sie sich in letzter Zeit hingegeben hatte, wirklich und aufrichtig, zumindest über mehrere Wochen hinweg, während er die Mädchen, in deren Schoß er sich gelegentlich entlud, verabscheute oder gar hasste.

So war das Leben, und es war Krieg. Niemand wusste, ob es für ihn ein Morgen geben würde. Man musste alles mitnehmen, was der Tag zu bieten hatte. Wie gesagt, es konnte ja der letzte sein.

Roswitha Hohenbruch hatte also nur geringe Skrupel, wenn sie mit einem der Ärzte, die um sie herum waren, ins Bett ging.

Bei denen war es mehr als das übliche »Einmal rein, einmal raus – fertig ist der kleine Klaus«. Die zelebrierten den Liebesakt.

Berthold Hohenbruch köpfte sein Frühstücksei staunend wie ein kleines Kind. »Dass es das noch gibt!«

»Nur weil ich der Frau Weber an der Grünen Trift ab und an mal etwas Morphium mitbringe. Die hat Krebs und würde sonst ... Ihre Tochter gibt mir dann frische Eier oder Obst dafür. Alles für die Kinder ... und für dich, wenn du mal Fronturlaub hast.«

»Ja, Krankenschwester müsste man sein«, sagte Berthold Hohenbruch.

»Nun ...« Roswitha Hohenbruch winkte ab.

Auch bei ihnen gab es jede Menge Probleme und Ärger. Mit den Medikamenten, mit der Ernährung, mit der Zahl der Betten. Alles wurde knapper. Und auch dann, wenn man riesige rote Kreuze auf weißem Grund auf die Dächer malte, konnte man vor Bomben nicht sicher sein. Und trotz der Not ringsum war auch ihr Krankenhaus nicht die große Volksgemeinschaft mit ausschließlich edlen Menschen. Da gab es weiterhin viel Neid, Hass und Intrigen.

Und so kam es, dass die Postbotin, als Roswitha Hohenbruch gerade unterwegs war, um einzukaufen, am Gartenzaun stehenblieb und Brisantes in den Briefkasten warf.

Berthold Hohenbruch hatte sie vom Fenster aus beobachtet und lief nach vorn, um zu sehen, was sie gebracht hatte. Weniger aufgrund angeborener Neugierde als vielmehr aus der Lust heraus, einmal wieder etwas ganz Ziviles zu tun, etwas eigentlich Nichtiges. Davon träumte man, wenn man im Schützengraben lag. Einfach einmal fünfzehn Meter gehen, ohne dass man nach Deckung suchen musste und das Pfeifen der Granaten zu hören war.

Es waren zwei Ansichtskarten für seine Frau und ein Brief, der an ihn adressiert war.

Er war erstaunt. Wer sollte ihm nach Köpenick schreiben? Als er den Umschlag umdrehte, wuchs sein Erstaunen, denn der Absender fehlte. Ein anonymer Brief also. Und wie bei fast allen Menschen schnellte sein Puls in die Höhe. Anonyme Briefe gehören ungelesen in den Papierkorb, hieß es ja immer, aber vielleicht schrieb ihm ein alter Freund oder Kamerad, der in aller Eile nur vergessen hatte, den Absender hinten auf dem Umschlag zu vermerken. Also riss er den Umschlag auf und zog einen grauen Bogen hervor. Breiter Füllfederhalter, Druckbuchstaben.

Werter Herr Hohenbruch,
hier schreibt jemand, der es gut mit Ihnen meint. Es ist unerträglich, was ich da erlebe. Sie kämpfen für Volk und Vaterland, und Ihre Gattin gibt sich mit fremden Männern ab. Fragen Sie mal die Ärzte bei uns! Stellen Sie Ihre Frau zur Rede, machen Sie diesem elenden, unmoralischen Treiben ein Ende! Das ist einer deutschen Frau und Mutter unwürdig!
Einer, der es gut meint mit Ihnen und Ihrer Familie.
Heil Hitler!

Ehebruch!, schrie es in Berthold Hohenbruch. Sie hat die Ehe gebrochen. Dieses Flittchen! Ich hab's ja kommen sehen. Krankenschwestern!

Als Roswitha Hohenbruch zurückkam und ihren Mann mit einem Brief in der Hand im Windfang stehen sah, wusste sie instinktiv, was geschehen war. Sein Gesicht sagte alles.

Irgendjemand aus dem Krankenhaus musste ihm geschrieben haben. Ihre Oberschwester, ein Flintenweib, das den Führer anbetete? Eine Kollegin, die ihr nie verzieh, dass sie ihr den Hans ausgespannt hatte? Oder vielleicht der Pförtner, dem sie die Hoden weggeschossen hatten und der alle Männer und Frauen hasste, die es noch miteinander treiben konnten?

»Was ist denn passiert?«, fragte Roswitha Hohenbruch und tat so, als ob sie nichts ahnte. »Du ziehst ja ein Gesicht! Ist jemand gestorben?«

»Ja! Du für mich!«

»Was sagst du da?«

»Hier! Lies das!« Er hielt ihr den Brief vor die Nase.

Sie überflog ihn. »Das darf doch nicht wahr sein! Das ist doch alles eine ungeheuerliche Lüge! Das kann nur diese Irene gewesen sein! Du, ich fahr gleich mal ins Krankenhaus und stell sie zur Rede!« Sie drückte ihrem Mann das Einkaufsnetz in die Hand und stürzte zum Gartentor. Es war eine Flucht. Draußen auf der Straße fühlte sie sich sicher vor ihm.

Ihr Plan war schnell gefasst: Die Kinder von der Schule abholen und sie zu einer Freundin nach Schöneweide bringen, dann im Krankenhaus anrufen und dem Oberarzt sagen, sie müsse für zwei Tage untertauchen, bis ihr Mann wieder im Zug sitze und an die Front fahre.

Wenn sie vom Sandschurrepfad zur Bushaltestelle am Müggelheimer Damm wollte, musste sie ein Stück durch den Wald laufen.

Werner Togotzes saß an seinem Schreibtisch und starrte in den grauen Winterhimmel.

Der Abreißkalender zeigte den 3. Februar 1943. Gestern hatte Stalingrad kapituliert. Paulus hatte es abgelehnt, mit seinen Offizieren Selbstmord zu begehen, und war in Gefangenschaft gegangen. Es hieß, der Führer habe einen Tobsuchtsanfall erlitten. Noch nie in der Geschichte hatte ein deutscher Generalfeldmarschall kapituliert. Und gerade deswegen hatte Hitler den Generaloberst ja vorher noch befördert.

Die Sekretärin kam herein und fragte Werner Togotzes, ob er Zeit für Lüdtke hätte.

»Ja, soll hereinkommen!« Togotzes wusste, dass der Kriminalkommissar, dessen Vornamen er sich nie merken konnte, bei der Überführung Paul Ogorzows Großes geleistet hatte. Mit der Einschränkung allerdings, dass die Mordkommission Rummelsburg vorher lange, seiner Meinung nach viel zu lange, gebraucht hatte, um den S-Bahn-Mörder dingfest zu machen. Am 13. August 1939 hatte es den ersten Mordversuch gegeben, und erst am 10. Juli 1941 war Ogorzow verhaftet worden. Nach fast zwei Jahren! Unfassbar!

Lüdtke stand in der Tür, ein altgedienter Mann, den nichts mehr erschüttern konnte. »Wegen des Frauenmordes im Köpenicker Forst, Herr Kriminaldirektor«, begann er. »Roswitha Hohenbruch …«

Am Vormittag hatten Leute, die zum Brennholzsammeln in den Wald gegangen waren, die Leiche in einer Grube gefunden, mit Moos und Reisig abgedeckt. Sie musste, so die erste Angabe der Gerichtsmediziner, seit etwa einer Woche dort gelegen haben. Die Frau war ganz offensichtlich mit einem Beil erschlagen worden.

Togotzes schlug mit der Faust auf den Tisch. »Jetzt geht das da in der Gegend wieder los! Ich dachte, damit, dass wir Ogorzow zur Strecke gebracht haben, würde das endlich aufhören.«

»Der Tatort liegt weitab von jeder S-Bahn«, sagte Lüdtke nicht ganz ohne Ironie.

»Gibt es denn schon irgendwelche Anhaltspunkte?«, fragte Togotzes.

Lüdtke schüttelte den Kopf. »Ihr Ehemann, der Unteroffizier Berthold Hohenbruch, hat am 26. Januar eine Vermisstenanzeige aufgegeben. Im Revier hat er angegeben, dass seine Frau vormittags gegen elf Uhr zur Bushaltestelle am Müggelheimer Damm laufen wollte, um zu ihrer Mutter zu fahren. Als sie am Abend noch nicht zurück war, hat er sich noch keine Sorgen gemacht, weil er angenommen hatte, sie würde wegen der Luftangriffe und wegen der Verdunkelung bei ihr über Nacht bleiben. Und seine Schwiegermutter hatte kein Telefon, um anzurufen. Erst am nächsten Vormittag ist er dann zum Revier gegangen. Danach hat man überall nach seiner Frau gesucht, aber nichts gefunden. Bei ihrer Mutter ist sie nie aufgetaucht, und im Krankenhaus, wo sie gearbeitet hat, weiß man auch nichts über ihren Verbleib.«

»Und weiter?« Togotzes spielte ungeduldig mit seinem Monokel.

»Nichts! Keine verwertbaren Spuren. Die Handtasche der Hohenbruch ist verschwunden.«

»Und der Ehemann?«, fragte Togotzes.

»Der? Der ist schon am 27. Januar vom Görlitzer Bahnhof aus wieder an die Front gefahren, den können wir so schnell nicht befragen. Die beiden Kinder sind bei der Mutter der Ermordeten in Charlottenburg.«

»Der Ehemann …«, murmelte Togotzes.

Lüdtke wirkte müde. »Der hat ein Alibi durch eine Nachbarin. Sie hat sein Häuschen immer im Auge gehabt, und er hat es ihren Angaben zufolge erst gegen ein Uhr nachmittags verlassen, um die Kinder von der Schule abzuholen.«

»Haben Sie seine Kleidung nach Blutspritzern absuchen lassen?«

»Selbstverständlich!« Lüdtke fasste diese Frage beinahe als Beleidigung auf. »Nichts!«

Togotzes spielte mit seinem Monokel Kettenkarussell. »Die Sachen kann man auch irgendwo vergraben.«

»Woher aber die Leute nehmen, um den ganzen Köpenicker Forst abzusuchen?« Lüdtke machte eine hilflose Geste.

Auch Togotzes wusste nicht weiter. »Gut! Machen wir bei uns im Erdgeschoss einen Laden auf. Zu verkaufen haben wir ja eine ganze Menge.«

Lüdtke konnte ihm nicht folgen. »Was sollen wir verkaufen?«

»Na, nasse Fische!« Togotzes lachte bitter. »Es gibt ja eine ganze Menge Frauenmorde in Berlin und anderswo, die nicht aufgeklärt werden konnten. An die hundert sollen es sein.«

Lüdtke sah in Richtung Tür. »Soll ich nun im Fall Hohenbruch weitermachen oder …«

»Lassen Sie mal!«, rief Togotzes. »Ich habe da eine Idee.«

Nachdem er Lüdtke verabschiedet hatte, griff Togotzes zum Telefonhörer und ließ sich Heinz Franzke kommen. »Mein Lieber!«, begann er so leutselig, wie man ihn sonst selten erlebt hatte. »Ich habe das Gefühl, dass man Sie hier im Hause irgendwie übersehen hat. Vielleicht sind Sie meinen Vorgängern als zu jung erschienen, ich weiß es nicht, vielleicht hat es Ihnen auch nur an Fortune gemangelt. Viele unserer Kollegen sind ja im Felde geblieben, und wir müssen uns jetzt langsam Gedanken machen, welche Kollegen nach dem Endsieg für Führungspositionen in Frage kommen. Da Sie ja unserer Bewegung sehr früh beigetreten sind, habe ich natürlich, als bei mir angefragt worden ist, gleich an Sie gedacht.«

Franzke erhob sich, um dem Kriminaldirektor mit einer kleinen Verbeugung zu danken. »Ich werde alles daransetzen, mich Ihres Vertrauens für würdig zu erweisen«, presste er hervor.

Togotzes nickte. »Gut! Es ist sozusagen ein Sonderkommando, bei dem Sie sich bewähren können. Fangen Sie mit dem Mord an der Hohenbruch an, draußen in Köpenick, und schauen Sie dann, ob es in zehn oder auch in zwanzig ähnlich gelagerten Fällen ein und derselbe Täter sein könnte! Wir hätten so etwas in Berlin nicht zum ersten Mal. Denken Sie nur an Karl Großmann oder Paul Ogorzow!«

Wieder verbeugte sich Franzke. »Es ist mir eine Ehre, Herr Kriminaldirektor! Und ich werde mich unverzüglich an die Arbeit machen.«

Berthold Hohenbruch hatte es inzwischen aufgegeben, nach den Stationsschildern zu sehen, wenn sie einmal hielten. Seit gestern Nachmittag rollten sie durch Polen in Richtung Front. Zwischen Berlin und der Front lag ein riesiges Niemandsland. Manchmal zweifelte er daran, dass sie sich noch auf dem Planeten Erde befanden. Er hatte jedes Zeitgefühl verloren. Manchmal glaubte er, die Nacht würde nie enden und er sei schon ins ewige Dunkel gestürzt.

Schlafen konnte er nicht. Das lag nicht etwa daran, dass es in seinem Abteil eng und stickig war und die Kameraden fürchterlich schnarchten, nein, es lag an den Bildern, die ihm durch den Kopf gingen: Wie er aus dem Haus stürzte. In den Schuppen. Wo war das Beil? Da lag es. Er riss es hoch, versteckte es unter dem Mantel und lief in den Wald. Er wusste, welche Abkürzungen Roswitha nahm, wenn sie zum Bus wollte. Trampelpfade durch den Wald. Sie lief nie schnell, so dass er sie bald einholen konnte. Er schaffte es auch. »Rosi, sag bitte, dass das alles nicht wahr ist! Du hast mich nicht betrogen!«

Sie sah ihn an. Mit den Augen eines Rehes. Nicht etwa schuldbewusst, sondern trotzig. »Was heißt betrogen? Womit soll ich dich betrogen haben?«

Da riss er das Beil hervor.

Sie drehte sich um und wollte fliehen, stolperte aber.

Er nutzte ihr Straucheln, um zuzuschlagen, und spaltete ihr den Schädel. »Du hast mein Leben zerstört – jetzt habe ich deines zerstört! Wir sind quitt, meine Liebe!«

Die Kinder waren bei der Oma.

Er rechnete und rechnete und kam zu dem Schluss, dass es nicht seine Kinder sein konnten. Umso besser für sie, dachte er, obwohl ihnen keiner hinterherrufen konnte, dass ihr Vater ein Mörder war, denn er hatte alle Spuren beseitigt und war sogar selber zur Polizei gegangen, um Roswitha als vermisst zu melden. Außerdem war er, kaum aus dem Wald zurück, zu seiner Nachbarin gegangen, um für ein Alibi zu sorgen.

Ach, das war doch alles egal. In zwei Tagen wäre er ohnehin tot. Alle, die sie jetzt an die Ostfront warfen, waren verloren. Töten und getötet werden, so funktionierte die Welt.

Er sah sich mit Roswitha vor dem Standesamt stehen. Keine Braut war je schöner gewesen. Sie waren beide so glücklich und voller Träume.

Dann war er Soldat geworden. Sie hatten viele Panzer abgeschossen und mit ihren Ketten Russen zermalmt. Dafür hatte er einen Orden bekommen.

Hätte er Roswitha auch umgebracht, wenn sie in einer Zeit des Friedens gelebt hätten und in einem Land wie der Schweiz?

Er war von Beruf Elektroingenieur und nicht darin geschult, Antworten auf solche Fragen zu finden.

Als es Morgen wurde, weinte er um sein verlorenes Leben, betete und nahm sich vor, im Sterben ein, zwei, vielleicht auch drei Kameraden zu retten und sich für sie zu opfern, damit diese, wenn der Krieg vorbei war, in der Welt nach Hitler Gutes tun konnten. Vielleicht würde das seine Schuld um einiges mindern.

Neun

1943

Innerhalb von zwei Wochen möchte ich den Fall Roswitha Hohenbruch geklärt haben«, sagte Heinz Franzke.

Max Danke verzog das Gesicht. »Ja, ein Hodenbruch ist eine schlimme Sache. Mein Bruder hatte mal einen.«

»Hohenbruch, nicht Hodenbruch, Herr Denke!«, korrigierte ihn Franzke.

»Danke, bitte!«

»Wie? Ach so!«

»Ich möchte da nicht verwechselt werden. Karl Denke war der, der im schlesischen Münsterberg über dreißig Männer umgebracht hat. Ihr Fleisch hat er gegessen, und aus ihrer Haut hat er Hosenträger und Schnürsenkel angefertigt.«

»Danke, das reicht!«, rief Franzke.

Togotzes hatte ihm für seine Sonderaufgabe eine Art persönlichen Referenten zugeteilt, den Kriminalhauptwachtmeister Max Danke. An sich war das ehrenvoll, aber …

Max Danke war 55 Jahre alt und konnte derart unter seinem Asthma leiden, dass ihn nicht einmal der fanatischste Militärarzt in der Wehrmacht haben wollte. Er war ein dummer Mensch, aber immerhin klug genug, das auch zu wissen. Und schnell hatte er auch begriffen, wie er trotz begrenzter geistiger Gaben gut durchs Leben kommen konnte: indem er sich denen andiente, die das Sagen hatten. So war er früh in die NSDAP eingetreten und nach der Machtübernahme stetig befördert worden. Immer gab es irgendwo einen Posten, auf dem er nicht viel Schaden anrichten konnte. Keiner vermochte den Vorgesetzten so zu schmeicheln wie er, und bei Festen und Besäufnissen konnte er alle wunderbar unterhalten. Er liebte es, den Narren zu spielen, und kannte alle dusseligen Redewendungen, die in Berlin in Umlauf waren.

Franzke litt unter diesem Danke. Er wollte ernsthafte und fähige Menschen um sich haben und nicht diesen verhinderten Volksschauspieler und Kretin.

Aber was sollte er machen? Es sah schlecht aus mit dem Menschenmaterial. Togotzes hatte ihm auch eine Kriminalassistentin angeboten, aber das hatte er abgelehnt.

Frauen gehörten in die Küche und ins Kindbett. Und an der Seite einer Frau hätte er sich nicht auf das Eigentliche konzentrieren können, sondern wäre stets und ständig abgelenkt gewesen. Frauen waren doch immer nur darauf aus, die Männer zu verführen und zu schwächen. Und fachlich hatten sie auch nichts drauf. Dann schon lieber Max Danke, wenn der auch das Niveau derart senkte, dass man Zahnschmerzen bekommen konnte.

»Fahren wir nach Köpenick!«, sagte Franzke.

»Nicht nach Engelland?«, fragte Max Danke und fing auch gleich zu singen an. »Leb wohl, mein Schatz, leb wohl, lebe wohl! / Denn wir fahren, denn wir fahren, / Denn wir fahren gegen Engelland, Engelland! / Ahoi!«

Franzke war das zwar peinlich, aber verbieten konnte er es Danke nicht. Es war ja auch Goebbels' Politik, die Leute mit komischen Filmen bei Laune zu halten. Glücklich ist, wer vergisst!

Benzin war knapp, und sie waren gehalten, bei Dienstfahrten tunlichst S-, U- und Straßenbahnen zu benutzen. So setzten sie sich also am Alexanderplatz in den Zug in Richtung Erkner.

Franzke wusste natürlich, dass das die Strecke der beiden

großen Berliner Serienmörder Karl Großmann und Paul Ogorzow war, deren Opfer ausschließlich Frauen gewesen waren.

Und nun die zweifache Mutter im Köpenicker Forst, Roswitha Hohenbruch. *Vom Täter keine Spur*, hieß es in den Zeitungen, die nur kurz und knapp über das Ungeheuerliche berichten durften, um die Bevölkerung, insbesondere die Frauen, nicht zu beunruhigen. Man konnte nicht groß warnen und die Leute bitten, zweckdienliche Angaben zur Ergreifung des Täters zu machen. Da hatte es Ernst Gennat mit seinen berühmten »Mordplakaten« viel besser gehabt.

Franzke wurde sehr zornig, wenn er daran dachte, dass es offenbar Männer gab, die sich diesen Umstand – wie auch die Verdunkelung bei Fliegerangriffen – zunutze machten. Es gab in Berlin mehrere Dutzend Frauenmorde, die nicht aufgeklärt waren, darunter auch die Fälle Mathilde Rolland und Wilhelmine Borch, und er fragte sich, ob Karl Großmann und Paul Ogorzow einen Nachfolger bekommen hatten. Wenn ja und wenn es ihm gelang, den zu finden und unschädlich zu machen, dann … dann wurde er Ernst Gennats Nachfolger und die Nummer eins unter den deutschen Kriminalbeamten.

»Kairos …«, murmelte er.

»Nich Kairos, Karlshorst!«, korrigierte ihn Max Danke.

»Wie? Ach so!«

Sie hatten gerade den Bahnhof Karlshorst passiert und rollten an der Trabrennbahn vorbei.

Sollte er Danke erklären, was mit Kairos gemeint war? Den einmaligen Augenblick, der den großen Durchbruch brachte? Na gut. »Kairos war bei den alten Griechen der Gott des günstigen Augenblicks.«

»Mein Bruder war bei der Infusion in Griechenland dabei und wartet jetzt auf Kreta auf einen günstigen Augenblick, dass er wieder nach Hause kommen kann«, sagte Max Danke.

»Die Einnahme Kairos durch Rommel hat ja nicht geklappt, sonst könnte er rüber nach Ägypten.«

Franzke stöhnte leise auf. Manchmal hatte er das Gefühl, dass Max Danke gar nicht so dumm war, wie er immer tat, sondern sich nur verstellte, um andere leichter vergackeiern zu können. Nein, für einen Schwejk war er dann doch entschieden zu dämlich.

In Köpenick stiegen sie aus und fuhren mit der Straßenbahn zum Kietzer Feld. Vor dem Haus der Roswitha Hohenbruch am Sandschurrepfad wollte der örtliche Reviervorsteher, ein Mann namens Konrad Palaschke, auf sie warten und sie zum Tatort führen.

»Wissen Sie, was ein Pallasch ist?«, fragte Franzke.

»Ja, ein Bewohner der Pallasstraße in Schöneberg.«

»Nein! Ein Pallasch ist der Säbel der schweren Kavallerie gewesen.«

Max Danke interessierte das nicht im mindesten. »Aber wissen Sie denn, was Allasch ist?«

Franzke musste das verneinen.

»Allasch ist ein dicker Kümmellikör. Und wir zu Hause haben immer gesungen: ›Meiner Schwester, der Therese, looft der Allasch aus der Neese.‹ Wenn einer einen Schnupfen hatte.«

Franzke schüttelte sich. »Ja, ich verstehe!« Gott, Menschen gab es, dachte er bei sich.

Auch dieser Palaschke schien schon ziemlich abgetreten zu sein und nicht mehr vor Eifer zu brennen. Müde wiederholte er das, was Franzke ohnehin schon wusste. »Hier in diesem Häuschen hat Roswitha Hohenbruch gewohnt. Sie hat sich von ihrem Mann verabschiedet, um zu ihrer Mutter zu fahren. Da ist sie manchmal auch über Nacht geblieben. Ihr Mann sollte die beiden Kinder von der Schule abholen. Das hat er auch getan, aber …«

Franzke winkte ab. »Ich weiß! Mal ganz konkret gefragt,

wie weit ist es von hier bis zur Haltestelle des Omnibusses?«

»Das sind keine fünfhundert Meter, davon das meiste durch den Wald. Von der Straße Grüne Trift aus am Walde führt ein Gestellweg direkt zum Müggelheimer Damm. Und um den vom Sandschurrepfad aus zu erreichen, musste sie kurz durch dichtes Unterholz hindurch.«

»Eine Abkürzung also?«, fragte Franzke.

»Ja!«

»Die nur Einheimische kennen?«

Palaschke nickte abermals. »Das ist anzunehmen.«

»Was für einen Täter aus der näheren Umgebung sprechen würde«, hielt Franzke fest. »Eine Affekttat also.«

Palaschke zuckte mit den Schultern. »Es kann auch reiner Zufall gewesen sein. Es kommt jemand vom Omnibus, will nach Hause, begegnet der Frau und …«

»Anzeichen für ein Sittlichkeitsverbrechen gibt es doch aber keine, oder?«, warf Franzke ein.

»Nein. Die Kleidung war völlig in Ordnung.«

»Und die Roswitha Hohenbruch ist mit einem Beil von hinten erschlagen worden?«

»Ja!«, bestätigte ihm Palaschke. »Das Tatwerkzeug ist aber nirgendwo gefunden worden, trotzdem wir die gesamte Gegend durchkämmt haben.«

»Obwohl!«, korrigierte ihn Franzke.

»Meinetwegen auch obwohl!«

»Das Tatwerkzeug wird der Täter drüben am Müggelsee ins Wasser geworfen haben«, sagte Max Danke. »Dann ist es schon längst die Spree runter.«

»Das schwimmende Beil, ja.« Franzke fasste sich an den Kopf.

»Na schön!«, beharrte Max Danke. »Dann ist es eben untergegangen, und die Kinder finden es im Sommer, wenn sie wieder baden gehen.«

»Vielleicht gehen wir ja alle baden«, murmelte Palaschke.

Franzke überhörte es. »Von hinten mit dem Beil erschlagen«, wiederholte er. »Das schließt ja eigentlich aus, dass der Täter von der Omnibushaltestelle gekommen ist, denn dann hätte er sie ja von vorne treffen müssen. Also muss er hier aus der Siedlung gekommen sein.«

»Oder aus dem Wald östlich vom Kietzer Feld«, fügte Palaschke hinzu. »Und dieser Wald ist groß.«

»Ja«, sagte Max Danke, »der Führer spricht ja auch immer von den ›Weiten des Ostens‹.«

Franzke sah Max Danke an, als würde er gleich seinen ersten Mord begehen wollen. »Dann will ich mir mal den Tatort ansehen beziehungsweise die Stelle, an der die Leiche versteckt worden war.«

Palaschke führte sie hin, doch Franzke fühlte sich auch hier wenig inspiriert.

Der Täter hatte, offenbar mit dem Beil als Werkzeug, Grassoden abgesteckt und vom Boden gelöst, für die Leiche eine kleine Grube ausgehoben, mehr eine Vertiefung, die Frau hineingelegt und mit den Soden bedeckt. Darüber war noch etwas Reisig ausgebreitet worden.

»Wie lange wird man dafür wohl brauchen?«, fragte Franzke.

Palaschke überlegte einen Augenblick. »Eine Viertelstunde mindestens.«

»Und während dieser Zeit soll ihn niemand gesehen haben?« Franzke hielt das für unwahrscheinlich.

Palaschke sah es anders. »Der Omnibus fährt alle Stunde, und zwischendurch ist hier im Winter keiner auf dem Waldweg zu sehen. Und wer denkt schon daran, dass eine Leiche verscharrt wird, wenn man jemanden im Wald stehen sieht. Viele Männer stehen hier und pinkeln an die Bäume.«

»Vielen Dank für den Hinweis!« Max Danke entfernte sich ein paar Meter, um sein Wasser abzuschlagen.

Franzke dachte nach. »Bei dieser Kälte im Wald stehen und auf eine Frau lauern, die zum Omnibus will? Das glaube ich nicht. Noch dazu am Vormittag. Höchstens, dass der Täter hier in einem der angrenzenden Häuser wohnt und schon lange auf einen günstigen Augenblick gewartet hat, um über Roswitha Hohenbruch herzufallen. Hat ihr Mann Ihnen etwas davon erzählt, dass seine Frau schon öfter mal bedrängt worden wäre?«

Palaschke schüttelte den Kopf. »Nein.«

»Und der Ehemann selber?«, fragte Franzke.

»Wie?«

»Dass der seine Frau …«

»Berthold Hohenbruch ist sofort, nachdem seine Frau zu ihrer Mutter aufgebrochen ist, zu seiner Nachbarin rübergegangen, um mit ihr und ihrem kranken Mann Skat zu spielen.«

»Der hat also ein hieb- und stichfestes Alibi«, murmelte Franzke. »Nun gut! Und jetzt ist er an Front?«

»An der Ostfront, ja!«

Franzke dachte ganz automatisch an das, was in diesen Jahren öfter vorkommen sollte: Soldat bekommt Fronturlaub und findet heraus, dass seine Frau ein Verhältnis mit einem anderen hat. Im Affekt wird er handgreiflich und schlägt sie. Und manchmal wird aus dem Schlagen ein Erschlagen.

Aber Berthold Hohenbruch hatte ja ein Alibi. Doch wenn das nun falsch sein sollte?

»Ich möchte mal selber mit dieser Nachbarin sprechen«, sagte Franzke.

»Gut, gehen wir! Die Frau heißt Winter, Gisela Winter.«

»Winter ade, Scheide tut weh«, sang Max Danke, um sich sogleich zu korrigieren. »Ach nee, war ja nicht ihr Mann, der zurück an die Front musste, sondern der der Hohenbruch.«

Palaschke führte sie zurück zum Sandschurrepfad. Sie traten ein in das kleine Haus der Gisela Winter, das so eng war, dass Max Danke murmelte: »Wegen Überfüllung geschlossen!«

Gisela Winter war ein kleines Pummelchen, und es schien Franzke nicht ausgeschlossen zu sein, dass sie Berthold Hohenbruch angebetet hatte.

Ihr eigener Mann dagegen war mit der Bezeichnung »Schrumpfgermane« noch gut bedient. Dass dieses menschliche Wrack zum Liebesakt fähig sein sollte, musste bezweifelt werden. Und da war dann Berthold Hohenbruch für ihn in die Bresche gesprungen?

»Frau Winter, wenn Sie bitte so freundlich sein würden, uns noch einmal zu schildern, wie die fraglichen Minuten abgelaufen sind! Roswitha Hohenbruch verlässt ihr Haus und …«

»Knallt die Gartentür zu«, ergänzte Frau Winter.

»Weil sie wütend war?«, fragte Franzke.

»Nein, weil die Gartentür klemmt. Die muss immer zugeknallt werden.«

Franzke nickte. »Und das haben Sie alles ganz genau gesehen?«

»Ja, hier vom Fenster aus.« Sie führte Franzke in die kleine Küche. »Und Berthold, also Herr Hohenbruch, stand in der Tür und hat ihr noch hinterhergesehen.«

Franzke fixierte die kleine Frau Winter. »Könnte es auch sein, dass er ihr gefolgt ist?«

»Nein, er ist zurück ins Haus.«

»Und dann?«, fragte Franzke.

»Dann ist er rüber zu uns, Skat spielen mit meinem Mann und mir.«

»Wie lange hat das denn gedauert?«

»Na, zwei Stunden etwa.«

Franzke stutzte. »Was denn, erst zwei Stunden, nachdem Frau Hohenbruch ihr Haus verlassen hatte, ist Berthold Hohenbruch zu Ihnen gekommen?«

»Nein! Unsere Skatrunde hat zwei Stunden gedauert. Berthold ist gleich, nachdem sie weg war, zu uns rübergekommen.«

»Was heißt gleich?«, stieß Franzke nach. »Sind das bei Ihnen fünf Minuten, zehn Minuten oder was?«

Gisela Winter überlegte. »Fünf Minuten vielleicht.«

Franzke begann zu rechnen. Palaschke hatte gemeint, zum Verscharren der Leiche hätte man mindestens eine Viertelstunde gebraucht. Möglich war aber, dass Berthold Hohenbruch seine Frau erschlagen hatte und dann sofort zurückgeeilt war, um durch Gisela Winter ein Alibi zu bekommen. Erst viel später, wahrscheinlich nach Einbruch der Dunkelheit, hatte er sich dann darangemacht, den Leichnam abzudecken, so dass der erst gefunden wurde, wenn Berthold Hohenbruch längst wieder an der Front war.

Sie bedankten sich bei Gisela Winter und traten wieder auf die Straße hinaus.

Franzke war jetzt erst recht davon überzeugt, dass der Täter Berthold Hohenbruch hieß. Um seine These zu verifizieren, musste er unbedingt herausfinden, ob Roswitha Hohenbruch einen Liebhaber gehabt hatte. Er sah Palaschke an. »Herr Kollege, haben Sie etwas von möglichen Affären der Hohenbruch gehört?«

»Nein.«

»Und wenn doch, wo könnte dann ihr Liebhaber zu finden sein? Hier in der Siedlung?«

»Glaube ich nicht. Eher im Krankenhaus.«

»Klar!«, sagte Max Danke. »Die Krankenschwestern haben doch alle was mit den Ärzten. Damit die Nächte nicht so lang sind.«

So fuhren sie also mit dem Omnibus nach Köpenick und fanden, nachdem sie sich mühsam durchgefragt hatten, auch die Station, auf der Roswitha Hohenbruch zuletzt gearbeitet hatte.

Ihr Schicksal hatte die Kolleginnen sehr betroffen gemacht, und im Schwesternzimmer stand ihr Photo, mit einem Trauerflor versehen.

Die Oberschwester nahm sich zehn Minuten Zeit für Franzke und seinen Begleiter. »Über Tote soll man ja nichts Schlechtes sagen …«, begann sie.

»Aber?« Franzke sah sie erwartungsvoll an.

»Aber wenn es um einen Mord geht, dann …« Oberschwester Gertrud zögerte abermals.

Franzke hätte einem solchen Drachen wie ihr Gefühlsregungen dieser Art gar nicht zugetraut. Da musste man nur etwas nachhelfen, damit sie zu reden begann. »Ja, wenn es um Mord geht«, begann er, »gilt die Schweigepflicht nicht mehr, zumal es ja keine ärztliche ist, sondern nur eine fürsorgliche. Denken Sie bitte an Massenmörder wie Karl Großmann und Paul Ogorzow! Frau Hohenbruch könnte nicht das letzte Opfer gewesen sein, und je eher wir den Täter haben …«

Die Oberschwester nickte. »Ich verstehe. Aber ich möchte nicht jemanden belasten, der …«

Max Danke wurde energisch. »Welcher Arzt war es denn nun? Wenn Sie lieber mit der Gestapo zu tun haben wollen als mit uns …«

»Dr. Nowacki!«, murmelte die Oberschwester und verließ das Zimmer.

Franzke ärgerte es, dass nicht er der Oberschwester diesen Namen entlockt hatte, sondern dieser Kretin von Danke, aber nun ja …

Sie fanden Dr. Nowacki in der Kantine.

»Guten Appetit!«, wünschte Franzke.

»Danke!«

»Das bin ich!«, sagte Max Danke. »Wie Sie das mit Ihrem Röntgenblick gleich erkannt haben, Herr Doktor!«

Der Oberarzt sah etwas irritiert von seinem Sonntagseintopf auf, der nun auch am Donnerstagmittag serviert wurde, und versuchte, die beiden Herren einzuordnen. Der eine konnte von der Gestapo sein, der andere bestenfalls Müllkutscher. Ach Gott, ja, dachte er, die beiden waren sicherlich wegen der Rosi gekommen. Und richtig, da fiel das Wort »Mordkommission« auch schon.

Franzke kam schnell zum Wesentlichen, denn gerade als er sich und Max Danke vorgestellt hatte, sah der Oberarzt auch schon auf die Uhr. »Es handelt sich um eine Affekttat, das heißt, wir haben allen Grund zu der Annahme, dass Roswitha Hohenbruch von Ihrem Ehemann erschlagen wurde. Aus Eifersucht. Sie soll einige Affären gehabt haben.«

Dr. Nowacki bemerkte kühl, dass es ihm und seinen Kollegen bei Androhung sofortiger Entlassung verboten sei, intime Beziehungen mit einer Krankenschwester anzuknüpfen.

Franzke lachte. »Was meinen Sie, worauf alles die Todesstrafe steht! Und die Leute tun es trotzdem.«

»Und auf Ficken steht noch nicht einmal die Todesstrafe«, merkte Max Danke an.

Franzke zuckte zusammen. Alles Vulgäre fand er widerlich. Nun gut.

»Herr Dr. Nowacki, die Frage ist, ob wir es beim Mord an Roswitha Hohenbruch mit einer ganz normalen Eifersuchtstat zu tun haben oder ob hier vielleicht ein Massenmörder am Werke war. Im ersten Fall könnten wir es ruhig angehen lassen, denn eine Wiederholung ist ausgeschlossen, im zweiten Fall jedoch müssten wir uns sehr beeilen, um eine weitere Tat zu verhindern.«

»Das leuchtet mir ein«, brummte der Arzt.

»Gut! Dann sagen Sie uns doch bitte, ob der Ehemann von Roswitha Hohenbruch irgendeinen Grund zur Eifersucht hatte!«

»Was kann ich denn dafür, dass Frau Hohenbruch mich angehimmelt hat? Das ist nun einmal das Schicksal von uns Ärzten.«

Berthold Hohenbruch hatte also … Franzke vermerkte das in seinem Notizbuch.

»Roswitha war kein Kind von Traurigkeit«, sagte Dr. Nowacki.

»So, meinen Sie das?« Franzke überlegte. Es konnte ja sein, dass der Arzt Roswitha Hohenbruch wirklich geliebt hatte und eifersüchtig mit dem Beil auf sie losgegangen war, als er bemerkt hatte, dass ihre Liebe zu ihrem Mann noch immer nicht erkaltet war. »Herr Dr. Nowacki, darf ich Sie fragen, wo Sie zur Tatzeit waren?«

Nachdem Franzke sie ihm genannt hatte, lachte der Oberarzt auf. »Hier im Operationssaal!« Damit erhob er sich. »Und wenn Sie mich fragen, so kann es doch nur einen Täter geben!«

»Nämlich?«

»Ihren Mann!«

Davon war auch Heinz Franzke überzeugt, und so setzte er sich sofort mit den Feldjägern in Verbindung, um nach Berthold Hohenbruch fahnden zu lassen.

Einige Tage später erhielten sie die Meldung, dass der Unteroffizier Berthold Hohenbruch in der Nähe von Charkow gefallen war.

Der 18. Februar 1943 war ein Donnerstag, und Heinz Franzke traf sich am Donnerstagabend eigentlich nach altem Brauch mit seinem Onkel zum Schachspiel, doch heute hatte er absagen müssen, denn er war auserwählt worden, im Sportpalast der lang erwarteten Rede des Reichsministers für Volksaufklärung und Propaganda zu lauschen.

Auf den Rängen saßen reihenweise deutsche Verwundete von der Ostfront, Bein- und Armamputierte mit zerschossenen Gliedern, Kriegsblinde, die mit ihren Rotkreuzschwestern gekommen waren, und Männer in der Blüte ihres Lebens, die ihre Krücken vor sich stehen hatten. Dazu kamen

Männer aus der Parteiorganisation und Soldaten aus der kämpfenden Wehrmacht, ein ganzer Block von Rüstungsarbeitern aus den Berliner Panzerwerken, an die fünfzig Träger des Eichenlaubes und des Ritterkreuzes, viele Frauen, Ärzte, Wissenschaftler, Künstler, Ingenieure, Architekten, Lehrer, Beamte und Angestellte.

Schon nach ein paar einleitenden Sätzen kam Joseph Goebbels auf Stalingrad zu sprechen. »*Stalingrad war und ist der große Alarmruf des Schicksals an die deutsche Nation. Ein Volk, das die Stärke besitzt, ein solches Unglück zu ertragen und auch zu überwinden, ja daraus noch zusätzliche Kraft zu schöpfen, ist unbesiegbar. Das Gedächtnis an die Helden von Stalingrad soll also auch heute bei meiner Rede vor Ihnen und vor dem deutschen Volke eine tiefe Verpflichtung für mich und für uns alle sein.*«

Franzke schluckte. Er wusste genau, dass er bis zu diesem Tage dem Führer nur sehr unzureichend gedient hatte. Nichts war ihm gelungen, was ihn in eine Reihe mit den Helden von Stalingrad gerückt hätte.

Goebbels beschwor die anwesenden Parteigenossen, sich nicht in fruchtloser Fehlersuche zu verlieren, sondern nach vorne zu schauen. »*Wir müssen handeln, und zwar unverzüglich, schnell und gründlich, so, wie es seit jeher nationalsozialistische Art gewesen ist. Von ihrem Anfang an ist die Bewegung in den vielen Krisen, die sie durchzustehen und durchzukämpfen hatte, so verfahren.*«

»Das nehmen Sie sich mal zu Herzen!« Werner Togotzes, der links neben Franzke saß, nahm diese Worte zum Anlass, ihm den Ellenbogen in die Seite zu rammen. »Ich will im Falle der Frauenmorde endlich handfeste Ergebnisse sehen.«

Abermals musste Franzke schlucken. Wenn er nicht aufpasste, wurde das, was er als seine große Chance angesehen hatte, zu seinem persönlichen Stalingrad. Denn Togotzes hatte natürlich recht, wenn er immer wieder betonte, dass es den Durchhaltewillen der Bevölkerung erheblich schwächte, wenn man sich aus Angst vor einem Massenmörder nicht mehr aus dem Haus wagen konnte. Wie sollte man da der welthistorischen Mission gerecht werden, von der Goebbels gerade zu sprechen begann?

»Der Ansturm der Steppe gegen unseren ehrwürdigen Kontinent ist in diesem Winter mit einer Wucht losgebrochen, die alle menschlichen und geschichtlichen Vorstellungen in den Schatten stellt.«

Franzke bebte vor innerer Erregung.

Eine gewaltige Flutwelle kam von Osten her auf Deutschland zu gerollt und drohte, alles zu verschlingen.

»Hier kämpft die deutsche Nation um ihr alles!«, rief Goebbels.

Franzke war dermaßen aufgewühlt, dass ihm das Blut in den Ohren rauschte und er nur noch Bruchstücke der Rede verstehen und in sich aufnehmen konnte.

»Wir sind in diesem Kampf zu der Erkenntnis gekommen, dass das deutsche Volk hier seine heiligsten Güter, seine Familien, seine Frauen und seine Kinder, die Schönheit und Unberührtheit seiner Landschaft, seine Städte und Dörfer, das zweitausendjährige Erbe seiner Kultur und alles, was uns das Leben lebenswert macht, zu verteidigen hat ... Der totale Krieg also ist das Gebot der Stunde. Es muss jetzt zu Ende sein mit den bürgerlichen Zimperlichkeiten ... Die Gefahr, vor der wir stehen, ist riesengroß. Riesengroß müssen deshalb auch unsere Anstrengungen sein, mit denen wir ihr entgegentreten. Es ist also jetzt die Stunde gekommen, die Glacehandschuhe auszuziehen und die Faust zu bandagieren.«

Wieder stieß Togotzes Franzke den Ellenbogen in die Seite. »Das merken Sie sich mal!«

Doch Franzke konnte es kaum hören, denn die Menge antwortete mit einem orkanartigen Schrei auf die Aufforderung des Reichspropagandaministers.

In Sprechchören wurde er gefeiert.

Jetzt konnte er zum Eigentlichen kommen. »*Freimachung von Soldaten für die Front, Freimachung von Arbeitern und Arbeiterinnen für die Rüstungswirtschaft. Diesen beiden Zielen müssen alle anderen Bedürfnisse untergeordnet werden … Es müssen im Rahmen dieser Aktion hunderttausende UK-Stellungen in der Heimat aufgehoben werden.*«

Franzke erschrak, denn er wusste genau, was dieser Satz für ihn bedeutete: Bekam er den Berliner Frauenmörder nicht zu fassen, machte er sich selber entbehrlich und kam an die Front.

»*Das Volk will, dass durchgreifend und schnell gehandelt wird. Es ist Zeit!*«, rief Goebbels.

»Da haben Sie's!«, sagte Togotzes, verzichtete aber diesmal auf den Ellenbogenstoß.

Joseph Goebbels begann nun, der Menge Fragen zu stellen, zehn Fragen, und jede Frage wurde mit einem einzigen Schrei der Zustimmung beantwortet. »*Ich frage Euch: Wollt Ihr den totalen Krieg? Wollt Ihr ihn wenn nötig totaler und radikaler, als wir ihn uns heute überhaupt noch vorstellen können?*«

»Jaaa!«, schrien auch Togotzes und Franzke.

»*Ich frage Euch: Ist Euer Vertrauen zum Führer heute größer, gläubiger und unerschütterlicher denn je? Ist Eure Bereitschaft, ihm auf allen seinen Wegen zu folgen und alles zu tun, was nötig ist, um den Krieg zum siegreichen Ende zu führen, eine absolute und uneingeschränkte?*«

Da erhob sich die Menge wie ein Mann, Fahnen wurden geschwenkt und Standarten in die Höhe gehoben, und alles rief: »Führer befiehl, wir folgen!«

Goebbels konnte mehr als zufrieden sein, er redete noch ein paar Minuten weiter und kam dann zum Schluss. »*Der Führer hat befohlen, wir werden ihm folgen … Und darum lautet die Parole: Nun, Volk, steh auf, und Sturm brich los!*«

Als sie dann wieder draußen auf der Potsdamer Straße standen, noch immer von allem benommen, wurde Togotzes noch einmal dienstlich. »An die Arbeit, mein Lieber! Und kommen Sie mir morgen früh nicht wieder damit, dass der Ehemann Roswitha Hohenbruch erschlagen hat! Berthold Hohenbruch hat posthum das Eiserne Kreuz am Bande verliehen bekommen. Und wie stehen wir denn da, wenn wir dem Volk erklären müssen, dass unser Held ein feiger Mörder ist? Das ist doch hirnrissig! Das schlagen Sie sich mal aus dem Kopf, Franzke! Zeigen Sie mal, was Sie können!« Damit sprang Werner Togotzes in seinen Dienstwagen, der bei seinen letzten Worten schon neben ihm her gerollt war.

Es ist für uns eine Zeit angekommen, / die bringt uns eine große Freud. / Übers schneebedeckte Feld, / wandern wir, wandern wir, / durch die weite, weiße Welt.

Zwar zeigte der Kalender schon den 19. Februar an, doch Heinz Franzke summte noch immer das Weihnachtslied, das ihm das liebste war. So ganz ohne den üblichen christlichen Firlefanz. Außerdem passte es zu dem, was er gerade tat: Er stapfte mit Max Danke durch den Köpenicker Forst und suchte ebenso nach einer Eingebung wie auch nach der Handtasche der Hohenbruch und dem Tatwerkzeug. Es lag nahe, dass der Täter beides irgendwo in der Nähe des Tatortes versteckt hatte.

»Warte, warte nur ein Weilchen«, sagte Max Danke, »dann kommt Haarmann auch zu dir, und mit dem kleinen Hackebeilchen macht er Schabefleisch aus dir.«

Fritz Haarmann – Franzke kannte dessen Biographie in groben Zügen. 1879 in Hannover geboren, kam Haarmann als Soldat ins Breisgau, war bester Schütze seiner Kompanie, wurde aber bald mit dem Vermerk *epileptisches Irresein* wieder nach Hause geschickt. Dort verging er sich an zwei Schuljungen. Man attestierte ihm angeborenen Schwachsinn und wies ihn in eine Heilanstalt ein. Von dort konnte er aber flüchten, ging in die Schweiz und tauchte drei Jahre später wieder in Hannover auf. Dort beging er eine Reihe von Straftaten und wanderte für fünf Jahre ins Zuchthaus. 1918 war er wieder draußen und beging bis 1924 zwei Dutzend Morde, insgesamt wurden 27 junge Burschen seine Opfer.

In dieser Sekunde, als Heinz Franzke das Schicksal anflehte, ihm einen Fritz Haarmann zu schenken, erblickte er vor sich auf einer Lichtung einen Mann Mitte dreißig, der mit einem Beil weit ausholte und mit einem einzigen kräftigen Schlag eine junge Birke fällte.

»He, Sie da!«, rief Max Danke. »Das ist Forstfrevel, was Sie da begehen!«

Der Mann fuhr herum, sichtbar erschrocken, lief dann aber nicht davon, sondern lachte und zeigte auf das Fuhrwerk, das in seiner Nähe stand. »Ich darf das. Der ... der ... der Förster hat mir beauftragt, Holz für ihn zu holen.«

»Sie heißen?«, fragte Max Danke.

»Ich bin der ... der ... der ihr Sohn hier.« Er zeigte auf das Schild, das an seinem Fuhrwerk angebracht war.

»*Emma Lüdke*«, las Max Danke. »Ja, kenne ich! Eine sehr ordentliche Wäscherei. Also, weitermachen!«

Franzke sollte später sagen, dies sei der Moment gewesen, in dem er eine Art Marienerscheinung gehabt habe, nur sei ihm nicht die Mutter Maria erschienen, sondern der Teufel von Köpenick. Doch er sagte nichts, denn Max Danke gegenüber wollte er nicht preisgeben, was ihm da widerfahren war. Den Ruhm wollte er ganz für sich allein. Alles in ihm war ein einziger Jubel: Ich habe ihn, ich habe ihn!

Und bald sollte er sich in seinem Glauben voll bestätigt sehen, denn als er im Köpenicker Revier in den Akten blätterte, stieß er immer wieder auf den Namen Bruno Lüdke. Und daran, dass es der Mann war, der ihm im Wald begegnet war, konnte es keinen Zweifel geben, denn immer war zu lesen:

Bruno Lüdke, Sohn des Wäschereibesitzers Otto Lüdke und seiner Frau Emma, Köpenick, Grüne Trift.

»Genau wie dieser Haarmann!«, murmelte Franzke. »Eine Vielzahl kleinerer Delikte und amtlich bescheinigter Schwachsinn.«

Er sah das Szenario vor sich: Bruno Lüdke im Wald nahe seines Elternhauses, wo er gerade junge Bäume fällte. Dann kam Roswitha Hohenbruch vorbei. Sein Trieb schoss in ihm hoch. Er stürzte hinter ihr her, um sie erst zu betäuben und dann zu nehmen. Ein Schlag. Als das Blut hervorschoss, verging ihm jede Lust. Er entriss der Toten die Handtasche und ergriff die Flucht.

Doch als Franzke anschließend Konrad Palaschke vom Köpenicker Revier von seinem Verdacht erzählte, schüttelte der nur den Kopf. »Nein, Herr Kollege, bei allem Respekt! Dieser Bruno Lüdke ist ein harmloser Irrer, der keiner Fliege etwas zuleide tun kann.« Und um seiner Meinung Nachdruck zu verleihen, ließ Palaschke Bruno Lüdkes alten Lehrer aufs Revier kommen, einen gewissen Robert Pennigstorff.

Der sah es als völlig absurd an, in einem Mann wie Bruno Lüdke einen Frauenmörder zu sehen. »Der ist doch schon seit langem entmannt, Herr Kommissar! Wo soll denn da der Trieb herkommen?«

Franzke wollte das so nicht hinnehmen, wurde aber ans Telefon gerufen.

»Ihr Schwiegervater, Herr Franzke! Es ist wichtig!«

In der Nacht vom 1. auf den 2. März 1943 hatte es einen schweren Bombenangriff auf Berlin gegeben. Angloamerikanische Verbände hatten 1800 Kilogramm schwere Sprengbomben abgeworfen, sogenannte Wohnblockknacker. Sechshundert größere Brände hatte man gezählt und zwanzigtausend beschädigte Häuser. Ganze Stadtteile lagen in Trümmern. Die

Sankt-Hedwigs-Kathedrale war bis auf die Umfassungsmauern zerstört worden, das Theater am Kurfürstendamm und die Komödie waren so schwer getroffen worden, dass man sie schließen musste. Mehrere hundert Menschen waren zu Tode gekommen, am Krummen Fenn in Zehlendorf hatte es fünf Schüler erwischt, die dort als Flakhelfer eingesetzt waren.

Zwar sollte die offizielle Evakuierung der Berliner Zivilbevölkerung, insbesondere der Frauen und Kinder, erst ab dem 1. August 1943 erfolgen, doch wer Beziehungen hatte, versuchte, seine Familie schon vorher vor den Bomben der Alliierten in Sicherheit zu bringen.

Martin Diemitz hatte am 2. März beschlossen, so schnell wie möglich ein Quartier für seine Tochter und die inzwischen fünf Enkelkinder zu suchen, und war dabei auf einen 72-jährigen Onkel gekommen, auf Rudolf Kerntheil, den es schon in der Weimarer Republik als Lehrer in die Prignitz verschlagen hatte.

»Ja, natürlich nehmen wir Irmhild und die Kinder bei uns auf«, meinte der Onkel.

So kam es, dass Heinz Franzke am 5. März mit seiner Familie im Zug nach Wolfshagen saß.

Das Dorf verfügte nicht über einen Bahnanschluss, so dass sie bis Groß Pankow fahren mussten. Dorthin kam man von Berlin aus am besten mit der Hamburger Bahn bis Wittenberge, wo in den Bummelzug in Richtung Pritzwalk umzusteigen war.

Irmhild gab sich alle Mühe, die Kinder glauben zu machen, es sei eine Art Ferienreise, auf die sie sich begaben. »Über Ostern zu Onkel Rudi nach Wolfshagen! Das habe ich mir schon immer erträumt.«

»Da gibt es aber keine Flaksplitter«, stellte Adolf fest. Die sammelte er wie andere Oblaten.

»Und in die Schule müssen wir auch«, maulte Horst.

»Aber Onkel Rudi ist ja selber Lehrer und gibt mir immer eine Eins«, sagte Freya.

Da die jüngeren Lehrer alle im Felde standen, hatte man Rudolf Kerntheil reaktiviert.

Die drei älteren Kinder lasen nun in ihren Büchern, die beiden jüngeren holten ihre Buntstifte heraus. Helga, die gerade vier Jahre alt geworden war, brachte eine Puppe zustande, das sah man gleich. Allerdings, was Martin, der ein Jahr jünger war, gemalt hatte, ließ sich auf den ersten Blick nicht erkennen. Da waren anscheinend nur gelbe, rote, graue und schwarze Striche.

»Martin, was soll das denn sein?«, rief Franzke.

»Das ist unser Haus.«

»Unser Wohnhaus in der Muthesiusstraße?«

»Ja! Da ist 'ne Bombe rein, bumm, und jetzt brennt alles.«

Franzke riss ihm den Bogen weg. »Lass den Unsinn!« Und als der Junge zu weinen anfing, fügte er hinzu, das käme davon, dass er keinen vernünftigen Vornamen habe, sondern so heiße wie sein Fabrik-Opa.

»Heinz, bitte!«, rief Irmhild Franzke. »Nicht vor den Kindern!«

In ihrer Ehe kriselte es gewaltig, und immer öfter mussten sie den Kindern etwas vorspielen.

Franzke sah darin nur einen Grund: die wachsende Gegnerschaft ihrer Familie zum Nationalsozialismus. Anfangs hatten sie den Führer unterstützt, nach Stalingrad aber gingen sie immer mehr auf Distanz zum Nationalsozialismus. Sein Schwiegervater hatte sich sogar geweigert, für 'n Appel und 'n Ei jüdische Unternehmen aufzukaufen und große Gewinne zu machen, und seiner Schwiegermutter traute er sogar zu, Kontakte zum Widerstand zu haben. Jedenfalls lehnte sie sich bei ihrer Kritik am Führer sehr weit aus dem Fenster, wohl darauf setzend, dass sowohl Goebbels als auch

Göring eine Schwäche für Künstler hatten. Sein Schwager hörte BBC, das wusste Franzke, offenbar in der Annahme, Ärzte könnten sich alles erlauben. Und alle versuchten, Irmhild gegen ihn aufzuhetzen.

Was sollte er machen? Er konnte doch nicht zur Gestapo laufen und sie anzeigen. Dazu liebte er Irmhild zu sehr. Noch.

Doch in seinen Tagträumen sah er sich immer wieder als den großen Sieger, der es der hochmütigen Diemitz-Sippe endlich heimzahlen konnte. Er fasste den Frauenmörder, wurde von Himmler und Heydrich mit höchsten Auszeichnungen und nach dem Endsieg mit einem hohen Posten bedacht. Und kaum hätte er sein Büro im Reichsministerium für Wirtschaft bezogen, würde er die Diemitz-Sippe antanzen lassen. Und dann würden sie vor ihm stehen, so klein mit Hut.

»Was habt Ihr für den Sieg des Führers getan?«, würde er donnern. »Viel zu wenig! Eher ist da an Sabotage zu denken. Ich könnte Euch jetzt alle ... Ein Federstrich, und Ihr ... Aber wie heißt es so schön: Verwandte sind auch Menschen! Und ich will noch einmal Gnade walten lassen. Irmhild zuliebe. Also, östlich des Urals gibt es eine kleine Stadt, der deutsche Name ist noch nicht in die Karten eingetragen, und da werdet Ihr etwas zur Aufnordung beitragen und eine Niederlassung der Diemitz-Metallwerke aufbauen. Also macht Euch reisefertig!«

An Gedanken wie diesen konnte er sich immer wieder berauschen. Zu sehr hatte man ihn gedemütigt.

»Vati, wann steigen wir denn um?«

Franzke schreckte hoch. »Gleich, Adolf! Wir sind ja schon in Glöwen.«

Bis Wittenberge aber brauchten sie noch über eine Stunde, denn unterwegs gab es Fliegeralarm, und sie mussten aussteigen und sich unter die Waggons legen.

Vor dem Bahnhof von Groß Pankow wartete Onkel Rudi auf sie. Er hatte sich beim Ortsbauernführer ein Pferdefuhrwerk ausgeborgt, denn all die Reisetaschen, Koffer und Körbe konnte man unmöglich fünf Kilometer weit über die Landstraße nach Wolfshagen schleppen. »Willkommen im Land von König Hinz!«, rief er, als er seine Familie aus dem Zug steigen sah.

Franzke nahm das als Provokation, und noch mehr bebte er vor Zorn, als ihn der alte Lehrer, der ein Lästermaul war, bei der Begrüßung fragte, was die Berliner Kripo denn so mache.

»Na, hast du den zweiten Großmann oder meinetwegen auch den zweiten Ogorzow inzwischen gefasst und endlich mal was für deine Unsterblichkeit getan?«

»Nein, noch habe ich ihn nicht, aber ich weiß schon, wer es ist.« Fast hätte er es hinausgeschrien: Bruno Lüdke, Bruno Lüdke, Bruno Lüdke!

»Wer ist denn König Hinz?«, fragte Adolf. »Wir haben doch keinen König mehr und auch keinen Kaiser, sondern unseren Führer.«

Rudolf Kerntheil grinste. »Ja, und König Hinz ist auch schon lange tot. Leider! Der lebte hier etwa 800 vor Christus und hat bei Seddin ein großes Grab.«

»Lasst uns mal schnell in unser Quartier fahren!«, rief Irmhild Franzke. Sie fürchtete, dass ihr Onkel und ihr Mann sich wieder in die Wolle kriegen würden, und nach der Goebbels-Rede im Sportpalast traute sie dem Vater ihrer Kinder alles zu, auch dass er die eigenen Verwandten, also ihre Angehörigen, denunzierte. Dass die ihn irgendwie verachteten, war ihr in all den Jahren nicht entgangen.

Durch Wälder und Felder ging die Chaussee nach Wolfshagen. Es dauerte nicht lange, da hielten sie im Hof des Schlosses.

»Ich habe mit der Familie Gans gesprochen«, verriet ihnen

Rudolf Kerntheil. »Ihr bekommt zwei Zimmer hinten im Gesindehaus.«

»Ja, im Gänsestall!«, jubelte Helga.

»Was denn für Gänse?«, fragte Horst. »Können die Gänse hier sprechen?«

»Ja, das ist eine uralte märkische Familie, die aus der Altmark kommt und seit 1147 hier an der Stepenitz sitzt. In den Urkunden steht: *Gans Edle Herren zu Putlitz.* Putlitz ist ihr Stammsitz gewesen, nicht weit weg von hier, da fährt auch eine Bahn hin, und die Gans haben sie im Wappen.«

»Gibt's hier auch Gänsebraten?«, fragte Adolf.

Rudolf Kerntheil lachte. »Du meinst, den gibt es nicht, weil die Gans für die Gänse ein heiliges Tier ist? Eine gute Frage! Adolf, setzen, Eins! Und was meinst du dazu, Horst? Schneiden sie nun dem Herrn Hans Albrecht Gans Edler zu Putlitz, dem das Schloss heute gehört, ein Stück aus dem Bauch heraus und essen das?«

»Sind das denn hier auf dem flachen Land alles Kannibalen, Onkel Rudi?«

Franzke wandte sich ab. Nach dem Endsieg musste er es unbedingt durchsetzen, dass seine Kinder auf ein Internat kamen und nicht länger diesem dekadenten Einfluss der Diemitz-Sippe ausgesetzt waren. Alles widerliche Weichlinge!

Kern der nationalsozialistischen Ideologie war die »Aufartung« oder »Aufnordung« des deutschen Volkes. Dazu gehörte auch das »Ausmerzen lebensunwerten Lebens«, also die systematische Ermordung von sogenannten »Erb- und Geisteskranken, Behinderten und sozial oder rassisch Unerwünschten«. Der Zwangssterilisation von 400 000 Männern und Frauen folgten die »Kindereuthanasie« mit mindestens 5000 Opfern und die »Erwachseneneuthanasie« mit etwa 70 000 ermordeten Menschen.

Das alles wusste Heinz Franzke nicht, und es interessierte

ihn auch nur am Rande, als er bei der Rückkehr von Wolfshagen nach Berlin auf dem Bahnhof Wittenberge einen alten Schulkameraden traf, den Lothar Lemke.

Nach dem freudigen Wiedererkennen kam dann schnell die Frage: »Was machst du denn jetzt?«

Franzke lachte. »Ich bin Kriminalkommissar in Berlin und jage einen Frauenmörder. Bist du einer?«

»Nee, im Gegenteil! Ich helfe mit, welche aus der Welt zu schaffen.«

Franzke staunte. »Wie das? Bist du auch bei der Kripo?«

»Nein, ich bin Brenner.«

»Was denn, Schwarzbrenner?« Franzke dachte an die Prohibition in den USA.

»Nein, Brenner in Grafeneck. Und da haben wir es auch mit kriminellen Geisteskranken zu tun.«

Als sie im Zug nach Berlin saßen und Lemke sicher sein konnte, dass niemand mithörte, erklärte er Franzke die Sache. »Was ausgemerzt werden soll, kommt bei uns in Grafeneck an und wird in die Aufnahmebaracke geführt. Alle werden registriert und noch einmal kurz untersucht. Wer Goldzähne hat, wird besonders gekennzeichnet. Dann geht es ab in den Todesschuppen. Die Leute denken, sie kommen kurz unter die Dusche, doch der Arzt dreht den Hahn auf, und Kohlenmonoxid strömt durch die Öffnungen. In zwanzig Minuten ist alles vorbei, dann beginnt die Arbeit der Brenner. Eigentlich heißen wir so, weil wir die Öfen im Krematorium bedienen, aber wir sind auch für den Transport der Leichen zuständig. Die sind ineinander verkrallt, alles ist voll von Scheiße, Blut und Erbrochenem. Und da müssen wir dann die heraussuchen, die Goldzähne im Mund haben. Die werden dann rausgebrochen und kommen zur Degussa. Je magerer die Leiche, desto länger die Verbrennungszeit. Bis zu anderthalb Stunden kann das dauern. Und manchmal muss ich noch Knochenstücke mit dem Hammer zerklopfen, damit die Angehörigen nachher auch Asche in der Urne haben.«

Franzke war an diesen Details nicht sonderlich interessiert. Was sein muss, muss sein, dachte er, und die Reinigung des deutschen Volkskörpers hatte Vorrang vor allem. Über die Tötungsanstalten zu jammern war reine Gefühlsduselei.

Die Begegnung mit Lothar Lemke sah er als Wink des Schicksals an, und als sie die Berliner Stadtgrenze erreicht hatten, stand sein Schlachtplan fest: Ich überführe Bruno Lüdke als den gesuchten Frauenmörder und sorge dafür, dass er in Grafeneck zum Brenner Lemke kommt.

»Kommst du noch mit ins Kino?«, fragte Lothar Lemke, als sie am Lehrter Bahnhof angekommen waren.

»Was gibt es denn?«

»*Münchhausen* mit Hans Albers.«

»Klar komm ich mit! Ich bin ja jetzt Strohwitwer!«

Im Januar 1943 hatte *Das Wunschkonzert der Deutschen Wehrmacht* seine 150. Übertragung feiern können, und Max Danke konnte sich rühmen, keine dieser Sendungen versäumt zu haben. Jeden Sonntag um fünfzehn Uhr wurden sie aus dem Großen Sendesaal an der Berliner Masurenallee übertragen, und einmal hatte er sogar dabei sein dürfen. Wenn er durch die endlosen Gänge des Polizeipräsidiums marschierte, sang er die Schlager, die im Wunschkonzert gespielt worden waren. Heinz Rühmanns *Das kann doch einen Seemann nicht erschüttern*, Marika Rökks *Im Leben geht alles vorüber* und Zarah Leanders *Davon geht die Welt nicht unter*. Am liebsten aber ahmte er Lale Andersen nach: »*Vor der Kaserne, / vor dem großen Tor, / stand eine Laterne / und steht sie noch davor, / so wollen wir uns da wiedersehn …*« An dieser Stelle traten ihm immer die Tränen in die Augen.

So kam es, dass er mit einem Herren zusammenprallte, der sich offenbar im Labyrinth seiner Behörde verlaufen hatte.

»Entschuldigen Sie, können Sie mir vielleicht helfen?«, wandte der sich an Max Danke.

»Klar, bei uns immer Friedrich Schiller.«

»Wie bitte?«

»Na, sein Karl Moor sagt: *Dem Mann kann geholfen werden!*« Max Danke war stolz auf das, was er an Bildung vorzuweisen hatte.

»Ich suche einen Herrn Franzke.«

Max Danke lachte. »Ich auch!«

»Wie? Ich dachte …«

»Ich bin sozusagen sein Bürodiener, beim Militär sagt man auch Putzer dazu.«

»Mein Name ist Nickholz.«

Max Danke verzog das Gesicht. »Englische Vornamen mag Herr Franzke nicht. Nick … und wie weiter?«

»Wieso? Ich heiße Erwin mit Vornamen, Erwin Nickholz, und ich bin wohnhaft in Köpenick, Kietzer Feld, Sandschurrepfad.«

»Ah, wie die tote Frau Hohenbruch!«, rief Max Danke.

»Ja. Und dazu möchte ich gern eine Aussage machen. Direkt hier, nicht draußen in Köpenick, weil da … Es geht nämlich um den ›doofen Bruno‹.«

»Wen?«

»Bruno Lüdke von der früheren Wäscherei.«

Max Danke erinnerte sich. »Na, dann kommen Sie mal mit! Suchen wir Herrn Franzke! Vielleicht steckt er in der Ablage.«

Richtig, dort saß Heinz Franzke und suchte nach allem, was jemals über Bruno Lüdke in den Akten festgehalten worden war.

Hat sich mit zotigen Sprüchen gegenüber Frauen hervorgetan … Aha! *Hat sich zum Zwecke des Holzdiebstahls regelmäßig in den Köpenicker Wäldern herumgetrieben …* Na, wunderbar!

Aber Franzke war sich bei aller Freude durchaus im Klaren darüber, dass das noch nicht ausreichte, um Bruno Lüdke den Fangschuss zu geben. Da fehlte noch etwas.

Er war am Überlegen, als Max Danke hereinkam und ihn störte. »Ich habe hier einen Herrn, der Sie gerne sprechen möchte.«

Ungehalten sah Franzke auf. »Hat das nicht Zeit?«

»Der Mann kommt aus Köpenick.«

»Mein Name ist Nickholz, und ich wohne am Sandschurrepfad, unweit des Hauses der Hohenbruchs.«

»Ja, und?« Franzke sah noch immer keinen Grund, besonders freundlich zu sein.

Nickholz deutete eine leichte Verbeugung an. »Ich möchte eine Aussage hinsichtlich des ›doofen Brunos‹ machen, Bruno Lüdke.«

Franzke schnellte vom Stuhl hoch und war nun die Freundlichkeit in Person. »Aber natürlich, Herr Nickholz! Kommen Sie doch bitte mit hinauf in mein Büro!«

Und was Erwin Nickholz dann zu Protokoll gab, war Gold für Franzke.

Er konnte sein Glück kaum fassen. Aber klar, wer nur lange genug warten konnte, zu dem kam alles von allein.

»Seit wir am Sandschurrepfad wohnen, ist dieser Bruno Lüdke ein einziges Ärgernis für uns«, begann Erwin Nickholz. »Ach was, Ärgernis, das ginge ja noch, wir haben ihn stets als Bedrohung wahrgenommen. Ständig hat er hinter den Büschen gestanden und meine Frau beobachtet. Des Öfteren hat er dabei auch onaniert oder sich jedenfalls an die Geschlechtsteile gefasst. Wir sind immer wieder zur Polizei gegangen, aber Ihre Kollegen haben uns stets mit den Worten nach Hause geschickt, dass der ›doofe Bruno‹ völlig harmlos sei. Nun hat es Frau Hohenbruch erwischt. Und endlich gibt es ja auch Gesetze, mit denen man Geisteskranke wie Bruno Lüdke aus dem Verkehr ziehen kann.«

Von Stund an war Heinz Franzke klar, was er nun zu tun hatte, und er hielt das, was er tat, schlicht für genial. Ich weise Bruno Lüdke den Mord an Roswitha Hohenbruch nach, dachte er bei sich, und sorge anschließend dafür, dass ihm alle Frauenmorde, die seit 1923 begangen wurden, zugeschrieben werden. Deutschland kann dann aufatmen. Deutschland ist erlöst, der Teufel besiegt! Bruno Lüdke wird ins Todeslager gebracht und dem Brenner übergeben. Und ich gehe in die Kriminalgeschichte ein als derjenige, der den größten Massenmörder aller Zeiten zur Strecke gebracht hat. Wenn Ernst Gennat groß war, dann werde ich der Größte sein! Sie werden Universitätsinstitute und Verdienstmedaillen nach mir benennen. »Guten Tag, Herr Professor Franzke!«

Sosehr ihn das alles berauschte, so kühl und intelligent ging er doch daran, seinen Plan in die Tat umzusetzen. Nichts durfte überstürzt werden, auch Togotzes musste Schritt für Schritt gewonnen werden.

Mit den Aussagen von Erwin Nickholz war es für Franzke ein Leichtes, einen Haftbefehl gegen Bruno Lüdke zu erwirken. Er machte sich mit Max Danke auf den Weg nach Köpenick. Diesmal wurde ihm die Benutzung eines Pkw zugestanden.

Man schrieb den 18. März 1943, als Bruno Lüdke auf seiner Arbeitsstelle verhaftet wurde.

Robert Pennigstorff stand am Ufer des Müggelsees und sah nach Friedrichshagen hinüber. Seine Gedanken gingen weit zurück.

Vor fünfzig Jahren, da hatte der Künstlerkreis um Wilhelm Bölsche und Bruno Wille viele Künstler nach Friedrichshagen gelockt. Erich Mühsam, Gerhart Hauptmann, August Strindberg. Erich Mühsam hatte in einer Waschküche in der Ahornallee gewohnt. 1934 war er im Konzentrationslager Oranienburg ermordet worden.

Unfassbar, wie sich die Welt verändert hatte! Was sollte nur noch werden?

Pennigstorff betete: »Herr, sieh unser Elend, und errette uns!«

Ein Hund stupste ihn in die Kniekehlen und sprang dann bellend an ihm hoch. Ein Schäferhund. Es war Wotan, der Hund seiner Tochter.

Da war Luise auch schon heran. Sie lachte. »Na, Vater, versuchst du, dich an das kleine Einmaleins zu erinnern?«

»Spotte du nur, und werde selber erst mal 73.«

»Wenn man schnell genug im Luftschutzkeller ist.«

»Pst!«, machte Pennigstorff ganz automatisch.

Luise winkte ab. »Ich habe gerade eine Rolle als Durchhaltemieze gekriegt, Goebbels selber wird seine Hand schützend über mich halten.« Plötzlich wurde sie ernst. »Ich habe dich schon gesucht, denn … ich war vorhin in der Wäscherei in Köpenick – und weißt du, wen sie da gerade verhaftet haben?«

»Nein, wen denn?«

»Den Bruno Lüdke.«

»Mein Gott!«, rief Pennigstorff. »Dabei haben Palaschke und ich doch alles versucht, um dem Kommissar auszureden, dass Bruno die Hohenbruch …«

»Bei uns im Milchgeschäft geht das Gerücht, dass dieser Nickholz bei der Polizei gewesen sein soll und Bruno beschuldigt hat.«

»Ja, das ist dem schon zuzutrauen«, sagte Pennigstorff. Dann schwieg er.

Luise murmelte: »Und es kam, wie es kommen musste. Alles, wie es kommen musste.«

Pennigstorff wusste, woher sie das hatte: aus Georg Hermanns wunderbarem Roman *Jettchen Gebert.*

Aber Georg Hermann hatte man ins Konzentrationslager gesteckt, um ihn umzubringen.

»Das ist mir zu passiv, zu depressiv. Man muss sich wehren!«, sagte Pennigstorff.

»Das Drehbuch unseres Lebens ist lange schon geschrieben, und wir können nur das spielen, was uns vorgegeben ist.«

»Na und?«, fragte Pennigstorff. »Dann steht in meinem Drehbuch eben: *Geht zu seinem Freund Konrad Palaschke und versucht mit diesem, Bruno Lüdke vor dem Schlimmsten zu bewahren.*«

Das tat er dann auch.

Der Köpenicker Reviervorsteher war bereits informiert. »Der Alexanderplatz hat alles an sich gezogen«, erklärte ihm Palaschke. »Rein dienstlich kann ich an der Sache Bruno Lüdke nichts mehr drehen.«

»Glauben Sie denn wirklich, dass Bruno Lüdke die Hohenbruch erschlagen hat?«, fragte Pennigstorff.

»Nein, da waren wir uns ja einig, aber im Recht ist bei uns nun mal der, der in einer Behörde höher angesiedelt ist.«

»Im Prinzip schon, es sei denn, man kennt jemanden, der in der Partei ist, der wiederum jemanden kennt, der mit Goebbels, Göring, Heydrich oder Himmler ...«

»Pst!«, machte Palaschke und zeigte auf sein Parteiabzeichen. »Ich werde mal sehen, was ich tun kann. Einer meiner früheren Zöglinge ist gerade Kriminalkommissar geworden. Vielleicht kann der dafür sorgen, dass man von Bruno Lüdke ablässt.«

Heinz Franzke hatte sich nicht vorstellen können, wie schwierig es sein würde, einen Menschen wie Bruno Lüdke zu verhören. Und wenn er sich die Kollegen Max Danke und Lüdtke zu Hilfe holte, wurde die Sache eher noch schwieriger.

»Bruno, hier haben wir einen Kalender. Das Jahr beginnt mit dem Januar, dann kommt der Februar, jetzt haben wir März. Und dann?«

Bruno Lüdke strahlte und legte los. »*Kommt der April, wer hockt im Gras? / Das ist der liebe Osterhas. / Bemüht, dass jedes fleiß'ge Kind / Die so beliebten Eier find.*«

»Wir wollen aber mal überlegen, was es im Januar gegeben hat«, sagte Franzke.

»Ick bin wie 'ne … 'ne … 'ne Schallplatte«, sagte Bruno Lüdke.

Nun griff Lüdtke ein. »Herr Lüdke, was war denn Ende Januar? Können Sie sich da noch an ein ganz besonderes Ereignis erinnern?«

Bruno Lüdke überlegte einen Augenblick, und dann kam es ohne Stottern und Stocken: »*Im Januar, im Januar, / Wie ist die Welt so hell und klar! / Wie glänzt und leuchtet, nah und weit, / Im Sonnenschein ihr weißes Kleid. / Schneemänner baut man Tag für Tag, / Auf Schlitten fährt, wer kann und mag. / Und freier hebt sich aller Brust / In frischer froher Winterlust.*«

»In frischer froher Winterlust«, wiederholte Max Danke. »Und da bist du also durch den Wald gelaufen, gleich da bei dir zu Hause, und hast Lust bekommen, Lust auf die Rosi, die Roswitha Hohenbruch.«

»Ja, die kenn ick, die hatte so … so … so große Titten.« Bruno Lüdke versuchte, sie mit seinen Händen nachzuformen.

Franzke machte sich Notizen. Endlich war er einen Millimeter weitergekommen, aber noch schienen Kilometer vor ihm zu liegen. »Du hast also die Rosi schon immer im Auge gehabt?«

»Ick hatte nie was mit die … die … die Augen«, sagte Bruno Lüdke. »Keine Brille nötig. Das Leben ist wie … wie … wie eine Toilettenbrille: Man macht viel durch.«

Franzke ließ sich nicht ablenken. »Hatte denn die Frau Hohenbruch eine Brille?«

»Der hab ich mal die … die … die Wäsche gebracht.«

»Die Unterwäsche?«, stieß Max Danke nach.

»Unter die Wäsche hat immer mein … mein … mein Frühstück gelegen. Beim Wäscheausfahren. Hü!« Bruno Lüdke hielt die Hände so, als würde er die Zügel anziehen.

»Hattest du auch immer ein Beil mit auf dem Wagen?«, fragte Max Danke.

»Was für ein … ein … ein Beil?«

»Na, zum Holzhacken.«

»Das Holz gehört alles meim … meim … meim Vata«, erklärte Bruno Lüdke.

»Deinem Vater?«, fragte Lüdtke.

»Ja!«

Es dauerte fünf Minuten, bis sie herausgefunden hatten, was Bruno Lüdke damit meinte: den Vater Staat.

Franzke war nahe daran zu verzweifeln. Er wusste genau, dass er das Spiel verloren hatte, wenn es ihm nicht gelang, Bruno Lüdke wenigstens zu diesem einen Geständnis zu bewegen. Hatte er den Mord an Roswitha Hohenbruch erst einmal zugegeben, dann nahmen ihm Togotzes und die anderen Vorgesetzten alles andere auch ab. Man musste kein gelernter Magier sein, um zu wissen, wie sich Menschen täuschen ließen, auch hochintelligente Menschen.

»Ja! Ich habe die … die … die Frau Hohenbruch mit meim Beil erschlagen.«

Wie konnte er den »doofen Bruno« nur dazu bringen, diesen Satz zu sagen? Sicherlich nicht mit Drohungen.

Was ein Gefängnis war, ein Konzentrationslager oder eine Todesanstalt, konnte er sich vermutlich nicht vorstellen. Außerdem schien er vor dem Tod keine Angst zu haben.

»Bruno, die Frau Hohenbruch ist nun tot.«

»Ja, die is nich mehr da.«

»Wenn du nun tot bist?«

»Das ist schön, da wohne ich wieder bei … bei … bei Muttan und Vatan. Oben im … im … im Himmel.«

»Bruno, was machst du denn am liebsten?«

Bruno Lüdke brauchte nicht lange zu überlegen. »Wäsche ausfahren!«

Franzke überlegte, ob er dem »doofen Bruno« versprechen konnte, auch weiterhin Wäsche ausfahren zu dürfen.

Sicherlich nicht, solange die beiden Kollegen dabei waren. Max Danke würde in seiner Naivität alles weitererzählen, und Lüdtke schien eine gewisse Sympathie für Bruno Lüdke zu empfinden. Vielleicht, weil sie quasi Namensvettern waren.

»Und so auf einer Frau zu liegen und ...« Franzke versuchte, anzüglich zu grinsen.

Bruno Lüdke schüttelte den Kopf. »Ich hab mein ... mein ... mein Trinkgeld nie verfickt.«

»Na, und ohne Geld?«, fragte Max Danke. »Da geht man durch den Wald, sieht eine Frau, packt sie und rammelt los.«

Bruno Lüdke lachte. »Ja, wie die ... die ... die Karnickel.«

Franzke wollte ihm auf die Sprünge helfen. »Und das hast du bei der Frau Hohenbruch auch versucht?«

»Der hab ich nie die ... die ... die Wäsche gebracht.«

»Aber du wolltest doch bestimmt mal sehen, wie das ist, wenn sie ihre Hemden und Höschen anhat?«

»Schmutzige Wäsche stinkt!«

Franzke war erschöpft, Max Danke und Lüdtke nicht minder.

So ließ sich Bruno Lüdke nicht festnageln, das stand nach diesen ersten Stunden fest. Franzke schickte seine beiden Kollegen nach Hause und ließ Bruno Lüdke zurück in seine Zelle bringen. Er selber ging in die Kantine, um einen Teller Erbsensuppe zu essen. Dann kehrte er in sein Büro zurück, stellte drei Stühle nebeneinander und legte sich hin. Erschöpft, wie er war, schlief er bereits nach fünf Minuten ein.

Es war kurz vor neun, als er wieder erwachte. Er stand auf,

dehnte und reckte sich. Fliegeralarm schien es heute Abend nicht mehr zu geben, und da ihn zu Hause niemand erwartete, konnte er sich ja Bruno Lüdke noch einmal vorknöpfen. Allein aber.

Er lüftete noch schnell, dann ließ er ihn kommen. »Na, Bruno, hat dir das Abendessen bei uns geschmeckt?«

Bruno Lüdke setzte sich. »Mir rauchert so.«

Franzke begriff sofort, dass das seine Chance war. »Über eine Schachtel Zigaretten können wir ja reden, wenn du …«

»Aus gutem Grund ist Juno rund«, sagte Bruno Lüdke.

»Du rauchst also gerne?«

»Ja!«

»Weißt du, Bruno, wenn du lieb bist, dann bringe ich dich in ein Schloss, wo es viele Zigaretten gibt und wo es so schön ist wie früher zu Hause bei deinen Eltern.«

»In … in … in Köbenig haben wir auch ein Schloss.«

»Aber das in Grafeneck, das ist viel schöner«, sagte Franzke, und er wusste wohl, dass ihm Irmhild und andere, wenn sie dies hörten, vorgeworfen hätten, er sei furchtbar zynisch. Er selber aber sah sich als jemanden, der allen half: dem deutschen Volke, dass es Schwachsinnige wie Bruno Lüdke nicht länger ertragen und durchfüttern musste, und Bruno Lüdke selber, weil er ihn von einem Leben erlöste, das nur das eines Tieres war. Was auf den ersten Blick grausam erschien, war notwendig und ein Gnadenakt. Und wenn Bruno Lüdke auch noch die fünfzig und mehr Morde auf sich nahm, die in den letzten Jahren im Reich begangen worden waren und nicht hatten aufgeklärt werden können, dann hatte sein Leben doch noch einen Sinn gehabt. Er half der NSDAP und dem Führer, und er sorgte dafür, dass Hunderttausende von Frauen wieder ohne Angst nach Hause gehen konnten. Nachts konnte kein Teufel mehr kommen, wenn Bruno Lüdke erst hingerichtet worden war.

Und die wirklichen Frauenmörder?

Natürlich stellte sich Franzke diese Frage. Ob sie Bruno Lüdkes Ende als Freibrief nehmen würden, abermals zuzuschlagen? Nein, denn ... Die Antwort war wiederum eine sehr zynische: Die waren längst tot. Entweder an den vielen Fronten gefallen oder bei einem Luftangriff ums Leben gekommen. Oder an einer Krankheit gestorben. Vielleicht hatten sie auch Selbstmord begangen.

»Bruno, ich meine es gut mit dir.« Franzke schnipste sich eine Zigarette aus seiner Packung, um sie mit großer Geste in den Mund zu stecken und anzuzünden.

Martin Diemitz verstand zu viel von der Nationalökonomie, um nicht zu wissen, dass der Krieg verloren war. Gegen den Rest der Welt, einige Völker einmal ausgenommen – wie die Iren etwa –, konnten die Deutschen keinen Krieg gewinnen. Auch diesmal nicht. Dazu reichten die Ressourcen nicht aus, die menschlichen wie die materiellen, auch wenn man halb Europa unterwarf und seine Bewohner zu Zwangsarbeitern machte, auch wenn ein großer Teil der Deutschen dem Führer und damit dem Wahnsinn verfallen war. Eines Tages würden die Russen, Amerikaner und Engländer in Berlin einmarschieren und Adolf Hitler aus dem »Führerbunker« zerren. Bis dahin aber würde der Totale Krieg, den Joseph Goebbels angekündigt hatte, Deutschland in ein einziges Trümmerfeld verwandelt haben. Und danach? Sein Sohn hatte für die Kernfamilie schon Zyankalikapseln beschafft. Aber da waren ja noch Irmhild und die Kinder in Wolfshagen. Franzke würde er heute Abend auf der Geburtstagsfeier seines Sohnes treffen. Aber mit ihm über dieses Thema zu diskutieren verbot sich wohl.

Dr. Ingemar Diemitz wurde heute vierzig Jahre alt.

Es traf sich gut, dass dieser runde Geburtstag auf einen Sonntag fiel, auf Sonntag, den 21. März 1943. Gefeiert wurde draußen in Wernsdorf im Sommerhaus, wo man sich vor

Bombenangriffen einigermaßen sicher fühlen konnte, auch wenn die Schwermaschinenwerke in Wildau nicht allzu weit entfernt waren.

Verheiratet war Ingemar Diemitz mit Tilda, eigentlich Mathilde, der Tochter eines jüdischen Arztes, dem es aber gelungen war, rechtzeitig nach New York zu gehen. Außerdem war er, in der Hoffnung, seiner in Deutschland verbliebenen Familie dadurch Schlimmeres zu ersparen, vorher noch zum Christentum übergetreten. Ingemar Diemitz hoffte, dass er und seine Frau damit aus der Schusslinie waren und sie auch den Rest des Tausendjährigen Reiches noch heil überleben würden, zumal die Nationalsozialisten auf einen so tüchtigen Chirurgen wie ihn nicht verzichten konnten.

Die beiden Kinder hatten sie in ein Internat am Bodensee gegeben.

Sie standen im Wintergarten, sahen auf den Krossinsee hinaus, auf dem die Schwäne, Enten und Haubentaucher ganz aufgeregt den Frühling feierten, und warteten auf Gäste.

»Was wird wohl sein, wenn ich meinen fünfzigsten Geburtstag feiere?«, fragte Dr. Diemitz.

»*Vae victis!*«, antwortete Tilda, von Hause aus Kunsthistorikerin.

Dr. Diemitz lachte. »Wie hat das mein Freund Gunnar in der Schule übersetzt: Die Wehen der Besiegten. Ja, aber auch die Frauen der Sieger werden in den Wehen liegen, will sagen, Ärzte braucht man immer, und du kannst dann den Amis die Gemälde verkaufen, die Göring in Karinhall angehäuft hat.«

»Lass das bloß nicht deinen Schwager hören!«, rief Tilda.

»Nun, der Heinz wird heute obenauf sein. Endlich einmal! Die Zeitungen sind ja voll des Lobes über ihn.« Er nahm den *Völkischen Beobachter* zur Hand. »*Kommissar Franzke hat den Köpenicker Frauenmörder überführt. Der doofe Bruno war es.*«

Franzke war Tilda nie ganz geheuer gewesen. »Das ist einer, der vom Ehrgeiz zerfressen ist, und das sind immer die Gefährlichsten. Manchmal hat er mir direkt leidgetan, immer hat er in unserer Familie im Schatten gestanden, in deinem wie auch in dem deines Vaters.«

Dr. Diemitz lachte. »Nun werden wir in seinem Schatten stehen. Wenn er herausfindet, dass dieser Lüdke noch andere Morde begangen hat, werden sie ihn ganz sicher befördern, vielleicht noch bis ganz weit nach oben. Und was macht er dann mit uns, die wir ihn immer verspottet haben? Wehe den Besiegten!«

Bruno Lüdke rauchte eine Zigarette nach der anderen. Herrlich! Er genoss das alles. Auch dass er sich um nichts kümmern musste.

Er bekam reichlich zu essen und zu trinken. Aber sie ließen ihn nicht raus.

»Herr Franzke, ich will nach Köbenig und durch die … die … die Wälder laufen.«

»Warte noch ein bisschen, Bruno, bald fahren wir durch ganz Deutschland. Da kannst du dir alles ansehen.«

Bruno Lüdke lag auf seiner Pritsche und starrte in Gedanken versunken gegen die Decke. Warum kam seine Mutter nicht, um ihn zu holen? Die Wäsche musste doch ausgefahren werden. Wenn die Leute ihre frische Wäsche nicht bekamen, dann begann sie zu stinken.

Franzke ist nett, dachte Bruno. Franzke gibt mir immer Zigaretten. Franzke sagt, gib zu, Bruno, dass du die Frau totgemacht hast, dann hast du alles schön. Wir sagen dir alles vor, du musst es nur nachsprechen: Es ist so über dich gekommen. Es ist so über mich gekommen. Ich geh durch den Wald, seh ihr und bin wild auf sie. Das Beil hast du mit, weil du Holz geschlagen hast. Das Beil habe ich mit, weil ich Holz geschlagen habe.

»*Kommt der April, wer hockt im Gras? / Das ist der liebe*

Osterhas. / Bemüht, dass jedes fleiß'ge Kind / Die so beliebten Eier find.« Immer wieder sagt er das auf. Das hat sich bei ihm eingebrannt. Wenn er es aufsagt, denkt er, dass es so ist wie früher zu Hause. Da sucht er Ostereier im Hof. In Köbenig.

»Bruno, mehr nach links! Nein! Wasser, Wasser! Ja! Kohle, Kohle … Feuer!«

»Die sind doch gar nicht mehr heiß, die … die … die Eier.«

Franzke ist nett, dachte Bruno erneut. Franzke gibt mir alles, wenn ich sage, ich habe Frauen totgemacht. Dann kriege ich Zigaretten und Limonade und komm in ein Schloss. Da sind Vatan und Muttan schon und warten auf mir.

Pennigstorff wird sich freuen, glaubte Bruno. Bruno steht inner Zeitung. Der »doofe Bruno«. Er sah alles ganz deutlich vor sich: sein Foto neben dem des Führers.

Böse Frauen muss man totmachen, ganz viele, damit das Volk nicht versaut wird. Erst muss man sie gebrauchen und dann totmachen.

»Das hast du doch immer gedacht, Bruno.«

»Ja, das war so, das habe ich immer gedacht.«

»Und alle haben dich immer für gutmütig gehalten.«

»Ich war ganz allein Wäsche ausfahren.«

»Und wenn dir dann eine Frau die Wohnungstür geöffnet hat, dann …«

Bruno Lüdke sah sich auf dem Kutschbock sitzen. Er kam nach Baumschulenweg. Rodelbergweg, Robelderg. Die Mutter hatte ihm einen Schlitten auf das Packpapier gemalt. Mit einer Schrippe drauf. Er klingelte bei Frau Becker. Frau Becker machte auf. Er holte sein Beil aus dem Korb, erschlug Frau Becker und gebrauchte sie dann.

Franzke kam und freute sich. »Wieder eine, Bruno! Prima!« Franzke streichelte ihn und schenkte ihm eine Schachtel Zigaretten.

So gut wie Franzke war noch kein Mann zu ihm gewesen, dachte Bruno, nicht mal der Vater. Franzke soll immer bei ihm bleiben. Er hängt an Franzke.

Heinz Franzke war schnell klargeworden, dass man Bruno Lüdke abrichten konnte wie einen Hund. Außerdem war er schnell dahintergekommen, dass Bruno Lüdke immer nickte und auf alles mit ja antwortete, wenn er etwas nicht verstand. Es kam also nur darauf an, eine Frage kompliziert zu formulieren. »Herr Lüdke, Sie sind also der Frau Hohenbruch gefolgt, weil Sie in deren Handtasche Gegenstände vermutet haben, deren Besitz für Sie erstrebenswert war?«

»Ja!«

Franzke hatte die Kollegen Danke, Palaschke, einen Vertreter der Staatsanwaltschaft und die wichtigsten Gerichtsreporter zum Lokaltermin in den Köpenicker Forst gebeten und sah zu, dass alles so ablief, wie es in der Strafprozessordnung geschrieben stand, formal absolut korrekt. Darauf wurde im NS-Staat größten Wert gelegt, das wusste er. Darum sprach er Bruno auch mit »Herr Lüdke« an.

Und brav tat Bruno Lüdke an diesem Morgen das, was sie gestern Abend in der Zelle eingeübt hatten. Er zeigte den Herren, wie er das Beil aus dem Mantel gezogen und der Hohenbruch damit von hinten den Schädel eingeschlagen hatte.

Es wurde eine überzeugende Vorstellung, und Franzke konnte mit sich und seinem Bruno vollauf zufrieden sein.

Bereits zwei Tage später war in den Zeitungen zu lesen, dass der reuige Täter einen zweiten Frauenmord zugegeben habe, dann hieß es, auch ein brutaler Doppelmord aus dem Jahre 1941 gelte als aufgeklärt.

Togotzes freute sich und lobte Franzke in höchsten Tönen.

Nun konnte sich Franzke an das machen, was ihm seit Jahren ganz besonders am Herzen lag: der Öffentlichkeit den Mörder der Rolland und der Borch präsentieren. Neukölln 1932 und 1938, am Beginn seiner Karriere als Kriminalbeamter, Friedel- und Schudomastraße …

Am 26. März 1943 verkündete die Kriminalpolizei-Leitstelle in einer *Meldung wichtiger kriminalpolizeilicher Ereignisse*, dass schwierige Vernehmungen und Ermittlungen zur endgültigen Aufklärung des Mordfalles Borch geführt hätten. Bruno Lüdke habe so genaue Einzelheiten vom Tatort und der Tat angegeben, dass es an seiner Täterschaft keinerlei Zweifel geben könne.

Togotzes ließ Lichtbild- und Filmdokumentationen anfertigen und erstattete damit Himmler und Goebbels Bericht.

Man zeigte sich von Franzkes Erfolgen begeistert.

Als Bruno Lüdke zu Protokoll gab, nach seinem sechzehnten Lebensjahr per Fahrrad, Eisenbahn und als Anhalter in Fernlastzügen durch ganz Deutschland gereist zu sein, kam Franzke auf die naheliegende Idee, ihm auch andere nicht aufgeklärte Morde anzuhängen.

Bei einem Tatort in der Nähe Genthins klappte das auch ganz vorzüglich.

Bruno Lüdke führte die Mordkommission an den Ort, wo er eine Frauenleiche verbuddelt haben wollte.

»Bruno, da, wo ich meine Zigarrettenkippe austrete, da war es.«

Das hatten sie so sorgfältig einstudiert, dass keiner etwas merkte.

Zehn

1943

Ulrich Kuhlmey hatte weder von Heinz Franzke noch von Bruno Lüdke gehört, als er am 1. Juli 1943 zum Dienstantritt im Polizeipräsidium am Alexanderplatz erschien, und er ahnte nicht im Geringsten, dass er für die beiden eine Art intervenierende Variable werden sollte, der Mann, der durch sein Handeln das Schicksal beider entscheiden würde, insbesondere das von Franzke.

Seine Unkenntnis über die Berliner Frauenmorde und ihre Aufklärung durch Heinz Franzke rührte daher, dass Kuhlmey sich lange Zeit um nichts gekümmert hatte, was außerhalb seines Krankensaals geschah. Im Juli 1942 hatte er bei der deutschen Sommeroffensive östlich von Kursk eine schwere Verwundung davongetragen. Kopfschuss. Viele Monate hatte er in verschiedenen Lazaretten gelegen, bis schließlich das eingetreten war, was die Ärzte kaum zu hoffen gewagt hatten: Teile des unbeschädigten Gehirns hatten die Funktionen der ausgefallenen Sektionen übernommen. Weithin jedenfalls. Geblieben waren Gedächtnislücken und unregelmäßig wiederkehrende epileptische Anfälle.

Jeder weitere Fronteinsatz sei ausgeschlossen, hatte der Militärarzt festgestellt. »Was haben Sie denn vor dem Krieg gemacht, Herr Oberleutnant?«

»Ich war Lehrer in Frankfurt an der Oder, Studienrat für Physik und Chemie, vertretungsweise auch Mathematik.«

»Sie können auf keinen Fall wieder unterrichten, das halten Sie nicht durch. Epileptische Anfälle während des Unterrichts, undenkbar! Und dann Ihre Stimme ...«

Die war nach der Hirnverletzung ganz anders geworden als früher. Viel, viel höher.

»Sie brauchen eine ruhige Arbeit, bei der Sie überwiegend allein an einem Schreibtisch sitzen und immer wieder Pausen einlegen können. Ich werde mich mal umhören, ob sich für Sie nicht was finden lässt.«

So war Kuhlmey, gerade 33 Jahre alt geworden, im Polizeipräsidium am Alexanderplatz gelandet.

Werner Togotzes war darüber nicht sonderlich erfreut. Was sollte man mit solch einem Krüppel schon anfangen? »Dann setzen Sie sich erst mal hin, und studieren Sie die Akten, um sich einen Überblick darüber zu verschaffen, was hier bei uns so alles im Gange ist.«

Damit begann Ulrich Kuhlmey, die Rolle des *deus ex machina* zu spielen, die ihm die höheren Mächte beziehungsweise der Zufall im Drama um den »doofen Bruno« zugewiesen hatten.

Bruno Lüdke sollte er erst Wochen später persönlich kennenlernen, Heinz Franzke aber traf er bereits am Ende seiner ersten beiden Arbeitsstunden bei der Berliner Kriminalpolizei. Da war er zur Toilette geeilt und ans Pinkelbecken getreten. Das musste derart leise geschehen sein, dass die beiden Männer hinter ihm in den Kabinen gar nichts mitbekommen hatten.

»Hast du schon unseren Neuen gesehen?«, fragte der eine. »Was ist denn das für einer?«

»Ein Kerl wie ein Baum, aber eine fürchterliche Fistelstimme.«

»Auch noch ein warmer Bruder in unseren Reihen! So was gehört doch ins KZ!«

Kuhlmey schlüpfte schnell in die dritte der Kabinen, ließ

aber die Tür einen Spaltbreit offen, um den Mann auszumachen, der das gesagt hatte. Dessen Gesicht prägte er sich ganz genau ein.

Bei der Zehn-Uhr-Besprechung sollte er dann erfahren, dass es sich um Heinz Franzke handelte. Jetzt wusste er, wen er zu hassen hatte, konnte aber andererseits auch rechtzeitig gegensteuern, um nicht als Schwuler abgestempelt zu werden. Also stellte er sich ein großformatiges Photo seiner Verlobten auf den Schreibtisch und prahlte in jedem Gespräch damit, wieder eine Neue ins Bett gelockt zu haben. Das waren allesamt Krankenschwestern. Während seiner langen Zeit im Lazarett hatte er ja eine genügend große Anzahl kennengelernt und in Gedanken mit ihnen geschlafen.

Bald stieß Kuhlmey auch auf die Aktenordner, in denen die Protokolle der Vernehmungen von Bruno Lüdke abgeheftet waren. Früher hatte er gern Kriminalromane gelesen, insbesondere die von Edgar Wallace und Agatha Christie, die meisten sogar auf Englisch, um seine Fremdsprachenkenntnisse zu verbessern, und die Unterlagen hier waren mindestens genauso spannend wie ein Roman. Bald aber stieß er auf Ungereimtheiten, die bei ihm als strengem Naturwissenschaftler erhebliche Störgefühle auslösten. Fast war er versucht, Anmerkungen an den Rand zu schreiben, so, wie er es früher immer bei den Klassenarbeiten seiner Schüler getan hatte: *Das ist doch unlogisch! Da fehlt das entscheidende Glied in der Kette! Bravo, Schultze! Sie verdienen den Nobelpreis in Chemie, weil Sie es geschafft haben, aus der Verbindung von Na und Cl Schießpulver entstehen zu lassen!*

Er begriff nicht, wie die Herren Kriminalkommissare, die doch sonst immer so stolz auf ihr logisches Denken waren, dies alles übersehen haben konnten, insbesondere das, was die Fälle Rolland und Borch betraf. Und da hieß es doch immer, die Berliner Mordkommission, aufgebaut von Ernst Gennat, sei die beste der Welt. Und dann das! Kuhlmey konnte es nicht fassen und hatte in den folgenden Tagen großen Spaß daran, den Dingen auf den Grund zu gehen, schließlich war er einst angetreten, Forscher zu werden.

Zuerst nahm er sich den Fall Mathilde Rolland und die Friedelstraße vor.

Die schien Bruno Lüdke laut Protokoll immerhin gekannt zu haben, als man über Neukölln gesprochen hatte:

FRANZKE: Welche Straße kennen Sie denn da?
LÜDKE: Ich kenne da die Friedelstraße und die Braunauer Straße.

Kuhlmey staunte. Einmal darüber, dass die Kollegen den »doofen Bruno« mit »Sie« ansprachen, und zum anderen, dass er vergleichsweise druckreif sprach. In anderen Dokumenten war doch von Stottern und Sprachstörungen die Rede. Nun, wahrscheinlich hatte jemand Fragen und Antworten nach der Vernehmung in die Maschine getippt. Aus dem Gedächtnis heraus oder höchstens anhand von Stichworten. Dass Franzke stenografieren konnte, war auszuschließen, und eine Schreibkraft hatte er bei einem so heiklen Thema sicherlich nicht im Vernehmungszimmer sitzen gehabt.

FRANZKE: Hat Sie da in der Friedelstraße auch mal ein Mädel angesprochen?
LÜDKE: Das kann ich nicht mehr wissen.
FRANZKE: Haben Sie denn öfter Mädel angesprochen?
LÜDKE: Nur die erste Zeit, dann nicht mehr.

VERMERK: An dieser Stelle wurde eine Pause von einer Stunde eingelegt, um dem Beschuldigten Gelegenheit zu geben, sich zu sammeln.

Franzke: Was ist denn nun mit dem Mädel?
Lüdke: Erst hat sie mir angequatscht und denn ich ihr.
Franzke: Was hat das Mädel gesagt?
Lüdke: Das Mädel hat gefragt, ob wir Geschlechtsverkehr ausüben wollen.
Franzke: Was haben Sie gesagt?
Lüdke: Ja!

Kuhlmey musste schmunzeln, als er las, dass die junge Frau den »doofen Bruno« in schönstem Amtsdeutsch gefragt haben sollte, ob er mit ihr den Geschlechtsverkehr ausüben wolle. Er fragte sich, ob die Protokolle nicht alle der dichterischen Phantasie des Kollegen Franzke entsprungen waren. Gott, da gab es doch so eklatante Lücken und Widersprüche, dass jeder halbwegs mit Vernunft ausgestattete Berliner sofort ausgerufen hätte: »Das sieht doch 'n Blinder mit 'm Stock!«

Bruno Lüdke hatte ausgesagt, aus dem Zimmer der Rolland nichts entwendet und später weggeworfen zu haben. Doch die Kollegen am Tatort hatten festgehalten, dass die Haustürschlüssel der Ermordeten fehlten und niemand anderes als der Täter sie gestohlen haben konnte.

Bruno Lüdke hatte ausgesagt, die Rolland habe ein ganz normales Gesicht gehabt und an ihrer Sprache sei ihm nichts aufgefallen. Die Ermordete aber besaß eine nicht zu übersehende Hasenscharte und sollte gelispelt haben.

Bruno Lüdke hatte ausgesagt: »Dann habe ich ihr 'nen Strick um den Hals gemacht ... Das war so 'n Ende Schnur ...« Um den Hals der Toten war aber der Gurt ihres Kleides geschlungen worden.

Bruno Lüdke hatte ausgesagt, die Rolland habe ein rotes Kleid getragen. Laut Tatortschilderung war es aber schwarzblau und hatte einen weißen Kragen.

Bruno Lüdke hatte ausgesagt, der Rolland ein Taschentuch aus der Brusttasche ihres Kleides gezogen und ihr in den Mund gesteckt zu haben. In Wahrheit aber fungierte als Knebel ein Klaviertastenschoner.

Bruno Lüdke hatte ausgesagt, dass er die Rolland vollständig entkleidet und dann mehrfach missbraucht habe. Doch die Gerichtsmediziner hatten weder Samen- noch Urin- oder Blutspuren, Scham- oder Kopfhaare finden können. Es gab also nicht die geringsten Anzeichen für eine mehrfache Vergewaltigung.

Kuhlmey fasste sich an den Kopf, denn all dies würde ja bedeuten, dass der als schwachsinnig eingestufte Lüdke bei wiederholter Notzucht mit anschließendem Mord daran gedacht hätte, einen Fromms zu benutzen.

Auch hatte es Franzke unterlassen, den 1933 in der Friedelstraße 23 gesicherten Fingerabdruck, von dem man damals gesagt hatte, er stamme mit hoher Wahrscheinlichkeit vom Täter, mit den Fingerabdrücken Bruno Lüdkes zu vergleichen. Und überhaupt, bei allen Morden, die Bruno Lüdke gestanden hatte, war nie von hinterlassenen Fingerabdrücken die Rede gewesen.

»Da hat er sich wohl jedes Mal Handschuhe angezogen«, rief Kuhlmey aus.

Noch krasser erschienen ihm die Widersprüche im Mordfall Wilhelmine Borch.

Damals hatte man ein Sexualdelikt ausgeschlossen und nach einem Raubmörder gefahndet. Bruno Lüdke aber hatte zu Protokoll gegeben, sein Opfer viermal hintereinander vergewaltigt zu haben.

Kuhlmey vertiefte sich in das Protokoll der Vernehmung vom 24. März 1943:

LÜDKE: Da waren wir mit dem Pferdewagen in Berlin, Mutter, Vater und ich. Und dann ist den andern Tag rausgekommen, dass ich das gemacht habe. Und dann waren die Kriminalbeamten da.

FRANZKE: Haben Sie den Kriminalbeamten gesagt, dass Sie die alte Frau totgemacht haben?

LÜDKE: Die haben das doch gleich an dem Zeug gesehen, das ich anhatte.

FRANZKE: Das stimmt doch nicht! Wenn die Beamten gewusst hätten, dass Sie der Täter sind, denn wären Sie doch mitgenommen worden.

LÜDKE: Die wollten das nicht, weil Vater und Mutter mächtig strenge zu mir waren.

Kuhlmey stutzte und sah in seinen Notizen nach.

Richtig, die Borch war am 30. Mai 1938 umgebracht worden, Bruno Lüdkes Vater aber war schon ein Jahr zuvor gestorben.

Das musste auch Franzke aufgefallen sein, denn er hatte die Vernehmung abgebrochen und erst am nächsten Morgen fortgesetzt. Wie das denn nun mit der Borch gewesen sei?

LÜDKE: Dann habe ich ihr an den Hals gefasst. Dann habe ich sie ausgezogen, das Kleid und alles. Das muss man machen, sonst kommt man nicht rein. Die Strippe hatte ich von die Wäschesäcke. Eine Schnur habe ich ihr um den Hals gemacht und hier (zeigt um die Brust). Sie hat um Hilfe geschrien. In dem Bette waren Lumpen drin, die hab ich ihr in den Mund ringestopft.

FRANZKE: Wie viel Dinger haben Sie in Neukölln gemacht?

LÜDKE: Das sind zwei. Die eine habe ich viermal gemacht. Freiübungen.

Kuhlmey stieß einen tiefen Seufzer aus. »Das ist doch nicht zu fassen!«

Auch hatte Bruno Lüdke angegeben und auf Nachfrage wiederholt bestätigt, an einem Mittwoch in der Schudomastraße gewesen zu sein, die Borch war aber an einem Montag ermordet worden.

Nun gut, das lag fünf Jahre zurück. Da konnte sich auch ein normaler Mensch einmal irren.

»*Further research is needed*«, flüsterte Kuhlmey. Laut Englisch zu sprechen war nicht ratsam, denn wer im Verdacht stand, BBC zu hören, konnte sich schnell in einem Konzentrationslager wiederfinden.

Seinem Vorgesetzten sagte Kuhlmey, er müsse wegen seiner Kopfverletzung zu einer Nachuntersuchung in die Charité, in Wirklichkeit aber machte er sich auf den Weg nach Neukölln, um sowohl in der Friedel- wie auch in der Schudomastraße bei den Leuten nachzufragen, ob jemand von ihnen zwischen 1933 und 1938 seine Wäsche der Firma Otto Lüdke aus Köpenick anvertraut hätte.

Vom Alexanderplatz aus kam er mit der U-Bahn schnell nach Neukölln. Schönleinstraße stieg er aus, bog vom Kottbusser Damm links in die Sanderstraße ein und war fünf Minuten später am Ziel, Friedelstraße 23.

In den Protokollen stand, dass die Rolland bei dem Ehepaar Zeitz zur Untermiete gewohnt hatte.

Kuhlmey trat in den Hausflur und schaute zum Stillen Portier hinauf. Ah ja, einen Erich Zeitz gab es also noch immer, stellte er fest. Er stieg hinauf.

Neben dem Messingschild *E. Zeitz* waren zwei Kärtchen angeheftet, was auf mehrere Untermieter hindeutete.

Kuhlmey drückte auf den Klingelknopf.

Erst passierte gar nichts, dann hörte er schlurfende Schritte von drinnen auf dem Korridor und merkte, dass ihn jemand durch das Guckloch musterte.

»Ja, bitte?« Das war die misstrauische Stimme einer Greisin.

»Frau Zeitz?«, fragte Kuhlmey.

»Ja! Was gibt es?«

»Mein Name ist Kuhlmey, ich komme von der Kriminalpolizei.«

»Das kann ja jeder sagen!«

Kuhlmey zog seine Dienstmarke hervor und hielt sie vor das Guckloch. »Ich komme wegen Ihrer früheren Untermieterin, der Frau Rolland, Mathilde Rolland.«

»Die ist doch schon lange tot. Und der ›doofe Bruno‹ hat sie umgebracht. Das ist ja jetzt raus.«

»Ja …« Kuhlmey wusste einen Augenblick lang nicht, wie er das Gespräch am besten fortsetzen konnte, schließlich war er kein gelernter Kriminalbeamter, der sich auf Vernehmungen verstand. Nach ein paar Sekunden fiel ihm doch noch etwas ein. »Wir müssen für die Gerichtsverhandlung noch einiges herausbekommen. Sagen Sie, haben Sie oder Frau Rolland früher Ihre Wäsche in der Wäscherei Otto Lüdke, Köpenick, waschen lassen?«

»Wo denken Sie denn hin, junger Mann? Ich habe immer alles selber gewaschen. Und die Rolland auch. Woher sollte die denn das Geld haben, ihre Sachen waschen zu lassen?«

Das war die Antwort, die Kuhlmey hören wollte. Er bedankte sich bei Martha Zeitz und befragte noch einige andere Mieter wie auch die Geschäftsleute in der Nachbarschaft.

Niemand kannte die Wäscherei Otto Lüdke. Wer hier in der Gegend seine Wäsche außer Haus waschen ließ, beauftragte ausschließlich Neuköllner Betriebe damit.

Kuhlmey war zufrieden mit dieser ersten Recherche und lief zum Hermannplatz, um in die Straßenbahn zu steigen und mit der Linie 95 bis zum Hertzbergplatz zu fahren. Von dort aus war er in ein paar Minuten am Richardplatz, wo die Schudomastraße ihren Anfang nahm. Schnell war das Haus mit der Nummer 3/4 gefunden. Auch hier hatte er das Glück, auf dem Stillen Portier noch einen Namen zu entdecken, den er auch in den Protokollen gefunden hatte: *Hübner*. Er konnte sich daran erinnern, dass der Schwiegersohn der Hübners unter Mordverdacht gestanden hatte. Er stieg die Treppen hoch und klingelte.

»Ja, bitte?«

»Entschuldigen Sie, Frau Hübner! Kuhlmey mein Name, Kriminalpolizei.«

»Ich habe mit diesem Stiesch nie was zu tun gehabt.«

Stiesch? Stiesch?

Erst nach ein paar Sekunden fiel Kuhlmey ein, dass Erich Stiesch der Untermieter der Borch gewesen war. »Was ist mit dem?«

»Den haben sie letzte Woche abgeholt.«

»Oh …« Kuhlmey ahnte, dass das die Gestapo gewesen war. »Ich komme aber nicht wegen Herrn Stiesch, sondern wegen der Frau Borch. Ihr Mörder ist ja nun gefasst, aber es ist vor der Gerichtsverhandlung noch einiges zu klären. Und darum bin ich hier.«

Frau Hübner öffnete nun die Wohnungstür, aber nur so weit, wie es die vorgelegte Kette zuließ. »Wenn ich Ihnen helfen kann …«

»Ja, ich hoffe es. Sagen Sie, hat Frau Borch oder jemand anders hier im Haus seine Wäsche abholen und in einem Betrieb waschen lassen?«

»Ja, ich glaube schon.« Sie nannte ihm einige Mieter.

»Haben Sie hier in der Straße früher einmal ein Pferdefuhrwerk der Wäscherei Otto Lüdke, Köpenick, gesehen?«

»Nein, nicht dass ich wüsste.«

Kuhlmey bedankte sich und klingelte bei den Leuten, die Frau Hübner ihm genannt hatte.

Es war aber niemand zu Hause.

Ein wenig ratlos stand er dann unten am Richardplatz. Der Anblick einer Telefonzelle brachte ihn auf die Idee, bei der Innung anzurufen. Nachdem er fast all seine Groschen verbraucht hatte, wurde er mit dem Obmann der Großwäschereien in Neukölln verbunden, einem Herrn Maywald.

Dieser versicherte ihm, dass Otto Lüdke auf gar keinen Fall Kunden in der Schudomastraße gehabt hatte.

Um ganz sicherzugehen, beschloss Kuhlmey, nun noch nach Köpenick zu fahren, um dort jemanden zu finden, der ihm aus erster Hand etwas über Bruno Lüdke sagen konnte.

Vorhin hatte er auf dem Zielschild der Linie 95 *Köpenick, Krankenhaus* gelesen, also ging er zurück zum Hertzbergplatz und wartete.

Als er dann in der Straßenbahn saß, hatte sein Nebenmann den *Völkischen Beobachter* aufgeschlagen, so dass er mitlesen konnte.

Dr. Joseph Goebbels, der Gauleiter von Berlin, hatte die Reichshauptstadt für »judenfrei« erklärt. In der »Wolfsschanze« bei Rastenburg/Ostpreußen hatte Wernher von Braun, der Leiter der Heeresversuchsanstalt Peenemünde, dem Führer über den Entwicklungsstand der V2-Rakete berichtet. An der Ostfront schien die letzte große Offensive der Wehrmacht ins Stocken geraten zu sein. Amerikanische und britische Truppen waren auf Sizilien gelandet.

»Wo soll det allet nur noch hinführen?«, murmelte die alte Frau, die ihm gegenüber Platz genommen hatte.

»Sie zweifeln wohl am Endsieg?«, fragte der Mann, der den *Völkischen Beobachter* las.

»Nee, nee!«, rief die alte Frau.

Kuhlmey musste an den Witz denken, den sie im Lazarett hinter vorgehaltener Hand erzählt hatten: Einem Mann, der an der Front beide Beine und den linken Arm verloren hat und völlig erblindet ist, wird mitgeteilt, dass seine Frau und seine vier Kinder bei einem Luftangriff ums Leben gekommen sind. Daraufhin ruft er: »Macht alles nichts! Hauptsache, Danzig ist deutsch!«, und reißt den verbliebenen rechten Arm zum Hitlergruß in die Höhe.

Kuhlmey hatte sich angewöhnt, keine Gefühle mehr zu haben und sich stattdessen als ein Stück Materie zu sehen, das über eine gewisse Intelligenz verfügt. Und wenn er jetzt nach Köpenick unterwegs war, dann nicht aus Mitleid mit Bruno Lüdke oder der Absicht heraus, bestimmte Strategien der Nationalsozialisten zu durchkreuzen, sondern allein aus dem Drang heraus, falsch gelöste Mathematikaufgaben zu korrigieren. Dass er diesen Franzke hasste, war ein Rückfall, ein Ausrutscher, aber er hätte sich auch dann auf die Suche nach dem wahren Bruno Lüdke gemacht, wenn Heinz Franzke sein bester Freund gewesen wäre. Logik kam allemal vor Zuneigung.

Am Bahnhof Köpenick stieg Kuhlmey aus der Straßenbahn und fragte den Mann im Zeitungskiosk, ob es weit sei bis zur Grünen Trift auf dem Kietzer Feld.

»Ja, det is 'n janz schönet Stücke bis dahin, und wenn Se sich nich die Absätze schief loofen wolln, fahrn Se von de Haltestelle da drüben mit de 83 Richtung Wendenschloß.«

Kuhlmey tat dies und stieg auf Empfehlung der Schaffnerin an der Pritstabelstraße aus. An der Nikolaikapelle vorbei kam er zur Grünen Trift. Was nun? Wiederum wurde ihm bewusst, dass er kein gelernter Fahnder war. Er versuchte, sich an die Hausnummer der Wäscherei von Otto Lüdke zu erinnern. Irgendetwas in den Dreißigern. Er wandte sich nach Norden in Richtung Köpenick Schlossplatz. Richtig, die Nummer 32 war es.

Trostlos sah hier alles aus.

Er fragte eine Rentnerin, die ein Wägelchen mit dürren Zweigen hinter sich her zog, ob dies die Wäscherei Otto Lüdke gewesen sei.

»Ja, da haben Sie recht. Aber nun sind ja alle tot, und der ›doofe Bruno‹ ist ein Frauenmörder geworden.«

»Haben Sie den persönlich gekannt?«

Die alte Dame verfuhr nach der Devise »Humor ist, wenn man trotzdem lacht«. »Nur vom Sehen, und umgebracht hat er mich auch nicht.«

»Wer kennt ihn denn hier in der Gegend am besten?«

»Warum wollen Sie 'n das wissen?«

»Ich bin vom *Völkischen Beobachter*.«

»Na, dann fragen Sie mal den alten Pennigstorff! Das war sein Lehrer. Den kenne ich gut. Von der Kirche her. Der wohnt jetzt bei seiner Tochter drüben in Wendenschloß, Müggelbergallee 14.«

Kuhlmey bedankte sich und machte sich auf den Weg.

Es war ein herrlicher Sommertag, so richtig, wie man den Juli liebte. Jetzt, wo es auf den Abend zuging, standen überall die Leute in ihren Gärten und sprengten. So hatte er es nicht schwer, sich zur Müggelbergallee durchzufragen.

Am Gartentor der Nummer 14 war in der Tat auch der Name *Pennigstorff* zu lesen.

Kuhlmey brauchte nicht zu klingeln, denn dicht am Zaun war ein älterer Herr zu sehen, der gerade seine Tomaten wässerte. Da er eine gewisse Ähnlichkeit mit einem seiner ehemaligen Lehrer hatte, zweifelte Kuhlmey nicht daran, an der richtigen Adresse zu sein. »Herr Pennigstorff?«, rief er über Zaun und Hecke.

Der Mann stellte seine Gießkanne ab und schaute in Richtung Straße. »Ja, bitte?«

Kuhlmey zögerte einen Augenblick, weil er nicht wusste, als was er sich vorstellen sollte: als Kriminalbeamter, als Reporter, als Privatmann, der ein ganz bestimmtes Interesse an Bruno Lüdke hatte, oder als was? Klar, das hätte er sich auch früher überlegen können, aber vom Typ her war er eher ein Schachspieler, der sich für jeden neuen Zug viel Zeit nahm, und kein Schnelldichter, der aus einem ad hoc zugerufenen Wort sofort eine ganze Ballade machen konnte. Instinktiv entschloss er sich zur Wahrheit. »Entschuldigen Sie die Störung, Herr Pennigstorff! Kuhlmey meine Name. Ich bin neu bei der Kriminalpolizei und habe meine Zweifel daran, dass der ›doofe Bruno‹ wirklich Dutzende von Frauen ermordet hat. Und Sie als sein früherer Lehrer können mir da vielleicht weiterhelfen.«

Pennigstorff ging zum Gartentor und schloss es auf. »Dann kommen Sie mal rein!«

Sie setzten sich auf die Terrasse, auf der es angenehm kühl war, und Pennigstorff bot ihm etwas von dem verdünnten Rhabarbersaft an, der in einer Karaffe auf dem Tisch stand.

»Ja, gern! So durstig, wie ich bin.« Kuhlmey suchte sich ein halbwegs sauberes Glas und bediente sich.

»Sie hegen also Zweifel an Brunos Täterschaft?«, begann Pennigstorff.

Kuhlmey nickte, nachdem er das halbe Glas ausgetrunken hatte. »Ich bin von Hause aus Naturwissenschaftler, Lehrer, ein Kollege von Ihnen, Chemie, Physik und Mathematik, und da liegt es Ihnen wie mir halt so im Blut, dass wir aufmerken und zur roten Tinte greifen, wenn wir Fehler entdecken.«

Pennigstorff blieb misstrauisch. »Hm ... Das mag ja sein, aber wir dürfen unsererseits auch keine Fehler machen.«

»Wieso Fehler?«

»Na, so, wie ich die Sache verfolge ... Der örtliche Reviervorsteher hier, der Palaschke, Brunos Schwester und ich, wir haben schon x Eingaben an die maßgebenden Stellen gemacht und gebeten, von Bruno abzulassen, da er in Wahrheit harmlos ist, aber man hat uns jedes Mal eine schroffe Abfuhr erteilt und uns gewarnt, die Finger von der Sache zu lassen, sonst ...« Abrupt brach er ab.

»Sonst?« Kuhlmey konnte sich die Frage eigentlich selber beantworten. »Ich weiß, unsere Oberen haben großen Gefallen daran gefunden, Bruno Lüdke zum Sündenbock zu machen. Alles wird ihm aufgeladen. Von über fünfzig Morden ist die Rede. Und dann jagt man ihn in die Wüste hinaus, das heißt ...« Hier biss sich auch Kuhlmey auf die Zunge.

Pennigstorff schwieg, denn zu groß war offenbar sein

Misstrauen, und er schien zu befürchten, in eine Falle gelockt zu werden. »Was im Namen des Führers geschieht, ist immer richtig«, sagte er daher, »und entzieht sich automatisch unserer Kritik.«

Kuhlmey wusste nicht, ob das ernst oder nur ironisch gemeint war, und um alles klarzustellen, betonte er, seit vielen Jahren schon Parteigenosse zu sein und an der Ostfront für den Führer gekämpft zu haben. »Bei der Kriminalpolizei bin ich nur gelandet, weil ich einen guten Freund im Reichssicherheitshauptamt habe. Aber zurück zu Bruno Lüdke: Wie haben Sie ihn denn erlebt?«

Pennigstorff schilderte ihm den »doofen Bruno« als liebenswerten Bären, der nie jemanden geschlagen oder bedroht hatte. »Und was die Frauen betrifft, Gott, er ist doch sterilisiert worden. Wo soll denn da der Trieb herkommen?«

»Wann war denn das?«, fragte Kuhlmey.

Pennigstorff musste einen Augenblick nachdenken. »Das muss im Mai 1940 gewesen sein.«

»Hm …« Kuhlmey musste sich mit einem Argument auseinandersetzen, mit dem auch andere sofort kommen würden. »Und was ist mit den Morden, die davor geschehen waren?«

»Ich habe Bruno nicht auf Schritt und Tritt begleitet, wie denn auch, aber ich halte es für völlig absurd, ihn als Teufel oder Bestie zu sehen. Schwachsinnig ist er sicher, aber durch und durch sanft. Sie müssten ihn nur einmal selbst erleben.«

Das Reichssicherheitshauptamt (RSHA) war am 27. September 1939 gegründet worden und hatte seinen Hauptsitz in der Wilhelmstraße 101 und der Prinz-Albrecht-Straße 8. Ihm unterstanden die Geheime Staatspolizei (Gestapo), der Sicherheitsdienst (SD), alle Verbände der Schutzstaffel (SS), die Schutz- und die Kriminalpolizei. Es war eine Mammutbehörde mit etwa dreitausend Mitarbeitern. Erster Chef war Reinhard Heydrich. Nachdem dieser am 4. Juni 1942 an den Folgen eines Attentats verstorben war, hatte Heinrich Himmler als Reichsführer-SS und Chef der Deutschen Polizei die Leitung des RSHA übernommen und sie am 30. Januar 1943 an Ernst Kaltenbrunner weitergegeben. In den besetzten Gebieten koordinierte das RSHA die »Säuberungsaktionen« gegen Juden und sowjetische Kommunisten. Über 500000 Menschen fielen diesen Aktionen zum Opfer. Im Referat IV B 4 organisierte der SS-Obersturmbannführer Adolf Eichmann die »Endlösung der Judenfrage«.

Ulrich Kuhlmeys Freund saß in der Abteilung V (Verbrechensbekämpfung – Reichskriminalpolizei), und zwar in der Abteilung V B 1 (Kapitalverbrechen), die dem Regierungs- und Kriminalrat Hans Lobbes unterstellt war, und hatte es mit einigen Telefongesprächen bewerkstelligen können, dem ehemaligen Lehrer Zugang zum Polizeigewahrsam zu verschaffen. »Du kannst dich 24 Stunden lang als Mithäftling mit Bruno Lüdke in seiner Zelle einschließen lassen.«

Nun war es so weit, und Ulrich Kuhlmey hatte plötzlich doch ein wenig Angst vor seinem großen Experiment. Aber ein gewisses Risiko einzugehen war er sich als Wissenschaftler schuldig. Schüttete man verschiedene Substanzen in einen Erlenmeyerkolben, so konnte es eine Explosion geben, führte man den Schülern vor, wie sich ein Kondensator auf- und wieder entlud, so konnte man von einem Stromschlag getroffen werden. In diesem Fall musste er sich fragen, ob Bruno Lüdke, trotz aller Beteuerungen von Pennigstorff, nicht doch zu Gewalttaten neigte, wenn er glaubte, man würde ihn provozieren. Und im Schlaf erwürgt oder erschlagen zu werden war kein schönes Ende. Dass Bruno Lüdke schwachsinnig war, konnte ja nicht bestritten werden, und vielleicht hielt er ihn wegen seiner hohen Stimme gar für eine Frau …

Kuhlmey musste sich ermahnen, sachlich zu bleiben.

Trotzdem, der Wachtmeister, der ihn zu Bruno Lüdkes Zelle führte, ging ihm viel zu schnell.

Schlüssel klirrten, die Tür flog auf.

»Bruno, du kriegst noch een inne Zelle. Der hat ooch 'n paar Frauen abjemurckst. Da habta euch ja ville zu erzählen.« Mit diesem Worten stieß der Wachtmeister Kuhlmey so heftig in die Zelle, dass er Bruno Lüdke geradezu in die Arme flog.

»Pardon!«, rief Kuhlmey.

»Ah, der ... der ... der Herr Pardon!« Bruno Lüdke freute sich und schüttelte ihm die Hand. »Ich bin der Bruno Lüdke aus ... aus ... aus Köbenig. Kutscher bei Muttan und Vatan.«

Kuhlmey war erschrocken. So hässlich hatte er sich Bruno Lüdke gar nicht vorgestellt. Seine spontanen Assoziationen gingen in die Richtung Urmensch und Tier. So starrten einen Kühe an, wenn man sich der Weide näherte. Auf den Photos war ihm das längst nicht derart krass erschienen. Das war doch kein Mensch, sondern nur die Parodie eines Menschen. Kuhlmey wandte sich ab und setzte sich auf einen wackligen Stuhl.

Bruno Lüdke starrte ihn an und leierte dann ein Kindergedicht herunter: »*August! Da rührt sich's auf dem Land. / Mit Sens' und Sichel in der Hand / Zieht heut' das ärmste Bäuerlein: / Das Korn ist reif und will herein. / Schwül ist der Tag, / Kein Lüftchen geht, / Kein Gräschen nickt, kein Blättchen weht. / Der Landmann aber frohgemut / Birgt eifrig all das goldne Gut.*«

Kuhlmey klatschte Beifall. So, wie er es tat, wenn seine Nichten und Neffen in der Schule etwas aufführten. Dabei wurde ihm schlagartig klar, dass dieser Bruno Lüdke eigentlich ein Kind war, ein Kind von bestenfalls sieben Jahren, das in der Hülle eines Erwachsenen steckte, allerdings einer sehr abstoßenden Hülle. Mit der Intelligenz und dem Reflexionsvermögen eines Erwachsenen hätte niemand in dieser Hülle leben können, ohne sich sofort vor den nächsten Zug werfen zu wollen.

Kuhlmey merkte schnell, dass ihn seine erste grundlegende Erkenntnis nicht wirklich weiterbrachte, denn auch Kinder konnten grausam sein. Sie verbrannten Ameisen, indem sie eine Lupe in die Sonne hielten und den gebündelten Strahl auf die kleinen Wesen richteten. Sie rissen Fröschen und Spinnen die Beine aus, sie erhitzten Groschen über der Gasflamme, bis sie rotglühend waren, und warfen sie dann aus dem Fenster, um sich daran zu erfreuen, wie sich der Leierkastenmann, der sie aufsammelte, die Finger verbrannte. Sie zogen ihrer Großmutter, wenn sie sich setzten wollte, den Stuhl unter dem Allerwertesten weg und brachen in Jubel aus, wenn die alte Dame mit einem Aufschrei auf dem Boden landete. »Habt ihr euch denn nicht denken können, dass sie sich dabei was bricht?« Nein!

Kuhlmey zweifelte daran, dass selbst die heruntergekommenste Hure einem Mann wie Bruno Lüdke den Geschlechtsverkehr gestattet hätte, ganz egal, was er ihr dafür bezahlen wollte. Wohin also mit dem Trieb?

In den Protokollen war die Rede davon gewesen, dass er viel onaniert habe.

Das hatte sicherlich geholfen. Aber der Drang, es einmal richtig zu machen, war damit nicht völlig auszuschalten.

Das sprach für Franzkes These, dass Bruno Lüdke über die Frauen hergefallen war.

Es spitzte sich also alles auf die Frage zu, ob Bruno Lüdke über das Mindestmaß an Intelligenz verfügte, das nötig war, um geeignete Situationen herbeizuführen.

Aber musste er die wirklich haben?

Vielleicht nicht in den Fällen, wenn er durch den Wald ging und ihm zufällig eine Frau über den Weg lief, aber sicherlich bei den Begegnungen mit der Rolland und der Borch.

Bruno Lüdke wollte sich mit ihm unterhalten und fragte Kuhlmey, was er so mache, ob er auch Wäsche ausgefahren habe.

»Nein, Kohlen!« Das, dachte Kuhlmey, würde ihm bei seiner Statur jeder zutrauen. »Ich trage den Leuten die Kohlen in die Wohnung hoch. Und weißt du, was ich immer mache, wenn eine Frau allein zu Hause ist?«

»Nee!«

»Na, denk mal nach!« Kuhlmey grinste.

Bruno Lüdke überlegte. »Dann kriegst du ein ... ein ... ein Trinkgeld?«

»Nein! Dann mache ich Freiübungen mit ihr.«

So hatte ja Bruno Lüdke das Koitieren genannt.

»Und wenn eine nicht will, dann ...« Kuhlmey tat so, als würde er jemandem einen Strick um den Hals legen und zuziehen. »So hast du's ja auch gemacht.«

Bruno Lüdke nickte. »Ja! Der ... der ... der Franzke freut sich darüber. Da krieg ich immer Zigaretten für. Du auch?«

Kuhlmey lachte und legte den Finger auf den Mund. »Pst, Bruno! Nicht weitersagen! Sonst kommen auch noch andere auf die Idee. Ich habe nie eine Frau umgebracht, das schwöre ich dir, aber wenn ich dem Franzke sage: Herr Kommissar, da im Köpenicker Wald, da war wieder eine, dann kriege ich von ihm immer eine Schachtel Zigaretten.«

»Ja, der ... der ... der Franzke, der gibt einem immer was.«

Kuhlmey setzte schnell noch eines drauf. »Mir erzählt er immer, wie alles war: Du gehst mit der Rolland auf ihr Zimmer, holst eine Strippe raus, legst ihr die um den Hals, ziehst sie zu, und dann rammelst du los. Und ich sage dann beim Verhör, wie alles war, und dann freuen sich alle, und ich kriege Zigaretten dafür.«

Aber Bruno Lüdke reagierte nicht auf seine Worte, er gähnte nur laut und warf sich auf seine Pritsche. »Ich bin müde heute. Herr, bleibe bei uns, denn es will Abend werden! Ich sperre meinen Mund auf und lechze nach deinen Geboten, denn mich verlangt darnach. Sprich du in meiner Sache, und schaue du aufs Recht! Wenn du das Urteil lässest hören vom Himmel, so erschrickt das Erdreich und wird still.«

Wieder staunte Kuhlmey, registrierte es aber mit Freude, denn wenn Bruno Lüdke in der Lage war, ganze Gedichte und Predigten aus dem Gedächtnis wiederzugeben, dann war es auch möglich, dass Franzke ihn wie in einem Theaterstück vorher das lernen ließ, was er später bei der Vernehmung sagen sollte. Sollte es je ein Theaterstück über Franzke geben, dachte Kuhlmey, dann sollte man es *Der Mann, der einen Massenmörder machte* nennen.

Man schob ihnen das Abendessen durch die Klappe, eine dünne Kohlsuppe.

Während sie ihren Blechnapf auslöffelten, erzählte ihm Bruno Lüdke von der Wäscherei in Köpenick. Wie er auf dem Kutschbock gesessen hatte, ganz allein, und Wäsche ausfahren durfte. Durch ganz Berlin sei er gekommen. Und bald würde er wieder auf dem Kutschbock sitzen. »Der … der … der Franzke sagt det. ›Bruno, wenn du immer artig bist, kommst du auf ein … ein … ein Schloss.‹« Da bekäme er dann ein eigenes Pferdefuhrwerk und immer viel zu rauchen.

Für Kuhlmey bestand kein Zweifel mehr an Franzkes Vorgehen, an der Art und Weise, wie er Bruno Lüdke quasi abgerichtet hatte. Damit hätte er sich zufriedengeben können, aber er war zu sehr den Gesetzen der Logik verpflichtet, um nicht zu wissen, dass Bruno Lüdke dennoch die eine oder andere Frau wirklich getötet haben könnte. Zum Beispiel die Roswitha Hohenbruch ganz in der Nähe der Grünen Trift in Köpenick.

Wie konnte man das beweisen beziehungsweise widerlegen? Spuren wie Fingerabdrücke oder Anhaftungen an Lüdkes Kleidung gab es nicht, auch keine Aussagen von Augenzeugen. Und Photos oder Filmaufnahmen erst recht nicht. Einzig und allein die Vernehmung der Hohenbruch hätte die Sache klären können.

»Frau Hohenbruch, sind Sie von hinten mit dem Beil von Herrn Lüdke erschlagen worden?«

Kuhlmey merkte, dass alles schnell absurd wurde. Auch der Gedanke, man müsste den alles wissenden und alles registrierenden Gott befragen können, ließ ihn aufstöhnen. So sehr schmerzte es.

Aber was tun, um die Wahrheit herauszufinden? Gab es ein Experiment, mit dem sich Bruno Lüdkes Schuld beziehungsweise Unschuld nachweisen ließ? Und das auch noch hier in der Zelle des Polizeigewahrsams? Nein.

Aber vielleicht, wenn er Bruno Lüdke sagte, er sei eine Frau und er solle ihm mal zeigen, was er bei der Hohenbruch, der Rolland und der Borch gemacht habe.

Er zögerte, denn damit brachte er sich in Lebensgefahr. Ehe die Schließer da gewesen wären, hätte Bruno Lüdke ihn dreimal umgebracht, wenn er denn wirklich …

Quatsch! Was die Körperkraft betraf, war er Bruno Lüdke deutlich überlegen. Also ging er das Risiko ein.

»Ich bin jetzt die Mathilde Rolland, und du zeigst mir mal, wie du die totgemacht und gebraucht hast.«

Bruno Lüdke grinste. »Du bist doch 'n Mann!«

Kuhlmey nahm die Bettdecke und band sie sich wie einen Wickelrock um die Hüften. »Jetzt bin ich 'ne Frau!«

»Du stinkst aber nicht aus'm … aus'm … aus'm Mund.«

»Wieso soll ich aus'm Mund stinken?«

»Weil die da, wo ich richtig gefickt habe, weil die auch … Aba Vatan und Muttan durften das nicht wissen, die waren immer so strenge zu mir. Und ein … ein … ein blaues Auge hatte ich auch. Ich sollte mein Trinkgeld nicht verficken.«

Kuhlmey fragte noch eine Weile nach, dann war er sich absolut sicher, dass Bruno Lüdke nur mit dieser einen Frau wirklich vergleichsweise normalen Geschlechtsverkehr hatte. Aber das schloss ja noch immer nicht aus, dass er über andere hergefallen war und sie vergewaltigt hatte. »Und wie war das nun mit der Rolland in der Friedelstraße? Die wollte nicht, dass du deinen Schwengel bei ihr reinsteckst, und da hast du sie …«

Bruno Lüdke winkte ab. »Wenn eine nich will, dann will se nich. Mit Gewalt lässt sich kein Bulle melken.«

Wieder einer der Sprüche, die Bruno Lüdke wiedergeben konnte, als steckte in seinem Gehirn ein kleiner Plattenspieler. Aber in seinem Gesicht stand die Angst geschrieben. Offenbar fürchtete er sich vor Frauen, war im Umgang mit ihnen scheu und gehemmt. Wie auch anders bei seiner äußeren Erscheinung?

Aber was, wenn nun der Trieb in roher und hemmungsloser Art und Weise bei ihm durchgebrochen war?

»Meine letzte Frau …« Kuhlmey schloss die Augen und stöhnte laut. »Ich gehe durch den Wald, sie geht vor mir her und bückt sich. Da halte ich es nicht mehr aus, hole mein Beil hervor und schlage zu.«

Bruno Lüdke hatte gar nicht richtig zugehört und begann nur zu singen: »*Es ist für uns eine Zeit angekommen, / die bringt uns eine große Freud … / Es schlafen Bächlein und Seen unterm Eise, / es träumt der Wald einen tiefen Traum …*«

Kuhlmey wickelte sich die Bettdecke wieder von den Hüften und hielt als Ergebnis seines Experimentes fest, dass Bruno Lüdke durch keinen Stimulus dazu anzuregen war, sich lustvoll auf das Töten und Vergewaltigen einer Frau einzulassen. Das schien weit jenseits seines Horizontes zu liegen.

Als Bruno Lüdke eingeschlafen war, fixierte Kuhlmey lange dessen Gesicht und konzentrierte sich auf ihn wie ein Wahrsager auf sein Medium. Seine Gedanken sollten Bruno Lüdkes Gehirn und seine Seele so durchleuchten wie Röntgenstrahlen einen Körper. Und plötzlich erschien es ihm, als würde das Gesicht des angeblichen Frauenmörders immer weicher werden.

Lieb sah Bruno aus, wie ein Lausbub.

Alles konnte dieser Mensch, das wusste Kuhlmey nun, nur eines nicht: einen anderen Menschen töten.

Die Natur hatte ihn dadurch gestraft, dass sie ihn nur mit wenig Intelligenz und Anmut ausgestattet hatte, aber sie hatte ihm ein sanftes Wesen mit auf den Weg gegeben.

Sein Gefühl war mit physikalischen und chemischen Begriffen nicht zu erfassen, das wusste Kuhlmey, aber es schien ihm ein ebenso sicheres Beweismittel zu sein wie ein Streifen Reagenzpapier. Tauchte er rotes Lackmuspapier in eine Lauge, so färbte es sich blau, drang er mit seinen Gefühlsstrahlen in Bruno Lüdkes Gehirn und Seele ein, so ließen sie nichts vermuten, das auf Mord und Totschlag hingewiesen hätte. Nahm er all das hinzu, was er in Franzkes Protokollen an Widersprüchen aufgedeckt hatte, so konnte er sich zu 99,9 Prozent sicher sein, dass Bruno Lüdke nicht eine einzige Frau getötet hatte.

Als Kuhlmey mit offenen Augen auf seiner harten Pritsche lag, versuchte er, hinter Franzkes Motive zu kommen. Drei Möglichkeiten sah er: Erstens, es war blinder Eifer, der ihn trieb, er war furchtbar verblendet und möglicherweise sogar geisteskrank und sah in Bruno Lüdke den Satan, den es zu vernichten galt. Zweitens, es war kühles Kalkül und Ruhmessucht, die ihn so handeln ließen, um als großer Kriminalist dazustehen und nach dem Endsieg in höchste Positionen aufzusteigen. Oder drittens, er machte Bruno Lüdke zum Sündenbock, um das nationalsozialistische System, dessen Ideologie ihn völlig erfüllte, zu entlasten und zu stützen.

Kuhlmey merkte wieder einmal, dass menschliches Handeln nicht so leicht zu analysieren und einzuordnen war wie ein chemischer und physikalischer Prozess. Und wahrscheinlich konnte man bei Franzke eine Mischung aus allen drei Motiven konstatieren, was ihn besonders gefährlich machte.

Wie also konnte man Bruno Lüdke retten, ohne sich selber zu gefährden, indem man Franzke und seine Hintermänner reizte?

Mit dieser Frage schlief Ulrich Kuhlmey ein.

In den letzten vier Wochen war viel passiert. Die Rote Armee hatte bei ihrer Sommeroffensive die Stadt Charkow zurückerobert. General Dwight D. Eisenhower hatte den Waffenstillstand mit Italien verkündet, worauf die deutschen Truppen Rom und die Alpenpässe besetzt hatten. Ein deutsches Spezialkommando hatte den inhaftierten Mussolini befreit und zu Hitler nach Ostpreußen in die Wolfschanze gebracht. In Berlin hatte es am 23. und 24. August sowie am 3. und 4. September schwere Luftangriffe gegeben. Teile von Lankwitz, das »Haus Vaterland« am Potsdamer Platz, das Reichsgesundheitsamt, der Flughafen Staaken, die Hochschulbrauerei im Wedding und das Zuchthaus Plötzensee waren teilweise oder vollständig zerstört worden. Vier zum Tode Verurteilte hatten fliehen können. Daraufhin hatte man die verbliebenen Todeskandidaten auf der Stelle hingerichtet.

Bruno Lüdke war nicht unter ihnen gewesen.

So schnell mahlten die juristischen Mühlen dann doch nicht, sosehr sich Heinz Franzke auch anstrengte, um sie auf Touren zu bringen.

Ulrich Kuhlmey hatte im Zug viel Zeit zum Nachdenken. Wie an jedem freien Wochenende fuhr er zu seiner Verlobten.

Eva arbeitete als Krankenschwester in Frankfurt an der Oder.

Wo hatte er sie kennengelernt? Im Lazarett natürlich.

Sie waren ein echtes Paar, denn sie paarten sich regelmäßig, aber heiraten wollte sie ihn nicht.

Den Grund dafür hatte er noch nicht herausfinden können. Vielleicht glaubte sie, dass er mit seinem Kopfschuss und seinen epileptischen Schüben ohnehin nicht mehr lange leben würde, vielleicht rechnete sie damit, dass die Russen sowieso bald siegen und das ganze deutsche Volk ausrotten würden. Er wusste es nicht. Wahrscheinlich liebte sie ihre Freiheit genauso sehr wie ihn. Einen anderen Mann gab es seines Wissens nicht.

»Es geht doch auch so«, war ihre Standardwendung. »Und in dieser Zeit Kinder in die Welt zu setzen halte ich für ein Verbrechen.«

Nun gut, Kuhlmey wusste, dass man das Leben so nehmen musste, wie es gerade kam, wenn man nicht an ihm verzweifeln wollte. Und immer wieder dachte er das, was viele Leute heimlich dachten: Nach dem Krieg, da …

Aber erst einmal musste dieser Krieg zu Ende und Hitler verschwunden sein. Und man selbst musste überlebt haben. Das war schwer genug, wenn man an die Bombenangriffe dachte, aber auch an die Bedrohung durch die eigenen Leute. Schnell verschwand derjenige im KZ, der nicht laut und deutlich »Heil Hitler!« rief.

»Soll ich mich denn nun für diesen Bruno Lüdke weit aus dem Fenster lehnen?«, fragte er Eva, als sie auf dem Oderdeich spazieren gingen. »Oder soll ich meine Erkenntnisse lieber für mich behalten und schweigen?«

»Was sagt dir denn dein Gewissen?«, fragte sie.

»Das sagt mir, dass er ein armer Teufel ist, der keine der Frauen getötet hat.«

»Dann setz dich für ihn ein!«

Kuhlmey sah auf das Wasser, das niedrig stand und keine große Strömung aufwies. »Und wenn ich mich damit nun selbst an den Galgen bringe?«

»Das wird Siegfried schon verhindern.«

Siegfried war der Freund beim RSHA, der ihm auch den Zugang zu Bruno Lüdke ermöglicht hatte. Und Siegfried wiederum war auf Kuhlmey angewiesen, um über ihn, auf informellem Wege sozusagen, herauszubekommen, was bei der Kripo vorging. Siegfried würde ihn nicht fallenlassen.

»Gut! Aber bevor ich zu Togotzes oder gleich zum RSHA gehe, um denen zu sagen, was für eine Mogelpackung ihnen dieser Franzke da angedreht hat, will ich noch mal mit ihm selber sprechen. Das gebietet einfach die Redlichkeit, und vielleicht kann er mir ja doch Fakten liefern, die meine These von Bruno Lüdkes Unschuld falsifizieren.«

Aber als Kuhlmey am nächsten Morgen bei Franzke anklopfte, war dieser nicht in seinem Zimmer.

Max Danke sagte ihm, dass Franzke unterwegs sei, um sich seine Dienstreise nach Hamburg absegnen zu lassen. »Da will er zusammen mit Bruno Lüdke hin, um dem die Morde nachzuweisen, die er dort begangen hat.«

Elf

1943

Heinz Franzke hatte im Jahr vor seinem Abitur den *Faust* durchgenommen und konnte noch immer einige Verse aus dem Gedächtnis zitieren, so auch die Worte des Schülers bei dessen Begegnung mit Mephistopheles: *Ich bin allhier erst kurze Zeit, / Und komme voll Ergebenheit, / Einen Mann zu sprechen und zu kennen, / Den alle mir mit Ehrfurcht nennen.*

Daran musste er immer wieder denken, denn viele jüngere Kolleginnen und Kollegen näherten sich ihm in diesen Tagen, da er Lüdke zu immer neuen Geständnissen brachte, mit sichtbarer Ergebenheit und sprachen voller Ehrfurcht von ihm. Nach dem Hauptmann von Köpenick gab es nun einen Teufel von Köpenick, und Heinz Franzke hatte ihn zur Strecke gebracht. Lange hatte er darum gekämpft, nun war er endlich am Ziel. Er war der größte Kriminalist des Reiches.

Auch sein Schwiegervater und sein Schwager konnten nun nicht anders, als zu ihm aufzublicken.

Und obwohl es Dr. Ingemar Diemitz als Gott in Weiß außerordentlich schwerfiel, im Schatten eines anderen zu stehen, klopfte er Franzke anerkennend auf die Schulter. »Das hast du wirklich gut gemacht mit diesem Frauenmörder.«

Den Geburtstag seines Schwiegervaters feierte man am letzten Sonntag im September traditionsgemäß draußen auf dem Grundstück in Wernsdorf. Irmhild war mit den Kindern aus Wolfshagen gekommen. Martin Diemitz hatte dies in letzter Minute organisieren können.

»Was dein Mann da geschafft hat – *à la bonne heure*!«, sagte er zu seiner Tochter. »Das hätte ich ihm niemals zugetraut. Wer weiß, was aus ihm noch alles wird!«

Und mit gefülltem Bowleglas in der Hand scharte man sich um Franzke, um ihm zu lauschen, wenn er davon erzählte, wie er Bruno Lüdke überführt hatte. Das hörten die Gäste, insbesondere die weiblichen, viel lieber als das, was ihre Männer, wenn sie auf Fronturlaub zu Hause waren, vom Krieg zu berichten wussten.

»Nach seinem sechzehnten Lebensjahr hat Lüdke seine Streifzüge auf das gesamte Gebiet Deutschlands ausgedehnt«, führte Franzke aus. »Mit dem Fahrrad, mit der Eisenbahn und als Mitfahrer in Fernlastzügen ist er gereist, und überall dort, wo er gewesen war, hat er eine Blutspur hinterlassen. Mehr als achtzig Frauen könnten es gewesen sein.«

»Bruno, hörst du? Du bleibst hier sitzen! Ich geh nur mal schnell auf die Toilette.« Franzke fuhr mit Lüdke im Zug nach Hamburg, wo dem Teufel von Köpenick weitere Morde nachgewiesen werden sollten.

Togotzes hatte ihm den Kollegen Max Danke mitgeben wollen, aber Franzke hatte das abgelehnt. Es sei nicht nötig. Lüdke würde ihm aufs Wort gehorchen und garantiert nicht davonlaufen. Das Wort »Hund« hatte er bei diesem Dialog zwar vermieden, aber es lag ihm immer auf der Zunge zu sagen, dass zwischen ihm und dem »doofen Bruno« ein Verhältnis wie zwischen Herr und Hund bestehe. Rief er »Sitz!«, dann setzte sich Lüdke, rief er »Steh!«, dann blieb er stehen. Und wenn er sagte »Bruno, gib zu, dass du die Frau Schlörke ermordet hast!«, dann gab Lüdke zu, die Frau Schlörke ermordet zu haben.

Dafür bekam er dann so viele Zigaretten, wie er rauchen wollte, und wurde gestreichelt.

Das heißt, Franzke lobte ihn für das, was er als Kutscher beim Ausfahren der Wäsche alles geleistet hatte, und beteuerte, dass alle Menschen in Köpenick stolz auf ihn seien. Und er klatschte Beifall, wenn Lüdke eines seiner Gedichte aus *Auerbachs Deutschem Kinder-Kalender* aufsagte.

»*Wenn der September dann erscheint, / Die Sonn' es nicht so heiß mehr meint, / Weshalb man öfters nun den Mann / Im Freien trifft, der malen kann. / Wem dies Talent nicht ward verlieh'n, / Den sieht man jetzt den Drachen ziehn, / Wenn er nicht Obst vom Baume bricht, / Was auch so unerfreulich nicht.*«

»Großartig, Bruno! Brav! Wie im Theater!«

Bruno Lüdke strahlte übers ganze Gesicht, war glücklich und sang: »Lampenputzer ist mein Vater im Berliner Stadttheater …«

Sie hatten ein ganzes Abteil für sich, was in diesen Zeiten, in denen die Züge ständig überfüllt waren, eigentlich nicht sein durfte, aber man konnte den Teufel von Köpenick ja unmöglich inmitten von Müttern und Kindern reisen lassen, nicht einmal mit Soldaten zusammen.

Bruno Lüdke saß in der Ecke am Fenster und döste vor sich hin.

Franzke hatte den Platz an der Tür eingenommen und las im *Völkischen Beobachter*.

Die Wehrmacht berichtete über die erfolgreiche Entwaffnung italienischer Einheiten.

Das freute ihn.

Weniger erfreulich war dagegen, dass die Wehrmacht Smolensk aufgegeben hatte.

Franzke hatte die Karte Russlands so weit im Kopf, dass er wusste, was das bedeutete, denn zog man von Berlin aus nach Stalingrad eine gerade Linie, dann lag Smolensk etwa in der Mitte, wenn auch ein paar hundert Kilometer weiter nördlich. Nach dem Dnjepr kamen die Memel und die Weichsel und dann schon die Oder.

Aber so war es ja auch Friedrich II. gegangen: Auch er hatte in seinen Kriegen oftmals vor dem Aus gestanden, um dann doch noch zu siegen, sein Land um ein Vielfaches zu vergrößern und als »der Große« in die Geschichte einzugehen. Und auch Adolf Hitler würde es schließlich schaffen. Der Endsieg und die Welthauptstadt Germania waren von der Geschichte so vorgesehen, und alles würde so kommen, wie es kommen musste. Jetzt erst zeigte sich, wer ein echter und rechter Deutscher war.

Er, Heinz Franzke, hatte seinen Teil dazu beigetragen, das Durchhaltevermögen der Deutschen zu stärken. Er hatte den deutschen Frauen die Angst genommen, auf dem Heimweg von den Fabriken ermordet zu werden.

Jetzt war Hamburg an der Reihe, die frohe Botschaft zu vernehmen.

Franzke legte die Zeitung beiseite. »Bruno, wir müssen uns jetzt noch einmal darüber unterhalten, wie das in Hamburg gewesen ist. Mit der Mathilde Schlörke.«

»Die ist gewesen eine … eine … eine Fischfrau.«

»Mensch, Bruno, die Frau eines Friseurs! Was macht ein Friseur?«

Bruno Lüdke überlegte einen Moment. »Der … der … der macht pleite?«

»Wieso macht der pleite?«

»Weil mein Vater eine … eine … eine Glatze hatte.«

»Aber dein Vater ist doch nicht der einzige Mann, der zum Friseur geht«, wandte Franzke ein.

»Beim Friseur riecht es immer so scheußlich«, konnte sich Bruno Lüdke erinnern. »Nach Parfem!«

Da konnte Franzke wieder einhaken. »Ja, im Frisiersalon Schlörke in Hamburg hat es auch so scheußlich gerochen.

Das sagst du dann, wenn wir dort sind und der Kommissar Faulhaber dabei ist.«

Bruno Lüdke lachte. »Der ist faul! Nee, der hat faule Äpfel in den … den … den Taschen drinne. Und die stinken.«

Franzke ging nicht weiter darauf ein. »Du sagst: Ich war beim Friseur Schlörke in der Brigittestraße 2 zum Haareschneiden und hab da die Frau Schlörke gesehen.«

»Ich war beim Friseur Schlörke in der Brigittestraße 2 zum Haareschneiden und hab da die Frau Schlörke gesehen.«

»Noch einmal!«

»Ich war beim Friseur Schlörke in der Brigittestraße 2 zum Haareschneiden und hab da die Frau Schlörke gesehen.«

»Brav, Bruno! Komm, nun rauch erst mal eine, ehe wir weiterüben!« Franzke freute sich und hoffte, ihm in den zwei Stunden, die sie noch zu fahren hatten, alle Hamburger Mordfälle eintrichtern zu können. Das musste sitzen bis ins letzte Detail. »Bruno, was hast du mit der Schlörke gemacht?«

»Ich hab mit ihr Freiübungen gemacht.«

»Nein! Du wolltest nur ihr Geld.«

Die örtliche Mordkommission hatte einen Raubmord konstatiert und als Motiv Habgier angenommen.

»Und was hast du mit dem Geld gemacht?«

Bruno Lüdke strahlte. »Das … das … das Geld hab ich mit der Pauli verfickt.«

»Nicht mit der Pauli, sondern auf St. Pauli! Das ist das Vergnügungsviertel in Hamburg. Da hat die Mathilde Schlörke auch gewohnt. Bruno, wo hat die Schlörke gewohnt?«

»Manche Leute wohnen in … in … in große Häuser. Da hab ich mal Wäsche ausgefahren bis … bis … bis Moabit.«

»Nach dem Krieg wirst du auch wieder Wäsche ausfahren können«, sagte Franzke. »Und wieder ganz weit verreisen können. Wie früher, als du hinter den Frauen her warst. Überall. Mit dem Fahrrad bist du hin, auf Lastwagen vorn in der Kabine, aber auch mit der Eisenbahn. Und wie bist du zu dem Geld für eine Fahrkarte gekommen?«

»Fahrkarten gibt es am … am … am Schalter.«

»Ja! Und das Geld, das war dein Trinkgeld, und was noch fehlte, hast du deiner Mutter aus dem Schrank gestohlen.«

Bruno Lüdke nickte. »Muttan und Vatan waren immer sehr strenge zu mir.«

»Na, nun hast du ja mich!« Franzke streichelte ihn jetzt wirklich, das heißt, er strich ihm über das Haar. »Und wenn du schön brav bist, kommst du bald auf das Schloss. Und da gibt es auch ein Pferd und ein Fuhrwerk.«

»Hü!«, machte Bruno Lüdke und hielt die Hände so, als würden sie Zügel umfassen.

»Bruno, noch einmal! Ich war beim Friseur Schlörke in der Brigittestraße 2 zum Haareschneiden und hab da die Frau Schlörke gesehen.« Franzke arbeitete bis zur totalen Erschöpfung daran, Lüdke so abzurichten, dass der alles aufsagen konnte, was man von einem Mörder erwartete, und auch in der Lage war, den Hamburger Kollegen das zu erzählen, was nur der Täter wissen konnte: dass zum Beispiel die Schlörke an diesem Tage keine Zähne im Mund gehabt hatte, weil am Morgen ihr Gebiss zerbrochen war.

Als Gustav Faulhaber sie in Hamburg vom Hauptbahnhof abholte, hatte Heinz Franzke Bruno Lüdke alles eingetrichtert und konnte dem, was da kommen würde, gelassen entgegensehen. Und wenn Bruno wirklich einmal nicht so funktionierte, wie es vorgesehen war, konnte er, Franzke, immer noch mit dem Argument, der Teufel von Köpenick sei schließlich ein Schwachsinniger, alle Bedenken wegwischen.

Aber vielleicht hatte er doch des Guten zu viel getan, denn Faulhaber wurde, als sie in der Brigittestraße angekommen waren und Bruno Lüdke detailgetreu schilderte, wie er die Schlörke erdrosselt hatte, doch ein wenig misstrauisch.

»Hm …«, meinte er, als er mit Franzke einen Augenblick außer Hörweite der anderen war. »Ihr Lüdke sieht mir doch ein wenig nach einem Konfessor aus.«

Franzke musste einen Augenblick überlegen, bis er begriffen hatte, was damit gemeint war: jemand, der einen Mord gestand, um sich wichtigzumachen, weil er in seinem Wahn selber daran glaubte oder um einen anderen zu entlasten.

»Nein, Herr Kollege, das nun ganz sicher nicht! Denn so schwachsinnig der ›doofe Bruno‹ auch sein mag, dass einer hingerichtet wird, wenn er einen Mord gesteht, das weiß auch er.«

Von Wolfshagen aus nach Seddin, auf dessen Gemarkung das Königsgrab zu finden war, wurde auf Franzkes Wunsch hin gewandert. Auf der Landstraße waren es rund zwei Kilometer, wobei man immer die Stepenitz im Auge hatte und sich an dem kleinen Flüsschen erfreuen konnte. Wo es einen Zugang zum Ufer gab, konnten die Kinder auch ihre Schiffchen schwimmen lassen. Zum Baden war es leider schon zu kalt.

Heinz Franzke war von Hamburg aus herübergekommen, um das Wochenende mit seiner Familie zu verbringen. Wie immer stand dabei auch ein Ausflug auf dem Programm. Zwar stöhnten Irmhild und die Kinder immer, wenn sie viel laufen mussten, doch er wollte sie zäh wie Leder haben und hart wie Kruppstahl.

Irmhild hatte sich kundig gemacht und spielte die Fremdenführerin. »In grauer Vorzeit gab es hier einen König, der hieß Hinz. Er war gut und gerecht zu seinen Untertanen, und jedermann liebte ihn …«

»So, wie wir unseren Führer lieben!«, fügte Franzke hinzu.

»Ja, Vati!«, rief Adolf.

Seine Frau zog die Augenbrauen hoch. »… und jedermann

liebte ihn. Doch niemand lebt ewig, und so starb auch dieser König.«

»Unser Führer ist unsterblich!«, rief Horst.

Irmhild Franzke war zu sehr eine geborene Diemitz, als dass ihr dieser Führerkult nicht auf die Nerven gegangen wäre, aber natürlich sagte sie nichts. »Als der König Hinz nun tot war, errichtete ihm sein treues Volk ein gewaltiges Grabmal, zehn Meter hoch und hundert Meter breit.«

»Die Pyramiden sind noch höher!«, rief Freya.

»Wir sind aber hier nicht in Ägypten, sondern in der Prignitz!«, wandte Irmhild Franzke ein und versuchte, ihre Fremdenführererzählung fortzusetzen. »Drei edle Särge kamen ins Grab ...«

»War der König Hinz so dick, dass er nur in drei Särge gepasst hat?«, fragte Helga, die Jüngste.

»Nein, Püppi! Der König Hinz, der kam in einen goldenen Sarg, und in die anderen beiden kamen seine Gemahlin und seine Dienerin, die ihm voller Schmerz in den Tod gefolgt waren.«

»Das ist edle germanische Sitte«, sagte Franzke.

»Mutti soll aber nicht mit, wenn Vati ins Grab kommt!«, rief Freya.

Horst tippte sich an die Stirn. »Vati ist doch kein Soldat!«

»Vati fängt aber Mörder«, beharrte Freya. »Und die schießen auch.«

»Kinder!« Irmhild Franzke klatschte in die Hände. »Schluss jetzt!«

Man wanderte zurück nach Wolfshagen und sang *Das Wandern ist des Müllers Lust*.

»Das Wandern ist des Mörders Lust«, brummte Franzke und dachte dabei an Bruno Lüdke.

Am Abend, als die Kinder zu Bett gegangen waren, saßen Franzke und seine Frau noch mit Rudolf Kerntheil zusammen und probierten dessen selbstangesetzten Heidelbeerwein.

»Das bin ich doch meinem sehr verehrten Kollegen schuldig, dem Prof. Crey aus der *Feuerzangenbowle*: *Jedärr nor einen wenzigen Schlock.*«

»Und beim Stichwort Baldrian beginnen wir dann alle, auf den Tischen zu tanzen«, sagte Irmhild Franzke.

Franzke fand das alles ziemlich albern. Die Lage war viel zu ernst. Andererseits, wenn es den Leuten half, bis zum Endsieg durchzuhalten … Er selbst ging ja auch in Filme wie *Münchhausen* und freute sich auf *Die beiden Schwestern* mit Gisela Uhlen, in die er richtig vernarrt war.

»Du kommst wohl gar nicht mehr von deinem Bruno Lüdke los?«, fragte Rudolf Kerntheil.

»Nein!«, antwortete Franzke, der die Frage, so, wie sie gestellt wurde, als ziemliche Provokation empfand. »Denn es handelt sich immerhin um den größten Fang, der jemals in Deutschland gemacht wurde!«

»Darauf ist er auch mächtig stolz«, sagte seine Frau.

»Das kann ich auch!«, rief Franzke. Er hatte ganz genau die leise Ironie aus ihren Worten heraushören können. Und fast hätte er, um ihr zu imponieren, laut ausgerufen: »Du, das wirklich Geniale daran ist, dass Lüdke meine Schöpfung ist, mein *humunculus*. Ich bin der Mann, der einen Massenmörder machte.« Aber er musste sich zurückhalten, denn er hatte Irmhild kein Sterbenswörtchen davon erzählt, wie er den schwachsinnigen Kutscher aus Köpenick für seine Zwecke abgerichtet hatte. Einer Frau, die aus der Diemitz-Sippe kam, konnte man nicht trauen, auch wenn man sie liebte und sie einem fast ein halbes Dutzend Kinder geschenkt hatte.

Am frühen Montagvormittag war Heinz Franzke zurück in Hamburg, um mit den dortigen Kollegen die anderen Lokaltermine wahrzunehmen. Um zehn Uhr war er mit Faulhaber im Polizeigewahrsam verabredet. Als er eine Viertelstunde vor der Zeit dort angekommen war, eilte ihm eine Sachbearbeiterin entgegen und teilte ihm mit, dass die Kriminalpolizei-Leitstelle Berlin kurz nach neun angerufen und ihn zu sprechen gewünscht hätte.

»Worum ging es denn?«, fragte Franzke.

»Sie möchten sofort mit Lüdke nach Berlin zurückkommen.«

Er war verblüfft. »Hat man denn einen Grund dafür angegeben?«

»Nein. Nur, dass Sie sich in den nächsten Zug setzen sollen. Der Bahnhofsvorsteher weiß Bescheid und wird dafür Sorge tragen, dass Sie und Lüdke ein Extra-Abteil bekommen oder im Packwagen untergebracht werden.«

Franzke überlegte. Das konnte nur bedeuten, dass Kaltenbrunner oder Himmler, wenn nicht gar der Führer selbst, beschlossen hatten, mit Bruno Lüdke kurzen Prozess zu machen und ihn umgehend hinrichten zu lassen.

Etwas Besseres konnte Franzke gar nicht passieren. Damit hatte Bruno Lüdke als grausamster deutscher Massenmörder seinen Platz im *Pitaval* gefunden, weit vor Karl Denke, Peter Kürten, Karl Großmann, Friedrich Schumann und Paul Ogorzow. Und er, Heinz Franzke, ging mit ihm in die Geschichte ein. Die Frage war nur, mit welcher Auszeichnung man ihn bedenken würde.

Es durfte geträumt werden: Wenn sie ihn zum Kriminalrat beförderten, und mindestens damit war zu rechnen, dann konnten sie ihm auch die Leitung des Referats V B 1 übertragen, das Zeug dazu hatte er ja allemal, oder für ihn eine neue Abteilung schaffen, zum Beispiel V B 4 (Massenmörder).

Zwölf

1943

Chef des Reichskriminalpolizeiamtes, des Amtes V des RSHA, war der Reichskriminaldirektor, SS-Gruppenführer und Generalleutnant der Polizei Arthur Nebe, geboren am 13. November 1894 in Berlin. Den Ersten Weltkrieg hatte er als Oberleutnant, mehrfach ausgezeichnet, bei den Pionieren mitgemacht und war 1920 Kriminalkommissarsanwärter geworden. Ebenso fleißig wie hochintelligent, war er innerhalb eines Jahrzehnts zum Chef des preußischen Landeskriminalpolizeiamtes, kurz LKPA, aufgestiegen. Begeistert von Adolf Hitler und dessen Ideen einer deutschen Großmacht, war er am 1. Juli 1931 in die NSDAP eingetreten, hatte zusammen mit anderen die »Fachschaft Kriminalpolizei« innerhalb der NS-Beamtenschaft organisiert und war für seine Verdienste um die Bewegung bald belohnt worden.

Während des Krieges war er bis Oktober 1941 Leiter der SS-Einsatzgruppe B, und unter seinem Kommando wurden in der Sowjetunion mehr als 45 000 Zivilisten, meist Juden, ermordet.

Gleichzeitig aber, und dies wies auf eine multiple Persönlichkeit hin, hatte er im Oktober 1941, offensichtlich erschüttert von den Aktionen der Einsatzgruppe B, um seine Rückversetzung in das Reich gebeten. Seit 1938 stand er in enger Verbindung zum Widerstand gegen Hitler, warnte Regimegegner vor der Festnahme und hatte am 20. Juli 1944 die Aufgabe übernommen, nach Stauffenbergs Attentat wichtige Reichsminister festnehmen zu lassen. Nach dem Scheitern des Aufstandes konnte er sich zunächst verstecken, wurde dann aber von einer ehemaligen Geliebten verraten und am 2. März 1945 zum Tode verurteilt und hingerichtet.

Man kann Arthur Nebe also ohne Zögern als eine der ambivalentesten Figuren der deutschen Geschichte bezeichnen, und mit unbestreitbarer innerer Logik war er es, der das Schicksal des Kriminalkommissars Heinz Franzke und damit auch des schwachsinnigen, aber gutmütigen Kutschers Bruno Lüdke bestimmen sollte.

Auf Nebes Schreibtisch lag der Brief eines Hamburger Kriminalkommissars namens Gustav Faulhaber, betreffend den Frauenmörder Bruno Lüdke, in dem er den Berliner Kollegen Mitteilung darüber machte, dass er Franzke auf *Unstimmigkeiten und Fehler bei der Entgegennahme der Geständnisse* aufmerksam gemacht und kein Gehör gefunden habe. Seiner Meinung nach könne Bruno Lüdke unmöglich die in Hamburg noch ungeklärten Kapitalverbrechen begangen haben.

Vielleicht hätte Nebe den Brief Faulhabers mit einem Achselzucken zur Seite gelegt, wenn nicht in dem Moment, in dem er die Lektüre beendet hatte, Hans Lobbes bei ihm angerufen hätte, Leiter der Abteilung V B 1. »Du, einer meiner Leute war eben bei mir, der Siegfried Sasse, und der ist mit einem von Togotzes Leuten befreundet, einem Leutnant mit Kopfschuss, den sie am Alexanderplatz untergebracht haben, einem gewissen Ulrich Kuhlmey. Der war früher mal Lehrer: Physik, Chemie, Mathematik …«

Nebe wurde schon ein wenig ungeduldig. »Und den sollen wir nun woanders unterbringen?«

»Nein, nein! Dieser Kuhlmey hat etwas herausgefunden, was die Sache mit dem Frauenmörder von Köpenick zu einer heißen Kartoffel werden lässt, an der wir uns leicht die Finger verbrennen können.« Und Lobbes berichtete von dem, was ihm Siegfried Sasse erzählt hatte.

Nebe hatte aufmerksam zugehört, war aber nicht völlig überzeugt von dem, was er da hörte. »Meinst du nicht, dass einer mit einem Kopfschuss vielleicht zu viel Phantasie entwickelt haben könnte?«

»Das klingt alles sehr logisch.«

Nebe zögerte noch immer. »Außerdem ist Franzke Togotzes Zögling, und ich kann keinen Ärger mit Togotzes gebrauchen.«

»Wenn es stimmen sollte, dass dieser Bruno Lüdke nicht der gesuchte Mörder von Köpenick ist, sondern ein vollkommen harmloser Kutscher und Waldarbeiter, dann könnten wir Ärger mit ganz anderen Leuten bekommen.«

Gemeint waren Kaltenbrunner, Himmler und Goebbels.

Das war einleuchtend, und so gab Arthur Nebe Weisung, diesen Ulrich Kuhlmey sofort zu ihm kommen zu lassen. Er musste sich selber ein Bild von diesem Aushilfskriminalisten mit Kopfschuss machen.

Um zwölf Uhr wurde Ulrich Kuhlmey in das Zimmer des Reichskriminaldirektors geführt.

Arthur Nebe wollte allein mit ihm sprechen und gab daher seiner Vorzimmerdame ein Zeichen, sich wieder zurückzuziehen.

»Nehmen Sie doch Platz, Herr Kollege!« Dies war mit einer gewissen Ironie gesagt, denn diesen hirnverletzten Lehrer sah er keineswegs als Kollegen an. »Und lesen Sie mir doch mal vor, was Sie über Heinz Franzke und Bruno Lüdke aufgeschrieben haben!«

»Ich habe nichts schriftlich niedergelegt.«

»Dann halten Sie eben Vortrag, aber etwas lauter bitte!«

Die piepsige Stimme des Lehrers und Möchtegernkriminalisten begann, ihn aufzuregen, kaum dass Kuhlmey die ersten Sätze gesprochen hatte. Welch Scherz der Natur, dachte er, einen Herkules mit der Stimme eines Kastraten sprechen zu lassen! Und wenn Nebe eines hasste, dann waren es Transvestiten. Und wie der Exlehrer den altgedienten Kommissar Franzke sah, das gefiel ihm auch nicht. Nebe hatte Franzke immer als intelligenten und außerordentlich korrekten Menschen erlebt und empfand es als sehr unpassend, dass Franzke nun derart fundamental attackiert wurde. Fast wäre er aufgestanden, hätte ausgerufen »Jetzt reicht es aber!« und Kuhlmey die Tür gewiesen, doch von Minute zu Minute geriet er mehr und mehr in den Bann des Franzke-Gegners. Dessen Beweisführung war frappierend. Wie er, so standen große Wissenschaftler an der Tafel, schrieben Zahlen und Formeln an und riefen schließlich unter dem Beifall der Menge »*Heureka*, ich hab's!«

Nach einer halben Stunde hatte Arthur Nebe seine Meinung vollkommen geändert und wusste, dass Kuhlmey recht hatte.

Da hatte sich Franzke, warum auch immer, in der Sache Bruno Lüdke fürchterlich verrannt.

Was nun? Darüber musste lange und sorgfältig nachgedacht werden. Ob Kuhlmey für seine Recherche zu danken war, musste auch noch beraten werden, vorerst aber war er zum Schweigen zu verdonnern.

Nebe erhob sich, um Kuhlmey die Hand zu schütteln und mit ihm zur Tür zu gehen. »Haben Sie herzlichen Dank, Herr Oberleutnant! Ihre Erkenntnisse werden für uns von großem Nutzen sein. Ich möchte Sie aber bitten, Stillschweigen zu bewahren. Also nichts zu Ihren Kollegen, Ihren Freunden und Verwandten!«

Als Kuhlmey gegangen war, ließ sich Nebe Werner Togotzes kommen, um mit ihm die Sache zu beraten.

»Wir können das alles nicht mehr unter den Teppich kehren«, befand er, nachdem er Togotzes von dem berichtet hatte, was Kuhlmey und Faulhaber herausgefunden hatten. »Zu viele wissen davon, und immer sickert etwas durch. Der Feind hört mit, auch die BBC, und wenn die Leute im Londoner Rundfunk erfahren, dass wir einem völlig unbedarften und lammfrommen Kutscher über achtzig Morde aufgeladen haben, die er niemals begangen haben kann, dann bricht schallendes Gelächter aus, das dazu beiträgt, die Moral des deutschen Volkes zu untergraben. Unsere Kriminalbeamten stehen als riesengroße Deppen da.«

»Dann machen wir halt alles zur ›Geheimen Reichssache‹ und lassen die Akte Bruno Lüdke bei uns im Keller verschwinden«, riet Togotzes.

»Und was ist mit Bruno Lüdke, und was ist mit Franzke?«, fragte Nebe. »Franzke ist doch Ihr Protegé!«

»Er hat es gut gemeint, er hat es nicht für sich, sondern für Volk und Vaterland getan!«, rief Togotzes mit einigem Pathos.

»Mag ja sein«, sagte Nebe. »Aber nun haben wir den Salat. Wenn wir gegen Bruno Lüdke Anklage erheben und er vor Gericht erscheint, dann wird das zu einer einzigen Farce. Wir alle, auch die Herren über uns, sind blamiert bis auf die Knochen.« Er wusste genau, dass ihm Goebbels und Himmler so etwas nie verzeihen würden. Und dachte er die Sache konsequent zu Ende, dann ging es auch um seinen Kopf. Da hatte ihm dieser Franzke etwas Schönes eingebrockt. »Ich werde über alles noch einmal nachdenken. Sie aber bremsen Franzke! Er soll auf gar keinen Fall versuchen, Bruno Lüdke weitere Morde nachzuweisen. Vielleicht macht er mal zwei Wochen Urlaub und fährt zu seiner Familie aufs Land. Schicken Sie ihn zum Arzt! Der soll was finden und ihn krankschreiben!«

Als Togotzes gegangen war, sank Arthur Nebe kopfschüttelnd in seinen Bürosessel.

Es war alles absurdes Theater! Da sollte der »doofe Bruno« zum Teufel von Köpenick gemacht werden, zum großen Sündenbock, um das nationalsozialistische Reich zu retten, während die Außenminister der Sowjetunion, der USA und Großbritanniens schon in Moskau zusammensaßen, um zu beraten, wie man den Führer und seine engsten Gefolgsleute bestrafen und das Reich nach Kriegsende aufteilen konnte. Auf einer großen Konferenz in Teheran sollten Stalin, Roosevelt und Churchill die entscheidenden Beschlüsse fassen. Und irgendwann brach hier im Reich der Aufstand gegen Hitler los, um zu retten, was noch zu retten war.

Im Falle Bruno Lüdke galt es also, Zeit zu gewinnen. Das Klügste wäre gewesen, Franzke und Bruno Lüdke von der Bühne verschwinden zu lassen. Sie beide irgendwie zu liquidieren ging aber nicht, denn dann wäre Togotzes Amok gelaufen. Also musste eine andere Lösung gefunden werden.

Und nach einigem Überlegen hatte Nebe sie und diktierte sie seiner Sekretärin in den Stenoblock. »Bruno Lüdke ist in Begleitung des Kriminalkommissars Heinz Franzke aus Sicherheitsgründen nach Wien zu überführen. Die fortgesetzten alliierten Bombenangriffe auf Berlin bergen die Gefahr, dass auch das Polizeigefängnis getroffen werden und Lüdke entkommen und weitere Mordtaten verüben könnte.«

Am 10. Dezember 1943 bestiegen Heinz Franzke und Bruno Lüdke auf dem Anhalter Bahnhof den Zug nach Wien.

Nach der Machtübernahme der NSDAP im Deutschen Reich am 30. Januar 1933 hatte auch die österreichische Schwesterpartei eine ähnliche Machtergreifung angestrebt, war aber im Juni 1933 verboten worden. Am 25. Juli 1934 putschten die österreichischen Nationalsozialisten gegen den Bundeskanzler Engelbert Dollfuß, kamen aber nicht an die Macht, obwohl Dollfuß, von zwei Schüssen getroffen, verblutete. Nachdem Mussolini seinen Widerstand gegen den Anschluss Österreichs aufgegeben hatte, begann Hitler, den neuen österreichischen Bundeskanzler Kurt Schuschnigg unter Druck zu setzen, und zwang ihn am 11. März 1938 zum Rücktritt. Als sich der österreichische Bundespräsident Wilhelm Miklas weigerte, den Juristen Arthur Seyß-Inquart zum Nachfolger Schuschniggs zu ernennen, gab Hitler am 12. März 1938 den Befehl zum Einmarsch.

Am 15. März 1938 wurde auf dem Heldenplatz in Wien der Anschluss Österreichs an das Deutsche Reich zelebriert, und Adolf Hitler rief mit großem Pathos aus: »*Als Führer und Kanzler der deutschen Nation und des Reiches melde ich vor der Geschichte nunmehr den Eintritt meiner Heimat in das Deutsche Reich!*«

Zehntausende brachen in Jubel aus.

Unter ihnen war auch der junge Mediziner Dr. Odilo Diex aus Klopein am Klopeiner See. Diex war 1931 der österreichischen NSDAP und 1932 der SS beigetreten und hatte viele Jahre lang in der Gefolgschaft von Wolfgang Abel gearbeitet, dessen Vita recht umfangreich war.

Beteiligt an der Zwangssterilisation sogenannter »Rheinlandbastarde«, war Abel von 1934 an als Dozent und stellvertretender Leiter der Abteilung »Rassenpflege« der Deutschen Hochschule für Politik tätig gewesen, war dann ins SS-Rasse- und Siedlungshauptamt und danach ins Reichssippenamt gewechselt. 1940 war er Abteilungsleiter für Rassenbiologie am Kaiser-Wilhelm-Institut für Anthropologie geworden, hatte ab 1942 den Lehrstuhl für Rassenbiologie inne und war für das Oberkommando des Heeres mit »Rassenuntersuchungen« an siebentausend Kriegsgefangenen aus der Sowjetunion befasst gewesen.

Befeuert waren sie alle von dem, was Heinrich Himmler am 4. Oktober 1943 bei einer Rede vor SS-Führern festgestellt hatte: »*Wie es den Russen geht, wie es den Tschechen geht, ist mir total gleichgültig ... Ob die anderen Völker in Wohlstand leben oder ob sie verrecken vor Hunger, das inter-*

essiert mich nur so weit, als wir sie als Sklaven für unsere Kultur brauchen …«

Und Sklaven konnte man ohne Skrupel als menschliche Versuchskaninchen gebrauchen.

Als Abel 1943 Leiter des Instituts für Rassenbiologie geworden war, hatte sich Dr. Diex mit ihm wegen einer persönlichen Sache überworfen und war, nach kurzem Einsatz im polnischen Vernichtungslager Majdanek und in einem Feldlazarett in Griechenland, nach Wien in die Sensengasse 2 zu Professor Philipp Schneider gegangen, der nicht nur den Vorstand des Instituts für Gerichtliche Medizin und Kriminalistik innehatte, sondern auch Leiter des Kriminaltechnischen Instituts des Reichskriminalpolizeiamtes war.

Odilo Diex hatte eine große Leidenschaft, und das war das Experimentieren mit Menschen. Es hatte ihn schon im ersten Semester seines Medizinstudiums geärgert, dass man neue Wirkstoffe nur an Ratten, Mäusen und Äffchen ausprobieren konnte und nicht an Menschen. Später war dann sein Wunsch hinzugekommen, an Patienten auszutesten, wie viel Schmerz sie vertrugen und wie sie sich verhielten, wenn man ihnen nacheinander die Extremitäten entfernte. Er hatte aber auch Gefallen an dem Gedanken gefunden, durch systematische Auswahl von Männern und Frauen eine edle Menschenrasse heranzuzüchten. Warum sollte nicht auch bei Menschen das funktionieren, was sich bei Rennpferden bestens bewährt hatte? Und alles, was die Reinrassigkeit gefährdete, war auszumerzen. Die offizielle Einstellung des Euthansieprogramms zur Vernichtung unwerten Lebens hatte er immer bedauert und stets für seine Weiterführung gekämpft. Wenigstens durfte man aufgrund der Entscheidung ärztlicher Ausschüsse weiterhin schwerbehinderte Heimkinder töten.

Ob nun diese Antriebe zuerst da gewesen waren und Diex durch sie zur NSDAP und ihrer Rassenbiologie gekommen war oder aber umgekehrt der Einfluss Abels und anderer ihn zur Rassenbiologe getrieben hatte, ließ sich nur schwer beantworten.

Jedenfalls horchte er sofort auf, als seine Kollegen erzählten, dass aus Berlin ein klassischer Typ des Frauenschänders und Massenmörders nach Wien gekommen sei. »Das ist meiner!«, rief er.

Heinz Franzke fühlte sich in Wien wie Ovid in Tomis. Über dessen Exil hatte er einmal ein kurzes Referat gehalten. 1925 musste das gewesen sein, in der Systemzeit, vor Ewigkeiten also.

Ovid war in der Gunst des Kaisers Augustus gesunken, da er von einem Skandal wusste, in den die Enkelin des Kaisers verwickelt war.

Franzke war sich nicht ganz im Klaren darüber, warum man ihn zusammen mit Bruno Lüdke nach Wien geschickt hatte. Fürchtete man wirklich, dass er nach einem Bombenangriff entweichen und neue Morde begehen könnte? Wenn ja, dann setzte das voraus, dass von Togotzes aufwärts alle davon überzeugt waren, dass es sich bei Bruno Lüdke wirklich um einen Massenmörder handelte.

Fakt war jedenfalls, dass Wien bisher von den Luftangriffen britischer und US-amerikanischer Verbände verschont geblieben war.

Und wenn die Oberen nun sein Spiel durchschaut hatten, wenn sie diesem Faulhaber aus Hamburg und diesem ehemaligen Lehrer mit dem Kopfschuss, diesem Kuhlmey, Glauben schenkten? Dann gab es nach den Gesetzen der Logik nur eine Möglichkeit, um das Problem zu lösen: ihn und Bruno Lüdke zu liquidieren. Den »doofen Bruno« übergab man den Ärzten, damit diese mit ihm experimentieren und ihn dann mit einer Giftspritze ins Jenseits befördern konnten. Ihn selber lockte die Gestapo in eine Falle, erschoss ihn, drückte ihm eine Pistole in die Hand und ließ seiner Familie ausrichten, er habe Selbstmord begangen. Im Hauptquartier der Gestapo im ehemaligen Hotel Metropol am Franz-Josefs-Kai saßen sie womöglich schon an der Planung seines Abganges. Gauleiter in Wien war Baldur von Schirach, und zu dem zu gehen und um Gnade zu bitten war mit Sicherheit sinnlos.

Langsam dämmerte es Heinz Franzke, dass er mit Bruno Lüdke als dem Teufel von Köpenick auf das falsche Pferd gesetzt hatte. Nein, das war kein guter Vergleich, denn in Hoppegarten verlor man, wenn man sich beim Setzen geirrt hatte, höchstens ein paar hundert Mark, hier aber verlor man sein Leben.

Was konnte er tun, um seinen Kopf noch aus der Schlinge zu ziehen? Hoffen, dass der Einfluss seines Vaters auf Werner Togotzes noch groß genug war, um ihm den Gnadenschuss zu ersparen? Hoffen, dass sein Schwiegervater durch seine Beziehungen zur Großindustrie die Maschinerie noch bremsen konnte? Nein, wenn sich erst Kaltenbrunner, Goebbels und Himmler um die Sache kümmerten, hatten beide keine Chance mehr.

Während er auf dem Leopoldsberg stand und auf Wien hinabblickte, ertappte er sich bei dem Gedanken, zu den Amerikanern überlaufen zu wollen.

Doch ehe die hier am Donau-Ufer standen, konnten noch anderthalb Jahre vergehen. Außerdem würde es auch eher die Rote Armee sein, die hier einmarschierte.

Alles war verloren, die Sache der Nationalsozialisten wie seine eigene.

Wenn Irmhild und die Kinder nicht gewesen wären, hätte er sich eine Kugel in den Kopf gejagt.

Er machte sich auf den Rückweg. Laufen betäubte. Was blieb ihm anderes übrig, als sich in die Erschöpfung zu flüchten?

Er hatte für seinen Aufenthalt in Wien eine kleine Wohnung mit Stube und Küche am Rande der Josefstadt in der Schlösselgasse zugewiesen bekommen.

Aber er fürchtete seine Einzelzelle, seine Gruft. Er fürchtete das Alleinsein. Wien war ihm furchtbar fremd, alles Österreichische eigentlich zuwider. Abartig, dass sie zum Blumenkohl *Karfiol* sagten, schrecklich ihr Singsang, wenn sie den Mund aufmachten. Wie sollte er hier Freunde finden?

Eigentlich kannte er hier in Wien nur einen einzigen Menschen: Bruno Lüdke. Und so pervers es ihm anfangs auch erschien, er hatte Sehnsucht nach dem »doofen Bruno«. Denn er war nicht nur ein Stück Berlin für ihn, er stand auch für die große Hoffnung, doch noch ganz weit nach oben zu kommen und als außergewöhnlich zu gelten. Er hing an Bruno Lüdke, wenigstens so, wie man an einem Haustier hing, das einen über Jahre hinweg durchs Leben begleitet hatte. Bruno Lüdke war ein Stück von ihm geworden, und wenn sie Bruno Lüdke hier zu Tode quälten, dann quälten sie auch ihn.

»Unsinn!«, rief er sich zu selbst. »Du spinnst ja, du gehörst in die Irrenanstalt!«

Doch er konnte nicht anders, als am Nachmittag zum Polizeigewahrsam zu laufen und die Wärter zu bitten, ihn zu Bruno Lüdke durchzuschließen. Schon deshalb, um ihm eine Schachtel Zigaretten zu bringen.

»Da war schon einer da, um den Lüdke zu sehen«, sagte der Wärter.

Franzke war erstaunt. »Wer denn?«

»Na, der Dr. Diex!«

»Ich kenne keinen Dr. Diex!«

»Na, der gehört zum Herrn Professor Schneider.«

Auch von dem hatte Franzke in Berlin nie etwas gehört.

Der Wärter wusste aber, welchen Instituten der Herr Professor vorstand.

»Ah ja, danke!« Kriminaltechnisches Institut, dachte sich Franzke, das war zu erwarten gewesen, aber Gerichtsmedizin ... Das klang nicht so gut.

Franzke fand Bruno in einem eher manischen Zustand, was ihn etwas beunruhigte.

»Ich habe gerade geträumt, Herr ... Herr ... Herr Kommissar.«

»Was denn?«

»Dass ich Wäsche ausfahre. Alleine. Vorne auf'm Kutschbock. Bis nach ... nach ... nach Lichterfelde.«

Schon die Erwähnung des Berliner Vorortes löste bei Franzke heftige Emotionen aus. Am Gardeschützenweg hatte er seine Irmhild gerettet, und mit der Einheirat in die Diemitz-Sippe hatte er zu träumen begonnen – vom Aufstieg, von künftiger Größe. Ohne den Gardeschützenweg hätte er sich nicht auf Bruno Lüdke gestürzt und ihn zum Massenmörder gemacht. Alles hing mit allem zusammen. Und wenn sein Vater, wenn Walter Franzke kein Nationalsozialist der ersten Stunde gewesen wäre, dann ... Er merkte, wie larmoyant er wurde und sich nur noch als Opfer sah.

Er griff in die Tasche und schenkte Bruno Lüdke die mitgebrachten Zigaretten.

Der freute sich mächtig.

Franzke konnte nicht anders, als an Wotan zu denken, den Schäferhund seines Vaters.

Der hatte sich genauso gefreut, wenn man ihm ein Stück Pansen hingeworfen hatte.

Alle hatten sie geweint, als Wotan gestorben war.

Bruno Lüdke darf nicht sterben! Franzke konnte nichts dafür, dass es ihm durch den Kopf schoss.

Etwas Kreatürliches war da hochgekommen. Zwei Lebewesen hingen symbiotisch zusammen, und ein jedes hatte Angst, vom anderen getrennt zu werden.

Franzke war bestürzt. Unfassbar, dass er einen schwachsinnigen und ungemein hässlichen Menschen wie diesen Bruno Lüdke nun als Bruder ansah. Er war krank, er gehörte in die Irrenanstalt. Diese Art von Identifikation mit einem Opfer war pathologisch. Ohne dass er dagegen ankam, dachte er darüber nach, ob es möglich wäre, für Bruno Lüdkes Rehabilitierung zu sorgen und dann seinen Schwiegervater zu bitten, ihn bei sich in der Fabrik als Hofarbeiter einzustellen.

Franzke hatte Angst vor dem, was sich in seinem Innersten abspielte.

Sicher war das auch anderen passiert, Saulus zum Beispiel, als er sich zum Paulus gewandelt hatte – aber noch nie einem so rationalen Menschen wie ihm. Vielleicht ging das so weit, dass er Bruno Lüdke in die Tötungsanstalt folgte, wenn sie ihn nach Grafeneck bringen sollten.

Nein, ausgeschlossen! Irmhild und die Kinder brauchten ihn, er war kein Heiliger.

»Is wat mit Ihnen?«, fragte Bruno Lüdke. »Weil Se so aussehen wie … wie … wie Braunbier mit Spucke.«

»Quatsch!«, rief Franzke. Deswegen so brüsk, weil er sich gegen seine eigene Gefühlsduselei zur Wehr setzen musste. Da starben in diesem Krieg Millionen intelligenter und tüchtiger Menschen, und er brach in Tränen aus, wenn es einem Idioten wie diesem Bruno Lüdke an den Kragen ging. Er musste sich immer wieder vor Augen halten, wie lächerlich das war.

»Wat werden Se nu machen mit mir?«, fragte Bruno Lüdke. »Ich sollte doch kommen in ein … ein … ein Schloss mit ville Pferde.«

»Das habe nicht ich zu entscheiden«, antwortete ihm Franzke in einem Ton, der amtlich klingen sollte.

»In Köbenig war es am schönsten.«

»Ja …« Franzke fragte sich, was er anders machen würde, wenn er die Chance bekäme, das Spiel des Lebens noch einmal neu zu beginnen. Das Abitur und dann? Er hätte nicht zur Polizei gehen sollen, er hätte nicht in die NSDAP eintreten sollen, sondern … Ja, was? Auswandern! In die USA! Dann wäre er in ein oder zwei Jahren als amerikanischer Oberst nach Deutschland gekommen und hätte hier das Sagen gehabt. »Ich ordne hiermit an, dass Bruno Lüdke als Kutscher bei der Berliner Müllabfuhr eingestellt wird und eine Pflegerin bekommt.«

Doch es gab kein Zurück, keine zweite Chance.

Er musste da weitermachen, wo er am 19. Dezember 1943 angekommen war.

»Halb Berlin liegt schon in Trümmern«, hatte ihm sein Schwiegervater am Telefon gesagt.

Mit seinem Leben sah es nicht viel anders aus.

Zeit gewinnen, retten, was noch zu retten ist, ging es ihm durch den Kopf. Er sprang auf, um in das Institut von Prof. Schneider zu eilen und herauszubekommen, was der und seine Leute mit Bruno Lüdke anstellen wollten – vor allem dieser Dr. Diex.

»Dünnschiss?«, fragte ihn Bruno Lüdke.

»Wieso?«

»Weil … weil … weil Sie so rennen tun.«

Franzke lachte. »Nein! Mir ist nur gerade was eingefallen.«

Bruno Lüdke sah aus dem Fenster und bemerkte, dass es gerade angefangen hatte zu schneien. Dadurch kam er auf das Dezember-Gedicht, das seine Schwester vor vielen Jahren tagelang mit ihm geübt hatte: *»Bricht der Dezember dann herein, / So fängt es sachte an zu schnei'n. / Der Tag wird kurz und lang die Nacht, / Nicht lange mehr, so friert's mit Macht. / Hurra, nun fängt der Winter an / Mit Schneeballschlacht und Schlittschuhbahn! / Das allerschönste aber ist: / Nun kommt er bald, der heil'ge Christ!«*

»Ach ja …«, seufzte Franzke. Man hatte ihm die Reise

zu seiner Familie nach Wolfshagen nicht genehmigt. Weihnachten würde er also allein in Wien feiern müssen. Allein? Er hatte ja Bruno, den Teufel von Köpenick …

Sensengasse 2. Das löste bei Franzke keine guten Assoziationen aus: der Sensenmann! Kam er zu Bruno Lüdke, kam er zu ihm selbst, kam er zu beiden?

Die Sensengasse lag zwischen dem Allgemeinen Krankenhaus der Stadt Wien und der Währinger Straße und war von der Schlösselgasse aus in ein paar Minuten zu erreichen.

Zu Fuß, versteht sich, denn an ein dienstliches Gefährt wagte Franzke nicht einmal zu denken. Dazu war er viel zu unbedeutend. Er war sogar so unbedeutend, dass ihn die Berliner bei Prof. Schneider nicht einmal angemeldet hatten, und so dauerte es eine Ewigkeit, bis er seine Legitimation im Falle Bruno Lüdke nachgewiesen hatte und zu Dr. Diex vorgelassen wurde.

Der kam aus einem Labor, trug einen weißen Kittel und gab sich den Anschein einer großen Kapazität auf dem Gebiet der Gerichtsmedizin.

So herablassend, wie er sich gab, erinnerte er Franzke an die schlimmsten Knallchargen aus dem Schauspielergewerbe, die er auf den Geburtstagen seiner Schwiegermutter kennengelernt hatte.

»Sie sind also der Bote, der uns den Bruno Lüdke überstellt hat?«

»Ja! Kriminalkommissar Heinz Franzke. Und ich hoffe nur, dass Sie nicht mit dem berüchtigten Maler Otto Dix verwandt sind, sonst müsste ich nämlich …«

Dix galt als »entarteter« Künstler.

Der Schlag saß, denn Dr. Diex war sichtlich verärgert. »Erlauben Sie mal! Ich schreibe mich mit *ie*.«

»O Pardon!« Franzke gab sich scheißfreundlich. »Ich habe nicht nur die Aufgabe gehabt, Bruno Lüdke nach Wien zu bringen, weil er in Berlin bei einem Bombentreffer auf die Untersuchungshaftanstalt entweichen könnte, sondern bin auch gehalten, alles, was hier mit ihm geschieht, sofort dem Amt V des RSHA zu melden, dem Herrn Reichskriminaldirektor Nebe.«

Das stimmte zwar nicht, war aber kaum zu widerlegen.

Dr. Diex zeigte sich in der Tat beeindruckt. »Gut! Setzen wir uns, und gestatten Sie mir, Ihnen darzulegen, was wir mit Lüdke zu tun gedenken.«

»Da bin ich aber mal gespannt.«

Dr. Diex ließ ihnen eine Melange kommen und zog dann seine Unterlagen aus dem Schreibtisch. »Zu Vergleichszwecken werde ich exakte Daten über Physiognomie, Rasse und Erbgut des Lüdke erheben. Aus Berlin habe ich schon Akten über seine verwandtschaftlichen Beziehungen angefordert. Bei Karl Großmann waren ja auch viele seiner Angehörigen Schwachsinnige.«

»Pardon!«, sagte Franzke. »Aber bei Bruno Lüdke ist der Schwachsinn nicht angeboren, sondern darauf zurückzuführen, dass er als Kind schwer gestürzt und mit dem Kopf aufgeschlagen war.«

Dr. Diex wurde förmlich. »Ich darf Sie doch bitten, es mir als Mediziner zu überlassen, die Psychopathologie der Oligophrenen zu beurteilen!«

Franzke verbeugte sich mit leiser Ironie. »Sehr wohl, Herr Professor!«

»Danke für die Blumen, Herr Franzke, aber diesen Titel will ich mir erst mit meinen Forschungen über Bruno Lüdke erwerben.«

Franzke erschrak, denn in diesem Odilo Diex erkannte er sich plötzlich selber wieder, wie zerfressen vom Ehrgeiz er gewesen war und wie er Bruno Lüdke als große Chance gesehen hatte, Karriere zu machen. Er hatte den Staffelstab sozusagen an Dr. Diex weitergereicht. Seine Idee war es gewesen, den »doofen Bruno« zum Massenmörder zu machen, der Plan des Österreichers ging dahin, anhand von Bruno Lüdke den Typ des schwachsinnigen Mannes festzulegen, der auszumerzen war, um in der Zukunft ein erbgesundes Volk zu haben. Franzke erinnerte sich daran, diesen Gedanken auch schon gehabt zu haben, als ihm sein Schulfreund Lothar Lemke von der Tötungsanstalt Grafeneck erzählt hatte.

Und nun? Nun ertappte er sich dabei, wie er um das Leben Bruno Lüdkes kämpfte. Franzke war nahe daran, aufzuspringen und mit dem Kopf gegen die Wand zu rennen. Niedersinken und vom Wahnsinn dieser Welt nichts mehr mitbekommen …

Dr. Diex fuhr ungerührt fort. »Ich denke ferner an ein Moulageverfahren, eine Abform-Prozedur also. Insbesondere ist mir an einer Abformung der Hände gelegen, der Hände eines Massenmörders.«

»Es gibt durchaus Einwände gegen seine Geständnisse«, wandte Franzke ein.

»Wie?« Dr. Diex zeigte sich verwundert. »Sie haben ihm doch selber über achtzig Morde nachgewiesen.«

Franzke wusste nicht weiter. Er hatte das Gefühl, Dr. Diex würde das Bild eines Fisches vor Augen haben, der sich im Netz verfangen hatte und verzweifelt zappelte. »Ja schon, aber … es hat noch kein Gerichtsverfahren stattgefunden, und Bruno Lüdke ist noch keinem Gutachter vorgestellt worden.«

Dr. Diex lachte. »Das ist doch jetzt meine Aufgabe! Und ich rechne dabei auf Ihre volle Unterstützung!«

»Aber selbstverständlich!« Das hatte Franzke fast devot gesagt, aber solange Dr. Diex ihn in Anspruch nahm, konnte er in Wien bleiben und versuchen, Bruno Lüdke beizustehen und alle anlaufenden Prozesse zu verzögern. Und irgendwann würden ja die Russen oder die Amis vor den Toren Wiens stehen …

Dreizehn

1944

Der Januar 1944 brachte keine Siegesmeldungen. Ganz im Gegenteil, in Nordrussland eroberten die vorrückenden sowjetischen Truppen Nowgorod, die Deutschen mussten nach neunhundert Tagen die Belagerung Leningrads beenden, und in Italien landeten die alliierten Truppen südlich von Rom bei Anzio, um dort einen Brückenkopf zu bilden. Am 20. des Monats wurde Berlin von mehreren hundert Bombern angegriffen, und schon zehn Tage später gab es die nächsten schweren Luftangriffe. *Die Feuerzangenbowle* erlebte ihre Premiere, und Heinz Rühmann als Hans Pfeiffer ließ die Menschen vorübergehend ihr Elend vergessen. Ins KaDeWe konnte man nicht mehr gehen, das war schon im November fast völlig ausgebrannt. Widerstandskämpfer und Gegner der Nationalsozialisten hofften noch immer auf den großen Schlag, obwohl Helmuth James Graf von Moltke am 19. Januar 1944 verhaftet und die Widerstandsgruppe »Kreisauer Kreis« zerschlagen worden war.

Dennoch fand Josef Goebbels Zeit, an Heinrich Himmler, in dessen Funktion als Reichsführer-SS und Polizeichef, folgenden Brief zu schreiben:

Als Gauleiter und Reichsverteidigungskommissar der Reichshauptstadt Berlin ist es mein Recht und meine Pflicht, dass der bestialische Massenmörder und Frauenschlächter Bruno

Lüdke keines normalen Henkertodes stirbt. Er soll seine scheußlichen Verbrechen wenigstens mit einem martervollen Tode sühnen. Ich schlage vor, ihn bei lebendigem Leibe verbrennen und vierteilen zu lassen.

Dr. Odilo Diex konnte diesen Brief nicht oft genug lesen, denn damit war klar, dass sie in Wien freie Hand hatten und mit Bruno Lüdke tun und lassen konnten, was immer sie wollten.

Sein engster Mitarbeiter, der Biologe Stephan Kremschitz, war ebenso begeistert wie er. »Aber wie soll das gehen?«, fragte Kremschitz. »Der gute Goebbels kennt sich im Mittelalter zu wenig aus, denn beides gleichzeitig ist wohl kaum möglich. Wenn wir den Lüdke vierteilen, wird er nicht mehr viel davon haben, wenn wir ihn anschließend verbrennen, und ist er erst verbrannt, wird er sich nicht quälen müssen, wenn wir ihn dann kunstvoll zerlegen.«

»Na, bei Ihnen ist das Liquidieren ja immer ruck, zuck gegangen«, sagte Dr. Diex.

Das bezog sich darauf, dass Kremschitz dabei gewesen war, als man auf Befehl Himmlers in Lublin nach Schließung von fünf SS-Betrieben 17000 jüdische Zwangsarbeiter ermordet hatte.

Kremschitz, der slowakische Vorfahren hatte, wusste, dass er immer etwas deutscher sein musste als die anderen, um nach oben zu kommen. Dass man ihn als Sadisten bezeichnete, störte ihn nicht, das kannte er vom Schulhof her. Da war er es gewesen, der den Fröschen die Beine ausgerissen und die Ameisen mit dem Brennglas gegrillt hatte. Seit Jahren war er damit beschäftigt, ein Buch über mittelalterliche Folterpraktiken zu schreiben. Und nur dann, wenn eine Frau ihn auspeitschte, kam er zum Orgasmus.

Dr. Diex war dieser Kremschitz zutiefst suspekt. Er selber bezog keine Lust daraus, wenn ein Lebewesen gequält wurde. Ihm ging es einzig und allein um naturwissenschaftliche Erkenntnisse. Demnach war es auch sein Bestreben, Bruno Lüdke möglichst lange als Versuchskaninchen zur Verfügung zu haben, während Kremschitz dem Wunsch Goebbels' am liebsten auf der Stelle entsprochen hätte.

Heinz Franzke fuhr aus dem Schlaf, weil neben ihm im Bett jemand gehustet hatte. Wie das, war Irmhild nach Wien gekommen? Nein, neben ihm lag Elfie. Er hatte sie vor einer Woche bei einem Tanzvergnügen im Prater kennengelernt.

Eigentlich studierte sie Medizin, aber sie arbeitete als Krankenschwester, weil ihr das sinnvoller erschien. Ihr Verlobter war an der Ostfront gefallen.

Franzke litt unter dem Ehebruch, den er da beging, aber ohne Elfie hätte er sich vermutlich erschossen oder erhängt.

Wozu noch leben? Es ging ja sowieso alles den Bach hinunter. Ein Volk, ein Reich, ein Führer – ein Untergang! Mitnehmen, was man mitnehmen konnte, ehe der Moment gekommen war, in dem man selber ins Gras beißen musste.

Und eine Österreicherin als Geliebte zu haben war noch einmal etwas, das ihn herausriss aus dem, was er die »Verdunkelung seiner Seele« nannte. Immer nur grübeln, immer nur die Tränen aus den Augen wischen und dabei denken: Aus und vorbei! Seine Stimmung hellte sich schon auf, wenn er sich daranmachte, Elfies Sprache zu lernen.

Zu komisch, dass sie *Bartwisch* statt Handfeger sagte und *Blunzn* zur Blutwurst, dass Buletten bei ihr *faschierte Laberln* waren und sie nicht Tomaten kaufte, sondern *Paradeiser*.

Da Elfie erst gegen Mittag im Krankenhaus sein musste und er ein Leben wie ein Arbeitsloser führte, konnten sie ausschlafen und in aller Ruhe frühstücken.

Elfie gähnte.

»Du bist doch nicht etwa immer noch müde?«, fragte er.

»Ach, geh! Mia ham schließlich in gonzn Obnd long Schmäh gfiat.«

»Da hat kurz vor Mitternacht noch einer geklingelt. War das dein anderer Liebhaber?«

»Heeaasd, i bin do ned bleed! Wooos waaasn ii, wea des woooa!«

»Soll ich dir 'n Ei kochen?«

»Mia hom koane. I bin gestern a hoibn Dog ummadumgrennt, woa in hundert Geschäften und hob nix gfunden.«

Er stand auf. »Du bist süß! Lass mich deine *Gugaschecken* küssen.«

Das waren, wie er bereits gelernt hatte, die Sommersprossen.

Er biss ihr leicht in die Unterlippe. »Endlich mal wieder Fleisch!«

»Willst mi pflanzn? Wäääßt, was mir gestern in der Kantine für än grääässliches Flääásch kriegt ham?«

Sie gingen zurück ins Bett, holten das letzte bisschen Lust aus ihren Körpern heraus und schliefen dann noch einmal tief und fest, bis sich Elfie *aufdackln* musste, um kurz vor zwölf zum Dienst zu gehen.

Franzke sah zu, wie sie sich schminkte. Alles war so unwirklich, dass er glaubte, in einer Irrenanstalt zu sein und ein Wahnbild vor sich zu haben.

Eigentlich hätte er doch in dieser Minute aus dem Polizeipräsidium am Alexanderplatz laufen, in das »Mordauto« springen und zum Tatort in Spandau fahren müssen. Eigentlich, an sich … ohne Krieg und ohne Bruno Lüdke. Nach Feierabend dann die Muthesiusstraße. Irmhild, die Kinder. Abends die Fortsetzung seines Jurastudiums, um Kriminalrat zu werden.

»Gibt es dich wirklich?«, fragte er Elfie. »Oder bilde ich mir nur ein, dass es dich gibt?«

»Nein! Mich gibt es nicht wirklich.« Wenn sie wollte, konnte sie durchaus hochdeutsch sprechen, und mit ihrem Wiener Akzent klang sie dann ungemein erotisch. »Die Welt ist nichts weiter als Wille und Vorstellung.« In der Schule hatte sie auch ein bisschen Schopenhauer gehabt.

»Die Welt existiert gar nicht wirklich, sondern nur in unserer Vorstellung?«, fragte er.

Elfie lachte. »Schön wär's! Beim *Schwejk* wollten sie sich alle treffen, um sechs Uhr nach dem Krieg. Bei uns werden sich nicht mehr viele treffen können.«

»Früher haben sie auch gesungen: Gott, erhalte Franz, den Kaiser! Heute singe ich: Gott, erhalte mir den Kutscher!«

»Du kommst überhaupt nicht mehr los von deinem Bruno«, sagte Elfie, während sie sich die Lippen schminkte.

Franzke lachte, wenn auch etwas gequält. »Das ist eben so bei siamesischen Zwillingen. Wenn sie ihn töten, muss ich zurück nach Berlin … zum Sterben. Entweder sie liquidieren mich mit einem Genickschuss, oder sie schicken mich an die Front.«

»Ach, geh! Du hast doch Beziehungen!«, rief Elfie.

»Aber keine, die ausreichen. Wenn es die Staatsräson gebietet, dann … Friedrich Wilhelm I. wollte sogar seinen eigenen Sohn hinrichten lassen, den späteren Friedrich den Großen.«

»Willst mi sekkieren?«, rief Elfie. »Das ist doch der, der unserer lieben Maria Theresia so viel Leids angetan hat. Hätte der Vater ihn man rechtzeitig …« Sie sah auf die Uhr. »Du, ich muss los!«

Franzke brachte sie noch bis zur Pforte des Allgemeinen Krankenhauses, dann war er wieder einsam und allein und wusste nicht, was er mit sich und seiner Zeit anfangen sollte. Manchmal war er kurz davor, zu den Kollegen von der Wiener Kriminalpolizei zu gehen und zu fragen, ob er ihnen nicht irgendwie bei der Arbeit helfen könne.

In Berlin hatte man ihn ganz offensichtlich vergessen. Jemanden totzuschweigen war ja auch eine Möglichkeit, sich seiner zu entledigen.

Als er an einem Postamt vorbeikam, überlegte er, ob er bei seiner Dienststelle anrufen und nachfragen sollte. Aber unter Umständen schlafende Hunde wecken? Nein! Vielleicht überlebte in diesen Zeiten ja nur, wer vergessen worden war.

Doch die Neugierde war stärker als seine Vorsicht, und so betrat er die Schalterhalle des Postamtes und suchte nach dem Schalter, an dem die Ferngespräche anzumelden waren. Die Schlange vor ihm war lang, und während er wartete, kamen ihm doch wieder Bedenken. Wenn sich nun Max Danke am Apparat meldete, dann würde es sich wie ein Lauffeuer verbreiten, dass er sich aus Wien gemeldet hatte, und ließ er sich mit Werner Togotzes verbinden, dann konnte auch das in die Hose gehen, denn im Zweifelsfalle hatten bei dem die Weisungen seiner Vorgesetzten Priorität und nicht die Bitten seines alten Freundes und Mitkämpfers Walter Franzke.

»He, bist deppat?« Der Mann, der hinter ihm stand, stieß Franzke an den Schalter, wo der Beamte ihn offenbar schon vergeblich nach seinen Wünschen gefragt hatte.

»Eine … eine … eine Berliner Nummer bitte!«, stammelte Franzke und erschrak, weil er nun auch schon so sprach wie Bruno Lüdke.

»Da hom wia viele, heast!«

Da er eben an seinen Vater gedacht hatte, nannte Franzke schnell die Steglitzer Nummer und bekam die Kabine 3 zugewiesen.

Als er hineingegangen war und den Hörer abgenommen hatte, war tatsächlich sein Vater am Apparat. »Na, das ist aber eine Überraschung! Lebst du also auch noch?«

»Ja! Wir hier in Wien haben ja keine Fliegerangriffe der Alliierten zu erleiden. Und bei euch?«

»Man weiß ja nie, wie die Bomben fallen«, kam es fatalistisch. »Aber bisher haben wir immer Glück gehabt. Unkraut vergeht nicht! Und du wirst ja nun auch bald wieder unter uns sein … im Luftschutzkeller!«

Franzkes Herz schlug schneller. »Warum denn das?«

»Na, weißt du denn nicht, was Goebbels an Himmler geschrieben hat?«

»Nein, woher?«

»Er hat geschrieben, dass Bruno Lüdke keinen normalen Henkertod sterben soll, sondern qualvoll umzubringen ist.«

Bruno Lüdke hatte seinen Spaß daran, mit den Händen im weichen Gipsbrei zu rühren. »Schöne Eierpampe!«, rief er und dachte daran, wie er mit seiner Schwester im Buddelkasten gespielt hatte. »Damals in … in … in Köbenig. Bei uns zu Hause. Da hab ich immer … immer … immer Wäsche ausgefahren.«

Der Bildhauer, den Dr. Diex angeheuert hatte, um Bruno Lüdkes Hände abzuformen, wurde langsam ungeduldig. »Stillhalten die Hände! Wir spielen hier nicht!«

Da der Bildhauer so aussah wie sein alter Lehrer Penningstorff, wenn der sich zu Fasching als Künstler verkleidet hatte, löste das bei Bruno Lüdke ganz bestimmte Erinnerungen aus, und er begann, aus *Auerbachs Deutschem Kinder-Kalender* zu rezitieren: »*Kommt dann der Februar herbei, / Verwandelt sich die Welt aufs neu: / Herein stürmt unter Paukenschall / Und Schellenklang der Karneval! / Maskiert geht Alt und Jung jetzt aus, / Musik ertönt aus jedem Haus, / Und alles bäckt und siedet jetzt / Was Mund und Zung' und Gaumen letzt.*«

»Bravo!« Der Bildhauer klatschte in die Hände. »Ich wusste gar nicht, dass ihr in Berlin auch Karneval feiert.«

»Ich komme nicht aus … aus … aus Berlin, sondern aus Köbenig.«

»Ah ja! Der Teufel von Köpenick!«

»Ja, da hat es einen gegeben. Der soll bei uns inne Straße gewohnt haben. Wenn Muttan und Vatan nicht so strenge sind zu einem, dann … dann … dann is es schlimm.«

»Weißt du denn, warum du in Wien bist?«, fragte der Bildhauer, während er wartete, dass der Gips aushärtete.

»Mitgenommen hat mir der … der … der Herr Franzke. Ich bin dem sein Diener. Der gibt mir immer was zu rauchen. Und der hat ein … ein … ein Schloss mit viele Pferde. Da werde ich mal Kutscher bei dem.«

Als der Bildhauer gegangen war, warf sich Bruno Lüdke auf seine Pritsche und starrte gegen die Decke. Er wollte nach Hause, nach Köbenig, und stellte sich vor, dass er bei Pennigstorff als Hausknecht arbeiten würde.

Er würde klingeln, und der alte Lehrer würde ihm aufmachen. »Hallo, Bruno! Schön, dass du kommst! Geh in den Garten, Holz hacken!«

Er würde Holz hacken und sich dabei geschickt anstellen. Dann würde er den Rasen mähen und den Tomaten Wasser geben.

Pennigstorff würde ihn loben. »Prima, Bruno!«

Die Tür flog auf, und zwei Österreicher kamen herein. Der eine in einem weißen Kittel.

War das ein Schlächter? Was wollten die hier?

Der andere hatte einen dunkelbraunen Anzug an.

Da fiel Bruno ein, dass die schon einmal in seiner Zelle gewesen waren und ihn gewogen und abgemessen hatten.

Der mit dem Anzug hatte ein Schnapsglas und eine Flasche Korn in der Hand.

»Ich trinke nur … nur … nur Limonade!«, rief Bruno Lüdke.

»Ich bin der Dr. Diex, und du trinkst das, was ich sage!«

»Ich darf keinen Schnaps trinken! Da sind Vata und Mutta sehr strenge zu mir.«

»Deine Eltern sind tot!«, sagte Kremschitz.

»Auch wenn sie tot sind!«, beharrte Bruno Lüdke. »Ich will keinen Schnaps!«

»Los, festhalten!«, sagte Dr. Diex.

Doch Bruno Lüdke war so stark, dass sie ihn nicht überwältigen konnten. Sie mussten erst zwei Wärter rufen, um ihm den Alkohol einflößen zu können.

Kremschitz setzte sich ans Fenster und notierte alles, was Bruno Lüdke sagte und machte.

Schluck für Schluck musste er trinken, bis er bewusstlos am Boden lag.

Franzke ging mit Elfie spazieren. Wie immer war alles so unwirklich, dass ihm schwindlig wurde, wenn sie an einer Ampel stehenblieben.

Kein einziges Haus in Wien war von Sprengbomben getroffen worden, nirgendwo ragten die bizarren Trümmer einer Ruine in den Himmel, kein einziges Gebäude war ausgebrannt und schreckte mit seinen leeren Fensterhöhlen. Und das alles im Februar 1944, wo doch in Berlin schon ganze Stadtteile in Trümmern lagen.

»Kein Wunder!«, sagte Elfie, als er ihr von seinem großen Staunen erzählte. »Wir sind ja alle Opfer von euch Piefkes. Wir sind schließlich von euch überfallen worden. Und als wir auf dem Heldenplatz jubeln sollten, ist keiner von uns hingegangen.«

»Warum gibt es einen Hitler?«, fragte Franzke, so leise, dass niemand sie hören konnte. »Stell dir mal eine Welt ohne Hitler vor! Was wäre dann wohl an diesem Tage?«

»Dann würden wir nicht Arm in Arm durch Wien schlendern.« Sie lachte und begann zu singen: »Glücklich ist, wer vergisst, was doch nicht zu ändern ist.«

»Was ist nur mit mir geschehen?« Franzke blieb stehen und sah Elfie in die Augen.

Die waren braun und nicht blau wie die von Irmhild.

Sie zuckte mit den Schultern. »Woher soll ich das wissen? Freud ist nach London gegangen, und ich bin Medizinerin und keine Psychiaterin. Im Menschen ist alles angelegt, und manchmal bleibt bei einem etwas verschüttet bis an sein Lebensende, manchmal aber bricht es hervor, wenn es ein extremes Ereignis gegeben hat.«

»Und mein extremes Ereignis ist Bruno Lüdke gewesen, oder?«

Elfie küsste ihn. »Ja! Und es ist gut für dich, dass es so gekommen ist.«

»Gut für mich?« Er wich einen Schritt vor ihr zurück. »Wäre mein Coup mit dem Teufel von Köpenick geglückt, dann wäre ich nach ganz oben gekommen, nach dem Endsieg jedenfalls.«

»Ein fürchterlicher Gedanke!«, rief Elfie.

»Und nun?«, fragte Franzke und spürte, wie sich seine Augen mit Tränen füllten. »Bruno Lüdkes Ende wird auch mein Ende sein. Ich habe alles verloren.«

»Nein!« Elfie umarmte ihn und besann sich auf einen Vers aus dem Lukasevangelium: »*Denn welchen Nutzen hätte der Mensch, ob er die ganze Welt gewönne und verlöre sich selbst oder nähme Schaden an sich selbst?*«

Damit waren sie am Donaukanal angekommen, überquerten ihn auf der Brücke an der Unteren Augartenstraße und standen dann vor dem Dienstgebäude an der Roßauer Lände 7–9, in dem Bruno Lüdke untergebracht war.

»Viel Spaß mit deinem Schützling!«, sagte Elfie.

»Eher meinem Opfer«, meinte Franzke.

»Dein größtes Opfer bist du selber! Adieu!«, sagte sie und ging die Türkenstraße in Richtung ihres Krankenhauses hinunter.

Er steckte sich eine Zigarette an und sah ihr hinterher, bis sie in der Schar der anderen Passanten verschwunden war.

»Hör auf zu jammern!«, hörte er sich sagen. »Augen zu und durch! Wunder gibt es immer wieder, und vielleicht kommst du aus dieser ganzen Scheiße wirklich lebend raus.«

Bruno Lüdke saß dumpf vor sich hin brütend auf seiner Pritsche und schien noch tiefer im depressiven Sumpf zu stecken als Franzke. Er war total verkatert.

»Hallo, Bruno!«, rief Franzke und warf seinem Massenmörder eine Schachtel Zigaretten auf die Bettdecke. »Steck dir eine an! Dann hast du sofort bessere Laune.« Jetzt erst merkte er, dass es in der Zelle nach Alkohol roch. »Sag mal, hast du dich betrunken?«

»Sie haben mir Gift gegeben zu trinken.«

»Wer?«, fragte Franzke, obwohl er sich denken konnte, dass es kein anderer als dieser Dr. Diex gewesen sein konnte.

»Na, der … der … der Doktor da.«

Franzke versuchte, Bruno Lüdke zu beruhigen. »Ja, der muss dich untersuchen, damit wir bald wieder zurückfahren können.«

»Die wollen mich totmachen!«, rief Bruno Lüdke.

»Ach was! Die brauchen dich als Kutscher. Du sollst Fiaker fahren, weil die keinen mehr haben, der Fiaker fahren kann.«

Bruno Lüdke begriff das nicht. »Ist das wie Wäsche ausfahren?«

»Ja, so was Ähnliches.«

»Nein! Die wollen mich totmachen!«, beharrte Bruno Lüdke.

»Wie denn?«, fragte Franzke.

»Mit dem Beil!«

»Ich passe schon auf, dass dich keiner totmacht«, sagte Franzke und ging zu Bruno Lüdke, um ihm den Arm um die Schulter zu legen.

»Bevor die mich totmachen, mache ich mich selber tot!«

Als Franzke die Zelle wieder verließ, dachte er, dass es das Beste wäre, wenn Wien an diesem Abend seinen ersten Bombenangriff erleben würde und es Bruno Lüdke und ihn dabei träfe.

Reiß dich am Riemen, rief eine Stimme in ihm. Und er bekam sich auch wieder in den Griff, als er die Währinger Straße erreicht hatte.

Jetzt gab es wahrscheinlich nur noch eine einzige Möglichkeit, um Bruno Lüdke zu retten: sein eigenes Geständnis. Wenn er aussagen würde, den Teufel von Köpenick frei erfunden zu haben, dann mussten sie Bruno Lüdke einfach gehen lassen und ihn dafür … Sollte er diesen Kuhlmey anrufen und dem alles beichten?

Er wandte sich schon in Richtung Postamt, doch dann zögerte er. So dumm kann doch kein Mensch sein, dachte er bei sich. Du hast eine Frau und fünf Kinder! Dich brauchen viele, den »doofen Bruno« braucht keiner! Und selbst wenn du die Wahrheit sagst, die Maschinerie lässt sich eh nicht mehr aufhalten.

Er hatte Elfies Stimme im Kopf. »*Denn welchen Nutzen hätte der Mensch, ob er die ganze Welt gewönne und verlöre sich selbst oder nähme Schaden an sich selbst?*«

Also fasste er sich ein Herz, ging ins Postamt und ließ sich mit Ulrich Kuhlmey verbinden.

»Herr Franzke, mit allem hätte ich ja gerechnet, aber nicht damit, dass Sie mich aus Wien anrufen. Wie geht's denn?«

»Schlecht!«, antwortete Franzke.

»Wieso denn das? Wien wird doch nicht etwa auch bombardiert?«

»Nein! Aber für Bruno Lüdke wird das hier ein einziges Martyrium.«

Kuhlmey staunte. »Das ist doch genau das, was Goebbels will. Und Sie als Parteigenosse und alter Kämpfer …«

»Aber wenn Bruno Lüdke nun unschuldig ist?«, rief Franzke.

»Wer schuldig ist, bestimmen nicht Sie!« Damit hatte Kuhlmey aufgelegt, wohl in der Annahme, dass alle Telefongespräche abgehört wurden.

Franzke ging in ein Beisl und bestellte sich einen Weinbrand nach dem anderen. »Nur im Suff lässt sich alles noch ertragen!«, murmelte er. Irgendwann sank er unter den Tisch.

Als er am nächsten Mittag erwachte, wusste er nicht mehr, wie er nach Hause gekommen war. Er fühlte sich furchtbar elend. Ein Blick in den Spiegel ließ ihn zusammenfahren.

Ein alter unrasierter und total heruntergekommener Mann starrte ihm entgegen. Ein Landstreicher, ein *Sandler*, wie sie hier in Wien sagten.

Gott, war es steil mit ihm bergab gegangen, dachte er nur. »Und alles nur wegen diesem dreimal verfluchten Bruno Lüdke!«, murmelte er.

Lange ließ er sich kaltes Wasser über Nacken und Gesicht laufen, dann ging es wieder. Gern hätte er einen starken Kaffee getrunken, er hatte aber keine Bohnen mehr. Malzkaffee, Kathreiner, hasste er. Ein Bier war besser.

Als er wieder einigermaßen klar denken konnte, setzte er sich an den Küchentisch, um einen Brief nach Wolfshagen zu schreiben. Einmal die Woche musste es sein. Er schraubte seinen Füllfederhalter auf und bemühte sich, schön deutlich zu schreiben, damit die Kinder alles selber lesen konnten.

Meine liebe Irmhild, meine lieben Kinder,
nun sind schon wieder sieben lange Tage vergangen, und meine Sehnsucht nach Euch wird immer größer. Wie gern wäre ich bei Euch in der Prignitz! Ich hoffe, Ihr seid wohlauf und die Schule macht weiterhin Spaß. Genießt das Landleben, denn nach dem Endsieg, wenn wir in Berlin alle wie-

der beisammen sein werden, wird es sehr turbulent zugehen. Ich warte hier in Wien, bis vom RSHA endgültig über Bruno Lüdke entschieden wird. Ich bin für ihn verantwortlich und muss auf ihn aufpassen. Ihr werdet ja gelesen haben, was für ein Teufel er ist. Es ist meine Aufgabe, das deutsche Volk vor ihm zu schützen. Da bleibt mir nur wenig freie Zeit, und die verbringe ich entweder allein im einem Lokal, einem Beisl, wie man hier sagt, oder mit meinem neuen Freund Ernst, einem Arzt, der etwas jünger ist als ich.
So, jetzt muss ich wieder zum Dienst. Ich grüße und küsse Euch!
Dein Heinz und Euer Vater

Das Lügen fiel ihm noch immer schwer, und er kam sich furchtbar schmutzig vor.

Augen zu und durch! Durchhalten! Bis zum bitteren Ende …

Er fühlte sich schwach und sah sich als Greis durch die kleine Wohnung schlurfen. Immerhin schaffte er es, sich anzuziehen und zu rasieren. Bevor er Elfie traf, musste aus dem Landstreicher wieder ein vorzeigbarer Kriminalkommissar gemacht werden. Vor sechs Uhr abends war aber mit der Geliebten nicht zu rechnen. Bis dahin musste er sehen, wie sich die Zeit am besten totschlagen ließ. Also ging er ein wenig spazieren und kaufte sich anschließend eine *Koralle* und einige andere Illustrierte.

Als er gerade auf dem Weg zur Wohnungstür war, wurde draußen geklingelt.

Er fuhr zusammen. Die Gestapo, mein Gott, dachte er nur. »Ja, bitte, wer ist denn da?«, rief er schließlich durch die Tür hindurch.

»Dr. Diex!«, kam es von draußen.

Gott sei Dank, er konnte aufatmen. »Ja, warten Sie! Ich mache auf.«

Er begrüßte den Arzt, ließ ihn eintreten und wies ihm den Weg zur Küche, wo es noch am ordentlichsten aussah.

Dennoch rümpfte der Österreicher die Nase. »Herr Franzke, Sie ahnen, weswegen ich gekommen bin?«

»Wegen Bruno Lüdke?«

»So ist es!« Dr. Diex setzte sich. »Ich möchte Sie bitten, dass das, was ich Ihnen jetzt sage, unter uns bleibt.«

»Ja, selbstverständlich!«, beteuerte Franzke.

»Wir, damit meine ich meinen Chef und mich, wir mögen zwar ganz gern hin und wieder mit Menschen experimentieren, aber unser Institut ist nicht dazu da, sie zu töten.«

»Ich verstehe«, sagte Franzke und lief, kaum dass Dr. Diex wieder gegangen war, zum Postamt, um ein Telegramm an den Kriminaldirektor Werner Togotzes zu schicken:

eilt sehr stop sofort vorlegen stop krim medizinische untersuchungen mit l in etwa acht tagen abgeschlossen stop prof sch lehnt liqui ab stop verweist auf kurierbericht an ss gruppenfuehrer nebe v ersten maerz 44 stop erwarte hier durch fs weitere weisungen stop heil hitler stop kk franzke

Die Reaktion aus Berlin ließ nicht lange auf sich warten. Nachdem Arthur Nebe von seinem Telegramm am 2. März 1944 Kenntnis genommen hatte, erreichte Franzke am 3. März die Nachricht, dass sein weiterer Aufenthalt in Wien nicht erforderlich sei:

ohne l zurueckkehren stop rkpa regelt weiteres

Nun galt es also Abschied zu nehmen. Von Elfie und Bruno. Oder von sich selber und dem Leben?

Der Freitod schien ihm der einzige Ausweg aus seinem Dilemma zu sein. Doch er verwarf den Gedanken, sich auf dem Dachboden seines Mietshauses aufzuhängen.

Nein, so feige war er nicht. Vielleicht war er aber auch nur zu feige dazu.

Den Gedanken, Elfie, seine Familie, sein Berlin nie wiederzusehen, ertrug er nicht. Seine Wandlung war schlagartig und über Nacht gekommen, niemand konnte in die Zukunft sehen, und vielleicht gab es doch ein Leben nach Hitler, auch für ihn, und dann half es ihm vielleicht, wenn er nachweisen konnte, wie sehr er sich bemüht hatte, Bruno Lüdke zu retten. Ihn zum Teufel von Köpenick zu machen sei ein Irrtum gewesen, besser noch: ein Coup, um die NS-Führung zu narren.

Beim Gedanken an all dies wurde sein Selbsthass so unerträglich, dass er am liebsten aus dem Fenster gesprungen wäre, um Ruhe vor sich selbst zu haben. Er wusste ganz genau, was er war: eine elende Kreatur, durch und durch verabscheuungswürdig.

Nein, es steckt in mir drin, dachte er. Ich kann nichts dafür, und ich bereue alles, was ich getan habe. Ich will ja auch für alles büßen.

Waschlappen du! Ertrage es wenigstens mannhaft, ein großes Schwein zu sein!

Zum letzten Mal ließ sich Franzke zu Bruno Lüdke durchschließen.

Was wäre gewesen, wenn sie sich nie getroffen hätten?

Bruno Lüdke hätte es wahrscheinlich geschafft, als Hilfsarbeiter über die Runden zu kommen, in irgendeiner Nische das NS-Reich zu überleben, und ihm wäre es erspart geblieben, als gebrochener Mann durchs Leben zu gehen, als seelischer Krüppel.

»Es tut mir leid!«, sagte er zu Bruno Lüdke und fand Zuflucht zum Vaterunser: »Vergib uns unsere Schuld, wie wir vergeben unseren Schuldigern …« Dann umarmte er Bruno Lüdke und hatte die Worte Adolf Hitlers im Kopf: Weißt du nicht, wie der deutsche Mann zu sein hat? *Hart wie Kruppstahl, zäh wie Leder! … Eine gewalttätige, herrische, unerschrockene, grausame Jugend will ich. Es darf nichts Schwaches und Zärtliches an ihr sein. Das freie, herrliche Raubtier muss erst wieder aus ihren Augen blitzen.*

Franzke, Menschen wie du gehören ins KZ, dachte er bei sich. Überwältigt von der Dramatik dieser Szene, taumelte er aus Bruno Lüdkes Zelle und verfluchte alles, was sich verfluchen ließ: sich, den »doofen Bruno«, das RSHA und Adolf Hitler.

Die letzte Nacht mit Elfie lag vor ihm. Schnell war ihm klar, dass ihm die Kräfte für diesen zweiten Abschied fehlen würden. Also schrieb er ihr einen Brief und dankte ihr für alles, was sie ihm gegeben hatte. Einer der Kernsätze lautete: *Das Schicksal schlägt ja so manche Volte, und wer weiß, wann und wo wir uns einmal wiedersehen werden.*

Er trug den Brief zum Krankenhaus, schenkte dem Pförtner eine Zigarette und bat ihn, Fräulein Köcking das Kuvert zu überreichen.

Wie also nun die letzte Nacht in Wien verbringen?

Allein in seiner Wohnung, seiner Zelle? Das hielt er nicht aus.

Nachdem er sich bei seinen Wiener Verbindungsleuten abgemeldet hatte, packte er also seine Sachen und fuhr zum Südbahnhof, trug sein Gepäck zur Aufbewahrung und setzte sich in den Wartesaal. Dort war er wenigstens unter Menschen und in Sicherheit vor sich selbst.

Bald merkte er, dass es ein Fehler gewesen war, sich hierher zu flüchten, denn jede Stunde dehnte sich zu einer kleinen Ewigkeit. Da half es auch nichts, wenn er las, vor sich hin döste oder sich noch einen Gespritzten bestellte. Die Nacht wollte einfach nicht vergehen.

Endlich war er eingenickt, da rüttelte jemand an seiner Schulter. »Heinz, aufwachen! Ich bin's!«

Er brauchte einige Sekunden, bis er realisiert hatte, dass es Elfie war. »Bin ich noch in Wien oder schon im Jenseits?«

Sie küsste ihn. »Was wäre dir denn lieber?

»Im Jenseits!«

Sie setzte sich ihm gegenüber.

Ihr Tisch war klein und stand genau am Eingang zur Toilette, so dass sie, obwohl der Wartesaal ansonsten brechend voll war, miteinander reden konnten, ohne dass jemand mithörte, weder der Feind, der schwarz und drohend von den Plakaten grüßte und »Pst!« machte, noch die Freunde von der Gestapo.

Das Licht war schwach, Rauch waberte durch den Raum, es stank nach Tabak, Schweiß, Bier und billigen Speisen.

»Sehr romantisch hier!«, sagte Elfie.

Franzke lachte. »Erwartest du einen Heiratsantrag von mir?«

»Vielleicht!«, antwortete sie.

Er zuckte regelrecht zurück. »Ich bin doch noch nicht einmal geschieden!«

»Und willst es auch gar nicht.«

»Nein ...« Er machte eine kleine Pause. »Ich will eigentlich gar nichts mehr.«

»Aber du fährst zurück nach Berlin?«

Franzke stieß einen tiefen Seufzer aus. »Ich muss, ich bin so dressiert.«

Elfie fixierte ihn. »Was möchtest du denn stattdessen?«

»Fliehen! Mit dir! Nach Argentinien, nach Afrika, ein zweites Leben anfangen.«

Sie steckte sich eine Zigarette an und blies ihm den Rauch ins Gesicht. »Du Lügner, du! Du weißt doch genau, dass es aus dem Kessel Groß-Deutschland kein Entrinnen mehr gibt.«

Franzke spielte mit seinem Bierdeckel. »Wenn das hier ein UFA-Film wäre, wie würde der dann ausgehen?«

Elfie Köcking überlegte. »Mit oder ohne Endsieg?«

Franzke sah sich um. »Ohne!«

»Dann liegst du, nachdem Berlin von der Roten Armee erobert wurde, in einem Lazarett, einer unter Tausenden, und ich arbeite dort als Ärztin. Ich entdecke dich, ich rette dich, und wir beide gehen herrlichen Zeiten entgegen.«

»Und Irmhild und die Kinder?«, fragte er.

»Irmhild lernt einen Offizier der Amis kennen und geht mit ihm und den Kindern in die Vereinigten Staaten.«

»Gut! Ich nehme dich beim Wort.«

»Nimm mich lieber in die Arme!«

Das tat er, und es dauerte nicht lange, und sie war eingeschlafen.

Es war tröstlich, nicht allein zu sein, aber es stimmte ihn auch unendlich traurig, denn so, wie die Dinge lagen, würden sie sich in diesem Leben nie wiedersehen.

Wehe den Besiegten! Und alle Völker ringsum – die Schweizer, die Schweden, die Spanier, Portugiesen und Iren einmal ausgenommen – hatten mit den Deutschen eine Rechnung zu begleichen, die größer war als alle Rechnungen, die es auf dieser Welt bisher gegeben hatte.

Draußen pfiff die Lokomotive – sein Zug. Das Gepäck war noch zu holen.

Er weckte Elfie.

Sie war im Nu hellwach und lief mit ihm in Richtung der Gepäckausgabe.

»Ich fühle mich wie vor meiner Hinrichtung«, sagte er. »Aber dann wäre wenigstens alles überstanden.«

»Komm mit nach Hause! Ich verstecke dich bei meinen Eltern im Burgenland.«

Er blieb stehen. »Elfie …« Er hielt inne, denn er wusste, dass ihn nie wieder jemand so lieben würde wie sie. Und dass es vorher niemand getan hatte.

»Ja?«, fragte sie, und ihre braunen Augen glänzten.

Franzke ließ sie los. »Nein! Ich habe schon den Bruno ins Unglück gestürzt, ich will dich nicht auch noch …«

»Depp, du!« Sie wandte sich um und rannte in Richtung Ausgang.

Franzke folgte ihr nicht. Er war zu schwach dazu, er konnte nur noch eines: sich treiben lassen und alles so hinnehmen, wie es kam.

Mit letzter Kraft erreichte er sein Abteil und brach fast zusammen, als er seinen Platz gefunden hatte.

Den Koffer mussten andere ins Gepäcknetz wuchten.

Der Zug ruckte an und gewann langsam an Fahrt. Wien blieb zurück.

»Adieu, Elfie! Adieu, Bruno! Verzeiht mir! Ich kann nicht anders.«

Vierzehn

1944

Das Berlin vom März 1944 war noch nicht das Berlin vom Mai 1945, aber langsam näherte es sich seinem finalen Zustand am Ende des Dritten Reiches. Am 16. Februar 1944 hatte es den bislang größten Einzelangriff der Royal Air Force gegeben. Achthundert Bomber hatten, so sollte es später in den Statistiken stehen, 2643 Tonnen Spreng- und Brandbomben abgeworfen. Neben Wohngebieten in Kreuzberg und Charlottenburg waren Marienfelde und Siemensstadt Ziele der Alliierten gewesen.

Die Berlinerinnen und Berliner sangen mit leicht ironischem Unterton das Lied, das Fred Raymond in einer Propagandakompanie der Wehrmacht komponiert hatte: *Es geht alles vorüber, es geht alles vorbei.* Wenn kein Bonze oder Nachbar dabei war, der einen bei der Gestapo verpfeifen konnte, summten sie auch: »Es geht alles vorüber, es geht alles vorbei, zuerst Adolf Hitler, dann seine Partei.« Wer weniger wagte, beließ es bei »… im Monat Dezember gibt's wieder ein Ei« oder »… mein Mann ist in Russland, ein Bett ist noch frei«.

Fast drei Monate hatte Heinz Franzke in Wien verbracht, doch als er nun wieder in seinem gewohnten Bett in der Muthesiusstraße lag und jeden Morgen mit der Straßenbahn zum Alexanderplatz fuhr, war diese Zeit wie weggewischt. Wien erschien ihm wie eine Krankheit, von der er schnell geheilt worden war, seit er sein altes Leben in Berlin wiederaufgenommen hatte.

Der Grund dafür war nicht zuletzt sein Vater, denn der hatte ihm bei seiner Rückkehr tüchtig den Kopf gewaschen, »mächtig zusammengeschissen«, wie Walter Franzke es ausdrückte. »Wenn ich solche Töne jemals wieder von dir hören sollte, dann bist du nicht mehr mein Sohn, dann bist du reif für die Prinz-Albrecht-Straße! Dahin gehören alle Verräter, die unsere heilige Sache mit Füßen treten. Und hör mir auf mit diesem Bruno Lüdke! Wenn der wirklich nur ein oder zwei Morde begangen haben sollte oder meinetwegen auch gar keinen, so ist er dennoch ein Untermensch, der vom Erdball verschwinden muss, den man erschlagen muss wie eine Ratte, wie alles Ungeziefer. Wozu kämpfen und sterben wir denn? Um die Menschheit zu lichten Höhen zu führen! Und niemand am Alexanderplatz wird dich dafür an den Pranger stellen, dass du im Fall Lüdke ein wenig übers Ziel hinausgeschossen bist. Das habe ich mit meinem Freund Werner Togotzes schon alles besprochen. Du kehrst ohne Murren an deinen alten Platz zurück, verstanden! Wie ein deutscher Mann und nicht wie eine Memme! Und wenn du noch einmal ›Auf Wiedersehen!‹ sagst statt ›Heil Hitler!‹, dann trete ich dir dermaßen in den Hintern, dass du von Steglitz bis zum Alex fliegst!«

Auch wenn Walter Franzke längst nicht mehr der stramme Nationalsozialist war, als der er sich gab, so glaubte er doch, seinen Sohn derart hart angehen zu müssen, denn er fürchtete, dass der sich nun völlig fallen ließ und damit in diesen Zeiten erst recht verloren war.

Wie auch immer, es hatte ganz den Anschein, als hätte Heinz Franzke seine »Wiener Krankheit«, wie sein Vater das nannte, überwunden. Seine Beförderung zum Kriminalhauptkommissar trug aber auch wesentlich dazu bei.

Während einer kleinen Feier in seinem Dienstzimmer

nannte ihn Werner Togotzes einen unentbehrlichen Teil seiner Gefolgschaft und betonte seine Verdienste im Fall Bruno Lüdke. Mit Fleiß und Inspiration habe er es geschafft, den Teufel von Köpenick unschädlich zu machen.

»Ich hoffe, Heinz, du bist nun völlig auskuriert.«

»Ja, Vater!«

So fuhren sie denn beide mit einem Lieferwagen, den Walter Franzke organisiert hatte, nach Wolfshagen. Da das Gefährt mit Holzgas betrieben wurde, schlichen sie nur über die Landstraßen und waren erst am Mittag vor Ort.

Die Kinder sprangen jubelnd an ihrem Vater hoch, als sie ihn sahen. Auch Irmhild kam ihm mit offenen Armen entgegen.

Als Franzke sie umschlang und küsste, hatte er kein schlechtes Gewissen. In Wien war er nie gewesen, eine Elfie Köcking hatte es in seinem Leben nicht gegeben.

In Berlin hatte nahezu jedes Haus einen Luftschutzkeller, den man beim Aufheulen der Sirenen aufzusuchen hatte, und wer dienstlich oder privat unterwegs war, tat gut daran, sich vorher zu informieren, wo im Falle eines Alliierten-Angriffs ein Luftschutzbunker zu finden war. Im Stadtgebiet waren sieben große Luftschutzbunker entstanden, zumeist Hochbunker, hinzu kam der »Führerbunker«.

Franzke und Max Danke, die mit der Aufklärung eines Mordes in der Kantstraße befasst gewesen waren, flüchteten sich am 24. März 1944 beim Großangriff auf die Berliner Innenstadt in den großen Zoobunker am Rande des Tiergartens.

»Hier wirste ja zusammengetrieben wie det Vieh im Zentralviehhof«, brummte Max Danke. »Nein, danke!«

Die Enge, der Mief und die Leute, die entweder fürchterlich überdreht waren oder aber wie Geisteskranke dumpf vor sich hin starrten, waren nur schwer zu ertragen. Schnell hatte man in diesem Labyrinth aus Beton jegliche Orientierung verloren. Noch eine Treppe, noch ein Gang …

Irgendwo fanden Max Danke und Franzke einen Platz auf einer Bank.

Max Danke glänzte mit seinem Wissen. »Weißt du eigentlich, dass hier im Turm auch der Stab der 1. Flakdivision und der Flakscheinwerfergruppe Berlin untergebracht ist?«

»Nein«, musste Franzke bekennen.

»Dann weißt du sicher auch nicht, wie der Chef der Flakscheinwerfergruppe heißt.«

»Nein.«

»Paul Hasenfuß, Oberst Paul Hasenfuß!« Max Danke hatte daran seine kindliche Freude. »Aber hier oben auf dem Flakturm kann er ja auch schlecht weglaufen. Und kannst du dir denken, wer noch hier ist? Die Erna Sack!« Er begann zu singen: »Du hast Glück bei der Flak, Erna Sack.«

Franzke verzog das Gesicht. Er wusste, wie sehr Irmhild und seine Schwiegermutter die Kammersängerin aus Spandau schätzten und davon schwärmten, dass sie mit ihrer extremen Sopranstimme sogar die Tonhöhe des viergestrichenen C erreichen konnte. Er selber bekam immer Zahnschmerzen, wenn er die Sack singen hörte.

Nach anderthalb Stunden gab es Entwarnung, und Franzke lief nach Hause.

Straßenbahnen fuhren keine. Wie denn auch – durch Bombentrichter hindurch und bei einer zerfetzten Oberleitung?

Überall brannte es, und immer wieder musste er sich den Schal vor den Mund pressen, um überhaupt atmen zu können, so voller Rauch waren die Straßen.

Franzke nahm das alles derart stoisch hin, dass er sich manchmal wie Bruno Lüdke vorkam.

Vielleicht konnte man die Welt nur noch ertragen, wenn man nicht intelligenter war und nicht mehr fühlte als ein

Hund oder eine Katze. Wer versuchte, alles zu verstehen, der konnte sich gleich einen Strick nehmen.

Was er am meisten fürchtete, waren nicht etwa die Bomben, sondern das Alleinsein in der großen Wohnung in der Muthesiusstraße. Dass ihm Irmhild und die Kinder einmal so fehlen würden, hätte er sich vor ihrer Evakuierung nach Wolfshagen nicht vorstellen können. Einen Abend hielt er es noch durch, dann beschloss er, übers Wochenende zu seinen Eltern in die Albrechtstraße zu ziehen. Besser dort in der Besenkammer übernachten, dachte er, als zu Hause im pompösen Schlafzimmer, in dem er allein war.

Als er kurz vor Mitternacht das Lokal betrat, fand er seine Mutter in Tränen aufgelöst hinter dem Tresen.

»Was ist denn passiert?«

»Walter ist tot!«

Sein Vater hatte gerade bei einem kranken Freund gesessen, der im Theater in der Kommandantenstraße 57 als Hausmeister beschäftigt war, als das Gebäude einen Volltreffer abbekommen hatte.

Die Beerdigung fand am 6. April auf dem Friedhof an der Bergstraße statt. Irmhild und die Kinder waren aus Wolfshagen angereist, und alles, was Diemitz hieß, hatte sich eingefunden.

Franzke hatte es aufgegeben zu denken und zu fühlen, er staunte nur noch und ließ sich treiben. Manchmal schien es ihm, als würde er sich wie ein Tier im Winterschlaf verhalten, mit Körperfunktionen, die auf das Nötigste reduziert waren. Vielleicht ließ sich so überleben. Dabei funktionierte er nach außen hin wie immer, sah in stiller Trauer die Leute an, die ihm kondolierten, und bat alle in wohlgesetzten Worten zum Leichenschmaus in ein nahe gelegenes Café.

»Was macht denn dein Bruno Lüdke?«, fragte sein Schwiegervater.

»Keine Ahnung!«

Bruno Lüdke starb am 8. April 1944 um vierzehn Uhr im Gebäude Roßauer Lände 7–9 in Wien.

In seiner Sterbeurkunde, datiert vom 26. April 1944, wurde als Todesursache angegeben: *Kleinschwielige Herzfleischentartung, Erweiterung der rechten Herzkammer, Herzlähmung.*

Der 18. April 1944 war ein Dienstag, und man traf sich im Reichskriminalpolizeiamt zur abschließenden Besprechung der Mordsache Lüdke. Teilnehmer waren Kriminaldirektor Werner Togotzes, die Kriminalräte Wehner und Krause sowie Kriminalhauptkommissar Heinz Franzke.

Franzke hatte noch immer nicht richtig realisiert, dass »sein« Bruno nicht mehr am Leben war.

Es sprach alles dafür, dass dieser Dr. Diex ihn mit einer Zyankali-Injektion getötet hatte, doch Genaueres war nicht zu erfahren gewesen. Auch Togotzes hatte durchblicken lassen, es nicht zu wissen.

Bruno Lüdke war tot, der Fall wurde zu den Akten gelegt, und er selber, Heinz Franzke, konnte seinen Traum, jemals ein außergewöhnlicher Mensch zu werden, endgültig begraben.

Das waren die Fakten. Er nahm sie derart gleichmütig hin, als hätte ihn jemand in Hypnose versetzt. Er fühlte sich nur noch als Schlafwandler.

»Der Reichsminister der Justiz, Herr Dr. Janning, hat sich die Akten im Mordfall Lüdke ausgebeten«, begann Togotzes. »Aus diesem Grund müssen sie bis Ende des Monats abgeschlossen und bereinigt werden. Des Weiteren sind wir angehalten worden, die einzelnen Staatsanwaltschaften und Kriminalpolizeileitstellen über Lüdkes Tod in Kenntnis zu setzen, ohne ihnen aber die genaue Todesursache mitzuteilen. Das Ableben wird im amtlichen Standesamtsregister in der üblichen Form registriert.«

»Und werden die Angehörigen des Lüdke unterrichtet?«, fragte Wehner.

Togotzes überlegte einen Augenblick. »Ja. Das wird der Kollege Franzke übernehmen.«

Am 21. April 1944, einem Freitag, saß Franzke in der S-Bahn nach Köpenick.

Der *Völkische Beobachter* war voll von Berichten über den großen Bombenangriff, den die deutsche Luftwaffe mit 125 Flugzeugen auf London unternommen hatte. Das sprach dafür, dass der Endsieg doch noch möglich war.

Franzke konnte glücklich sein, dass die Sache mit Bruno Lüdke so glimpflich für ihn ausgegangen war. All seine Ängste, dass es ihn den Kopf kosten könne, waren umsonst gewesen. Nach Kriegsende würde alles vergessen sein und seiner Beförderung zum Kriminaldirektor nichts mehr im Wege stehen. Spätestens 1958 würde es so weit sein, dachte er, wenn er fünfzig wurde.

Nun war nur noch darauf zu achten, dass die Geschwister kein großes Theater machten, wenn sie erfuhren, dass Bruno Lüdke in Wien verstorben war. Am liebsten hätte er ihnen die Botschaft telefonisch überbracht, doch sie besaßen keinen Anschluss. Da war er schließlich auf die Idee gekommen, Penningstorff zu bitten, Brunos Schwestern zu sich nach Wendenschloß kommen zu lassen und sie schonend auf seinen Besuch vorzubereiten.

Der alte Lehrer hatte nicht nein sagen können, zum einen wegen seiner tiefen Menschlichkeit, zum anderen aus der Angst heraus, wegen seiner Nähe zum kirchlichen Widerstand Schwierigkeiten zu bekommen und schlafende Hunde zu wecken.

Doch obwohl Franzke alles gut vorbereitet hatte, misslang ihm seine Mission, denn die beiden Schwestern waren kaum zu beruhigen.

»Unser Bruno ist so unschuldig wie ein neugeborenes Kind! Der hat niemanden ermordet! Das haben Sie ihm alles nur in die Schuhe geschoben!«

Franzke wand sich. »Es gibt Beweise dafür, dass er mindestens drei Frauen ermordet hat.«

»Nur *einer* ist hier ermordet worden!«, schrie die Schwester, die Bruno Lüdke immer aus *Auerbachs Deutschem Kinder-Kalender* vorgelesen hatte. »Unser Bruno ist ermordet worden! Unten in Wien!«

»Bitte ...« Penningstorff legte der Frau die Hand auf den Arm, um sie zu beruhigen.

»Ihr Bruder ist an Flecktyphus gestorben«, sagte Franzke.

»Passen Sie mal auf, dass Sie nicht an Flecktyphus sterben oder, wenn der ganze Spuk hier vorbei ist, nicht ...«

Weiter kam sie nicht, denn Penningstorff hatte ihr den Mund zugehalten.

Werner Togotzes wusste genau, dass der Mordfall Bruno Lüdke kein Ruhmesblatt für ihn und die Berliner Kripo war und alles unternommen werden musste, um die Sache so schnell wie möglich unter den Teppich zu kehren. Er telefonierte mit der Spitze des Reichskriminalpolizeiamtes. »Zur Vermeidung einer öffentlichen Diskussion des Falles muss verhindert werden, dass Lichtbilder des Lüdke verbreitet werden. Auch die Erstellung eines Abschlussberichtes ist zu untersagen. Desgleichen sollte eine Veröffentlichung der Mordsache Lüdke in Fachzeitschriften wie *Die Kriminalistik* unterlassen werden.«

Von den 84 Morden, die Bruno Lüdke zugegeben hatte, sollten nur die drei Erwähnung finden, die in der Bevölkerung für große Unruhe gesorgt hatten und bei denen seinerzeit andere Volksgenossen im Verdacht der Täterschaft gestanden hatten. Der Reichsführer-SS Heinrich Himmler wies das Reichspropagandaministerium an, für den Abdruck einer vorbereiteten Presseerklärung in den lokalen Blättern zu sorgen, in deren Verbreitungsgebiet diese drei Morde geschehen waren. Andere Zeitungen durften sie nicht übernehmen.

Nachfragen zuständiger Staatsanwaltschaften aus dem gesamten Reichsgebiet sollten dahin gehend beschieden werden, dass die entsprechenden Akten nach Berlin zu übersenden seien, da auf Anordnung des Reichsjustizministers Dr. Janning die Aburteilung Lüdkes in einem Sammelverfahren durch ein Sondergericht bei der Staatsanwaltschaft Berlin erfolgen werde.

So wurden alle Akten in Berlin gesammelt, und Togotzes konnte die Anweisung geben, sie »als Archivmaterial« zu behandeln. Sie bei geeigneter Gelegenheit, das heißt beim nächsten Bombenangriff, verschwinden zu lassen konnte so schwer nicht sein.

Fünfzehn

1945

Am 23. April 1945 gab das Oberkommando der Wehrmacht bekannt:

Berlin muss gehalten werden. Alle Verteidiger der Reichshauptstadt sind jetzt nur noch von dem Willen beseelt, den bolschewistischen Feind, wo immer er auftaucht, vernichtend zu schlagen. In die Verteidigungsfront hat sich neben Wehrmacht und Volkssturm die Zivilbevölkerung eingereiht. Männer, Frauen und Jugend geben der kämpfenden Front Hilfe und Unterstützung, wo sie nur können. In den bedrohten Bezirken der Reichshauptstadt hat die Partei eine neue Feuerprobe bestanden. Amtsträger und Parteigenossen haben mit Panzerfaust, Maschinenpistolen und Karabinern an Straßenkreuzungen Aufstellung genommen, um den Feind bei seinem Erscheinen sofort zu bekämpfen. Weder schwere Verluste noch stärkster Materialeinsatz der Bolschewisten haben die Männer der Partei zu erschüttern vermocht. Zusammen mit den Kameraden der Wehrmacht und des Volkssturms haben sie sich der schwierigsten Lage gewappnet gezeigt …
Die Schlacht um die Reichshauptstadt ist in voller Heftigkeit entbrannt. Südlich der Stadt fingen unsere Truppen starke Panzerkräfte der Bolschewisten an der Linie Beelitz-Trebbin-Dahlewitz auf. Der verlorengegangene Bahnhof Köpenick wurde im Gegenstoß wieder genommen.

Dass dies den deutschen Truppen gelang, war nicht zuletzt ein Verdienst des Leutnants Heinz Franzke. Mehr Maschine als Mensch, hatte er das getan, was er als seine Pflicht ansah. Jeder Russe, den er tötete, war ein Russe weniger, der seine Frau schänden und seine Kinder umbringen konnte.

Wer seine UK-Stellung aufgehoben und ihn in den letzten Kriegstagen an die Front geschickt hatte, wusste er nicht.

Hatten es Kaltenbrunner und Togotzes getan, um ihn mundtot zu machen und sich im Fall Lüdke abzusichern, wenn die Alliierten sie nach Kriegsende zur Verantwortung ziehen würden? Arthur Nebe konnte es nicht mehr gewesen sein. Der war in das Hitlerattentat vom 20. Juli 1944 verwickelt gewesen und kürzlich hingerichtet worden.

Wie auch immer, Franzke hatte vor der Wahl gestanden, sich bei seiner Truppe einzufinden oder aber standrechtlich erschossen zu werden.

Der Untergang des Dritten Reiches war nicht mehr aufzuhalten, das wusste Franzke. In spätestens zwei Wochen war alles vorüber.

Die Russen hatten den Bahnhof Köpenick inzwischen zurückerobert, und Franzkes Truppenteil war aufgerieben und in alle Winde versprengt worden.

Er hatte sich in einem zerbombten Haus an der Lindenstraße verstecken können. Jetzt, kurz vor Einbruch der Dämmerung, wagte er sich wieder aus seinem Versteck hervor. Sein Plan war es, sich nach Süden durchzuschlagen. In Königs Wusterhausen sollten Teile seiner Truppe stehen. Sein erstes Ziel aber hieß Wernsdorf. Vielleicht konnte er sich dort im Sommerhaus der Diemitz' verstecken oder verschanzen. Es war ihm bewusst, dass er auf der Stelle erschossen werden würde, wenn Feldjäger ihn fanden und sein Verhalten als Desertion ansahen.

Auf der Lindenstraße wurde nicht gekämpft, der Weg über die Lange Brücke und zum Kietzer Feld schien frei zu sein.

War er erst einmal im Wald, so konnte er es bis Gosen schaffen, und von dort war es nicht mehr weit bis Wernsdorf.

Es war kalt und regnerisch. Von der Innenstadt her war starkes MG-Feuer zu hören. Über der Wolkendecke zogen Flugzeuge in Richtung Berlin. Dem Geräusch ihrer Motoren nach zu urteilen, mussten es Russen sein. Am Bahnhof Spindlersfeld stiegen Leuchtkugeln in den Himmel.

An den Laternenmasten vor dem Köpenicker Rathaus hingen drei Soldaten. Neben ihnen baumelte ein Schild. Auf dem war zu lesen: *Weil wir feig waren, mussten wir sterben!*

Franzke kam zur Langen Brücke und staunte, dass keine deutschen Panzer dort zu sehen waren. Es hatte sich also alles nach Königs Wusterhausen zurückgezogen, schlussfolgerte er.

Die Straßen, durch die er nun lief, kamen ihm bekannt vor. Grüne Trift ... Klar, hier war er mit Bruno Lüdke entlanggegangen, kam es ihm wieder in den Sinn.

Plötzlich war er mit seinen Kräften am Ende. Sein Herz raste, der Atem blieb ihm weg. Er musste stehenbleiben und sich an einem eisernen Zaun festhalten.

Vom anderen Ende der Straße her stürmte ein Trupp Rotarmisten auf ihn zu.

Jemand packte ihn am Arm und zog ihn in einen Hof.

Erst an der Stimme des Mannes erkannte er, dass es Penningstorff war. »Was soll denn das? Lassen Sie mich!«

»Kommen Sie! Ich verstecke Sie bei uns im Keller.«

»Wo sind wir hier?«, wollte Franzke wissen.

»In der alten Wäscherei Lüdke.«

»Nein!«, schrie Franzke. »Ich bin kein Deserteur!«

»Es ist doch alles aus! Da nutzt es auch nichts mehr, dass Sie ...«

Die Russen waren jetzt so weit herangekommen, dass Penningstorff Franzke losließ und schnell im Hof der Wäscherei verschwand.

Franzke riss sein Gewehr von der Schulter, presste sich gegen den Zaun und zielte auf den ersten der anstürmenden Russen.

Der sieht ja aus wie Bruno Lüdke.

Das war seine letzte Wahrnehmung. Sekunden später war er tot.

Nachwort

Durch Bruno Lüdke hatte Heinz Franzke ein Großer werden wollen und war doch ein soziales Nichts geblieben. Von seinem Gefühl her hatte er also umsonst gelebt.

Ach, hätte er doch gewusst, dass Bruno Lüdke durch ihn und seinen großen Coup nach 1945 eine Art Unsterblichkeit erlangen sollte – und er mit ihm! Zumindest wurden sie zu »Personen der Zeitgeschichte«. Letztendlich ist also Franzkes Plan, durch Bruno Lüdke berühmt zu werden und alle anderen in seinem Umkreis weit hinter sich zu lassen, doch noch aufgegangen.

Es beginnt im Jahre 1950, als im *Spiegel* von einem »Monsterfall der deutschen Kriminalgeschichte« zu lesen ist. 1956 folgt dann eine reißerisch aufgemachte Serie der *Münchner Illustrierten*, zu der es heißt: »Zum ersten Mal erfährt die Öffentlichkeit von einem Massenmörder, der mehr als achtzig Opfer auf dem Gewissen hat. Unser Dokumentarbericht wurde nach amtlichen Unterlagen aufgezeichnet ...«

Ganz Deutschland bekommt von Bruno Lüdke aber erst Kenntnis, als Robert Siodmak den Stoff 1957 unter dem Titel *Nachts, wenn der Teufel kam* mit Mario Adorf in der Hauptrolle auf die Leinwand bringt, sich der Film zum Kassenschlager entwickelt und den Bundesfilmpreis erhält.

Zwei Jahre nach dem Film erscheint dann *Nachts, wenn der Teufel kam* als Buch, als *Roman nach Tatsachen*, geschrieben von Will Berthold. Bei ihm begeht Bruno Lüdke in den Jahren zwischen 1924 bis 1943, also beginnend als Fünfzehnjähriger, »erwiesenermaßen« 49 Morde in Tateinheit mit Vergewaltigung und Raub. Hinzugerechnet werden noch zahlreiche andere vermutete Morde, so dass Berthold auf die Zahl 84 kommt.

Und noch im Jahre 1998 wird in München eine Dissertation angenommen, die sich nach Meinung des Hamburger Germanisten Prof. Dr. Klaus Bartels der Version beider Medienprodukte anschließt. Er schreibt, *die Nazi-Juristen hätten den erst nach Beendigung des Zweiten Weltkriegs bekanntgewordenen Fall Lüdke vertuscht, um der Öffentlichkeit das Eingeständnis vorzuenthalten, dass trotz totaler staatlicher Überwachung seit 1924 fast zwei Jahrzehnte lang ein in 53 Fällen geständiger Massenmörder ungestört tätig sein konnte.*

Es treten aber auch Fachleute auf den Plan, die, wie seinerzeit schon Ulrich Kuhlmey, eine Vielzahl von Widersprüchen und Ungereimtheiten entdecken. In Hamburg bemüht sich Gustav Faulhaber, inzwischen Kriminalrat geworden, um die Rehabilitierung Bruno Lüdkes, und der dortige Kriminalsekretär Kosyra schreibt in der Fachzeitschrift *Kriminalistik*: *Es steht* [...] *zweifellos fest, dass Bruno Lüdke keinen einzigen der von ihm »eingestandenen« Morde in H. begangen hat.* Der 45-jährige Handelsvertreter Rudolf K. hat schon im April 1952 gestanden, am 27. Mai 1929 die 77-jährige Friseursehefrau Mathilde Schlörke in St. Pauli, Brigittestraße 2, aus Habgier umgebracht zu haben.

Es ist die hohe Zeit des Kalten Krieges, und selbstverständlich lässt man sich in der DDR den Fall Bruno Lüdke nicht entgehen, um daraus Kapital zu schlagen. So veröffentlicht Günter Prodöhl Ende 1958 in der Zeitschrift *Zeit im Bild* einen Beitrag mit dem Titel *Die geheime Reichssache Bruno Lüdke*. Den Film *Nachts, wenn der Teufel kam* geißelt er als *wohlausgeklügelte faschistische Propaganda*. Er entspräche *genau den neonazistischen Bestrebungen der Bonner Regierung*. Tropfenweise werde mit Kunstwerken wie ihm *die Rechtfertigung des faschistischen Terrors betrieben. Wer wieder gen Osten ziehen will, muss die Massen darauf vorbereiten*.

Mehr als 35 Jahre später ist es dann überraschend mit J. A. Blaauw ein niederländischer Kriminalbeamter, der sich der Thematik wieder annimmt und nachweist, dass der Serienmörder Bruno Lüdke planmäßig konstruiert worden war.

1994 erscheint im Rotbuch Verlag der *Neuköllner Pitaval*, in dem Klaus Hermann anhand einiger noch erhalten gebliebener Akten die Sicht Blaauws verifiziert und den Kutscher aus Köpenick voll rehabilitiert: Bruno Lüdke ist kein Täter, Bruno Lüdke ist ein Opfer.

Und 2009, 65 Jahre Jahre nach dem Mord an Bruno Lüdke, wird ein Roman verlegt, in dessen Mittelpunkt der Mann steht, der ihn zum Teufel von Köpenick gemacht hat.

Um nun ganz genau zu sein, muss noch gesagt werden, dass der Mann in Wirklichkeit den Namen Heinz Franz getragen hat und das »ke« von mir hinzugefügt wurde. Der Grund dafür ist ein ganz einfacher: In den Quellen war über den realen Heinz Franz so wenig zu finden, dass ich es nicht gewagt habe, ihn unter seinem Klarnamen auftreten zu lassen. Ich musste – anders als bei Bruno Lüdke selbst – im Hinblick auf seine Vita und seinen Charakter so viel dazuerfinden, dass er keine historische Person mehr ist, sondern meine Figur. An einem solch strengen Maßstab gemessen, sind wohl alle Biographien – vielleicht sogar alle Autobiographien – eine Art Hochstapelei, denn jeder Mensch ist ein unerforschlicher Kontinent, und alle Aussagen über ihn sind nur Mutmaßungen. Aus diesem Grunde haben wir dieses Buch auch »dokumentarischen Roman« genannt, als wissenschaftliche Monographie ist es also nicht zu nehmen.

Im Rahmen des Möglichen haben aber das Lektorat und ich versucht, die Wirklichkeit der Jahre 1921 bis 1945 präzise abzubilden und alle Fakten zu überprüfen.

Horst Bosetzky　　　　　　　　　Berlin, im November 2008

Quellenverzeichnis

Auerbach's Deutscher Kinder-Kalender, 31. Jahrgang, 1913

Bartels, Klaus, Bruder Mörder – Subversion und Affirmation im Serienkiller-Spielfilm, IASLonline, 28. 10. 2002

Berliner Zeitung, Berlin 45 – Eine Chronik. Tagebuch. 21. 04. 1995, S. 22

Berlin im Jahr 1943, 1944 und 1945. Edition Luisenstadt, 1998–2002, www.luise-berlin.de

Berthold, Will, Nachts, wenn der Teufel kam. Roman nach Tatsachen, Aktueller Buchverlag, Bad Wörishofen 1959

Blaauw, J. A., Kriminalistische Scharlatanerien. Bruno Lüdke – Deutschlands größter Massenmörder?, In: Kriminalistik 48, Heidelberg 1994, S. 705–712

Chronik 1943, 1944 und 1945, Deutsches Historisches Museum, www.dhm.de

Hasch, Wolfgang, Der angebliche Serienmörder Bruno Lüdke. Ein Exempel für Kriminalität und Schwachsinn als genetisches Erbgut, www.lucid-zoom.de

Herrmann, Klaus, non liquet – Massenmörder Bruno Lüdke?, In: Neuköllner Pitaval. Wahre Kriminalgeschichten aus Berlin, Rotbuch Verlag, Berlin 1994, S. 113–161

Modern History Sourcebook: Songs of the German Army. World War II, www.fordham.edu

Prödöhl, Günter, Kriminalfälle ohne Beispiel. 1. Folge, 6. Aufl., Berlin 1965

Wagner, Patrick, Hitlers Kriminalisten. Die deutsche Kriminalpolizei und der Nationalsozialismus, München 2002

Die wichtigsten Titel von Horst Bosetzky

Zu einem Mord gehören zwei (1971); Einer von uns beiden (1972); Von Beileidsbesuchen bitten wir abzusehen (1972); Stör die feinen Leute nicht (1973); Ein Toter führt Regie (1974); Es reicht doch, wenn nur einer stirbt (1975); Einer will's gewesen sein (1978); Kein Reihenhaus für Robin Hood (1979); Feuer für den großen Drachen (1982); Die Klette (mit Peter Heinrich) (1983); Aus der Traum (1983); Friedrich der Große rettet Oberkommissar Mannhardt (1985); Ich glaub, mich tritt ein Schimmel (1986); Dich reitet wohl der Schimmel (1987); Älteres Ehepaar jagt Oberregierungsrat K. (1987); Ich lege Rosen auf mein Grab (1988); Da hilft nur noch beten (1988); Schau nicht hin, schau nicht her (mit Steffen Mohr) (1989); Nieswand kennt Tag und Stunde (1990); Ich wollte, es wäre Nacht (1991); Ein Deal zu viel (1992); Von oben herab (1992); Mit dem Tod auf du und du (1992); Blut will der Dämon (1993); Der Satansbraten (1994); Fendt hört mit (1994); Phantastische Wahrheiten über Dagobert (als Herausgeber) (1994); Unfassbar für uns alle (1995); Wie ein Tier (1995); Brennholz für Kartoffelschalen (1995); Ein Mann fürs Grobe (1996); Bekenntnisse Berliner Büroinsassen (als Herausgeber) (1996); Noch jemand ohne Fahrschein? Straßenbahn-Erinnerungen (mit Alfred Gottwaldt) (1997); Der letzte Askanier (1997); Capri und Kartoffelpuffer (1997); Mord und Totschlag bei Fontane (1998); Das Berlin-Lexikon (mit Jan Eik) (1998); Tamsel (1999); Zwischen Kahn und Kohlenkeller (2001); Der kalte Engel (2002); Berliner Zehn-Minuten-Geschichten (als Herausgeber) (2003); Kante Krümel Kracher (2004); Die Bestie vom Schlesischen Bahnhof. Dokumentarischer Roman aus den 20er Jahren (2004); Das Wandern ist des Mörders Lust (2004); Zwischen Barrikade und Brotsuppe (2005); Haste schon jehört? Berliner Merk-

und Denkwürdigkeiten (mit Jan Eik) (2005); Berlin wie es lacht und lästert. Neue Berliner Zehn-Minuten-Geschichten (als Herausgeber) (2005); Das Duell des Herrn Silberstein (2005); Mannhardts rätselhafte Fälle. Ein Berliner Kommissar ermittelt (2005); Herz und Schmerz. Berliner Zehn-Minuten-Geschichten um die Liebe (als Herausgeber) (2006); Die schönsten Jahre. Zwischen Wedding und Neukölln (2006); West-Berlin. Erinnerungen eines Inselkindes (2006); Die Liebesprüfung (2006); Tatort Tegel. 22 Geschichten von Stars der deutschen Krimiszene (als Herausgeber) (2007); Kappe und die verkohlte Leiche (2007); Nach Verdun (mit Jan Eik) (2008); Der Lustmörder (2008); Bratkartoffeln oder Die Wege des Herrn (2008); Nichts ist verjährt (2008); Das Attentat. Roman um den Bau der ersten Berliner U-Bahn (2008)